U0005366

聊齋志異

原著／蒲松齡
編撰／曾珮琦
繪圖／尤淑瑜

好讀出版

一窺《聊齋》的宗廟之美，百官之富

文/盧源淡

《聊齋志異》是值得一看再看的好書。

這部小說光在清朝就有近百種抄本、刻本、注本、評本、繪圖本，截至目前，相關詮釋與討論的文字數以億計，根據它的內容所改編的影劇與戲曲也有上百齣，而這部中文短篇小說集到現在已有將近三十種外語譯本，世界五大洲都可發現它的蹤跡。這不是好書，什麼才是好書？

我很高興此生能與這本書結下不解之緣。

小時候，我和《聊齋志異》的首度接觸，是在兒童月刊《學友》。這本雜誌會不定期刊載童話版的志怪小說，當時只覺得道人種桃、古鏡照鬼的情節很好看，根本不知道、也不會想知道這些故事是怎麼來的。另外，《良友》之類的雜誌也會穿插短篇的《聊齋》連環圖，至今還依稀記得〈偷桃〉、〈妖術〉、〈佟客〉的精彩畫面。初中時，看過樂蒂和趙雷演的《倩女幽魂》，無意間從海報認識「聊齋」這個詞彙，後來聽老師講述，這才明白以前看過的那些鬼狐仙妖，都是從這本小說孕育出來的。

五十多年前的《皇冠》雜誌偶爾也有白話《聊齋》故事，印象較深的有〈胡四娘〉、〈局詐〉等等，都改寫得非常精彩，這也激起我閱讀原文的念想。就讀大學時，曾向圖書館借到一本附有注釋的《聊齋》，不過那本書品質粗糙，不但排版草率，聊備一格的注釋對讀者也毫無助益。後來雖在書店發現一些性質類似的「精選」本，但情況毫無二致。最後好不容易買到一套手稿本，卻讀得一頭霧水，即便手邊擺著一套《辭海》，仍舊跨不過那百仞宮牆。幸好，這一盆盆的冷水並沒有完全澆熄我對《聊齋志異》的滿腔熱火。

由於《聊齋志異》的手稿本斷簡殘編，因此幾十年前學者研讀的都以「青柯亭本」或「鑄雪齋本」爲主。呂湛恩與何垠的注解本雖在道光年間就有了，但不易取得。而一般讀者看的則大多是白話改寫的選本，通常都是寥寥二三十篇，實不容易滿足向慕者的需求。一九六二年，大陸學者張友鶴主編的《聊齋誌異會校會注會評本》問世，這對專業學者與業餘讀者來說，眞不啻爲一則天大的福音，有了這套工具書，研讀《聊齋志異》就相對輕鬆多了。後來，「康熙本」、「異史本」、「二十四卷本」，還有蒲松齡的相關文物陸續被發現，這些珍貴資料爲專家開闢不少探微索隱的幽徑，也造就一波波研討的浪潮。五十多年來，世界各地專家學者針對蒲松齡及《聊齋志異》所提出的論著和輯校的圖書，就像雨後春筍般出現，如：路大荒的《蒲松齡年譜》、盛偉的《蒲松齡全集》、馬瑞芳的《聊齋志異創作論》、于天池的《蒲松齡與聊齋志異脞說》、馬振方的《聊齋藝術論》、任篤行的《全校會注集評聊齋志異》、袁世碩與徐仲偉的《蒲松齡評傳》、朱一玄的《聊齋志異資料匯編》、朱其鎧的《全本新注聊齋誌異》等，數以千計。另外還有《蒲松齡研究》季刊和不定期舉辦的研討會，爲專家提供心得發表的平臺。「蒲學」遂一時蔚成風氣，足以與國際「紅學」相頡頏。

拜「蒲學」潮流之賜，我的夙願也得以逐步實現。兩岸開放交流後，我就經常利用暑假前往大陸，不是在圖書館蒐集資料，埋首抄錄，便是到書店選購「蒲學」相關文獻。我還三度造訪淄川蒲家莊和周村畢自嚴故居，向紀念館內的專業人士請益，並流連於柳泉、綽然堂，與「短篇小說之王」作穿越時空的交心偶語。我也曾趑趄濟南的大明湖畔，想像「寒月芙蕖」的奇觀；我也曾彳亍荷澤的牡丹花徑，領略「曹國夫人」的丰采。每次返臺，行囊、衣襟盡是濃郁的書香，這才體悟到梁任公所揭櫫的道理：「任何一門學問，只要深入的研究，必能引發出趣味來。」這是我畢生最引以爲樂的個人經驗，特地在此提出來與各位讀者分享。

在紙本文字日益式微的當前，好讀出版仍不惜耗費鉅資，禮聘學者點評、作注，出版一系列古典小說，促成多本曠世名著以最新穎的編排及更精緻的內涵增進大眾閱讀樂趣。這是經營者崇高的理念，更是使命感的展現，旣獲取讀者的口碑，也贏得業界的敬重。而在決定出版《聊齋志異》全集時，好讀出版精挑的專家則是曾珮琦君。

曾珮琦君是位詠絮奇才，在學期間尤其屬意於中文，國學根柢扎實深厚。就讀研究所時，專攻老莊玄學，在王邦雄教授指導下，完成論文〈《老子》「正言若反」之解釋與重建〉，取得碩士學位。另外著有《圖解老莊思想》、《樂知學苑・莊子圖解》等書，字字珠璣，鞭辟入裡，備受學界推伏。近年來，曾君醉心《聊齋志異》姹紫嫣紅的幻域，含英咀華，芬芳在頰，乃決意長期從事注譯的編撰，將這部古典巨著推薦給青年學子，目前已發行《義狐紅顏》、《倩女幽魂》兩集單冊。我發現書中注釋引經據典，精確賅備，對理解原文必有極大裨益；白話翻譯則筆觸流利，既無直譯的生澀，亦無擴寫的模糊，文白對照，可獲得閱讀樂趣，並有助國文程度提升。此外，尤淑瑜君的插畫也能引領讀者進入故事情境，頗具錦上添花之效。我相信全書殺青後，必足以在出版界占一席之地。

馮鎮巒曾在〈讀聊齋雜說〉謂：「讀聊齋，不作文章看，但作故事看，便是呆漢。」馮鎮巒是清嘉慶年間的文學評論家，這句話說得眞夠犀利，同時也道出《聊齋志異》的特色。然而，從功利角度而言，但看故事實已值回書價，再涵泳辭藻便是物超所值了。總之，手執一卷，先淺出，再深入，則如倒吃甘蔗，樂即在其中矣。現在就請諸位在曾君的導覽下，跨進蒲松齡的異想世界，一窺《聊齋》的宗廟之美，百官之富。

盧源淡

淡江大學中文系畢業，桃園市私立育達高級中學退休教師，從事蒲學研究工作三十餘年。著有《詳注・精譯・細說聊齋志異》全八冊，一百七十餘萬言。

中國第一部彰顯女性地位的故事集

文／呂秋遠

在我年輕的那個世代，大學國文只有《古文觀止》可以學習；不過運氣很好，一年級下學期時，學校開放選修文學名著，我選擇了《聊齋志異》。不過，這並不是我的第一次接觸，早在小學就已經開始接觸白話文版本。

《聊齋志異》所使用的語言，並不是艱深的文言文。事實上，作者蒲松齡身處十七世紀的中國，使用的文字已經不是那麼艱澀，而且他所蒐集的故事素材，也是透過不同的訪談及自己所聽說的故事撰寫而成，因此不至於過度艱澀。

有學者以爲，《聊齋志異》這部書，是一個落魄文人對於男性情愛幻想的烏托邦故事集。然而，如果把這部小說放在十七世紀的脈絡觀察，則可以看出當時保守的中國，有多少的女權情慾流動已經躁動萌芽。在《聊齋志異》中，女鬼、狐怪往往是善良的，而男性卻有許多負心人。女性在這部書中的愛情角色是主動積極、毫不畏縮的，如果與故事中的男主角相較，更可以看出其批判禮教迂腐與封閉之處，這點在書中隨處可見。

蒲松齡筆下的俠女、鬼狐、民女，都具備勇氣且勇於挑戰世俗。在那個婚姻奉媒妁之言、父母之命的年代，他藉由這些鬼怪故事，塑造出「嬰寧」、「聶小倩」、「白秋練」、「鴉頭」、「細柳」等人，她們遇到變故時總是比男性更爲冷靜與機智；而男性在他筆下，無能者多、負心者眾。因此，論這部書，說它是中國第一部彰顯女性地位的故事集也不爲過。

因此，我們可以輕鬆的來閱讀《聊齋志異》，但是當我們讀這些精彩俠女復仇記，或狐仙助人記的同時，別忘了，蒲松齡隱藏在故事中，想要說、卻不容於當時的潛言語其實是——女性的千言萬語。

呂秋遠

宇達經貿法律事務所律師、東吳大學社工系兼任助理教授。雖為法律背景，然國學根柢深厚，近年經常在FB臉書以娓娓道來的敘事之筆分享經手案例與時事觀察，筆力之雄健、觀點之風格化，贏得了「臺灣最會說故事的律師」讚譽。

熱愛文字與分享，著有《噬罪人》《噬罪人II：試煉》二書，曾於書中提到「希望讀者在書中找到自己人性的歸屬，也可以理解天使與惡魔的試煉，都是不容易通過的。如果能因此讓自己更自在，則一切的經驗分享也就值得了」，巧妙的與蒲松齡在《聊齋志異二‧倩女幽魂》〈蓮香〉一文中的精闢結論，若合符節——「唉！死者求生，生者又求死，天底下最難得的，難道不是人身嗎？只可惜，擁有人身者往往不懂珍惜，以至於活著不知廉恥，還不如一隻狐狸；死的時候悄無聲息，還不如一個鬼。」

讀鬼狐精怪故事 讀懂蒲松齡用心

文／曾珮琦

談到《聊齋志異》這部小說（共四百九十一篇故事），給人的印象大多是講述些鬼狐精怪故事，歷來更有不少故事被改編成影視作品（且風行不輟、改編不斷）——其中最膾炙人口的是〈聶小倩〉，講述書生與女鬼之間的戀愛故事；〈畫皮〉也被改編爲電影，然原本故事僅講述女鬼變化成美女迷惑男子，裡面並無愛情成分。無論是人鬼戀，抑或鬼怪迷惑男子的故事，《聊齋志異》的作者蒲松齡，於屢次科舉失意後日益醉心蒐羅並撰寫鬼狐精怪、奇聞「異」事，其眞正用意不只是談狐說鬼，而想藉由這些故事諷刺當時官僚的腐敗、揭露科舉制度的弊病，反映出社會現實。

書裡收錄的各短篇故事，均爲奇聞異事，情節有趣、奇妙且精彩，不僅滿足讀者一窺天底下新鮮事的好奇心，還寓有教化世人、懲惡揚善的意涵，這也是這部古典文言文小說能從清朝流傳至今逾三百年的原因。當我們隨著蒲松齡的筆鋒遊覽神鬼妖狐的世界時，或可一邊思考故事背後隱含的思想，這些思想，很可能才是作者眞正想透過故事傳達的。

不過，《聊齋志異》中除了宣揚教化、諷刺世俗的故事，確實不乏浪漫純眞的愛情故事，如〈小翠〉、〈青鳳〉、〈聶小倩〉等均歌頌了人狐戀，意寓眞摯的愛情本質並不爲人狐之間的界限所侷限，此等故事相當感人。

《聊齋志異》第一位知音——清初詩壇領袖王士禎

至於蒲松齡的寫作素材來自哪裡？他是將聽聞來的鄉野怪譚予以編撰、整理，亦有各地同好提供故事題材。他蒐羅故事的經過，傳說是在路邊設一個茶棚，免費提供茶水給過路旅客，條件是要講一個故事（但也有人認爲不太可能，因他一生一直爲生計奔忙，在別人家中設館教書，怎有空擺攤）。明末清初，蒲松齡的家鄉山東慘遭兵禍，當時屍橫遍野，於是流傳了許多鬼怪傳說，由此成了他寫作的題材。

《聊齋志異》這部小說在當時即聲名大噪，知名文人王士禎對此書更是大力推崇。王士禎（一六三四～一七一一），小名豫孫，字貽上，號阮亭，別號漁洋山人，人稱王漁洋，諡文簡。蒲松齡在四十八歲時結識了這位當時詩壇領袖，王士禎讀了《聊齋志異》後十分欣賞，爲之題了一首詩：「姑妄言之姑聽之，豆棚瓜架雨如絲。料應厭作人間語，愛聽秋墳鬼唱時（詩）。」不僅如此，王士禎也爲書中多篇故事做了評點，足見他對此書的喜愛，而其評點文字的藝術性之高，亦廣泛成爲後代文人研究分析的主題。蒲松齡對此甚感榮幸，認爲王士禎是眞懂他，亦做了詩回贈：「志異書成共笑之，布袍蕭索鬢如絲。十年頗得黃州意，冷雨寒燈夜話時。」還將王士禎所做的評點，抄錄收進書中。王士禎的評點融入了他個人對小說創作的理論與審美觀點，這點影響了後世《聊齋志異》的評點家，如馮鎮巒等人。王氏評點貢獻有三：一、評論小說的藝術描寫與生活寫實。二、評論小說中人物形象的刻畫（然，他的評點往往過於簡略，未切合重點）。三、總結與簡述《聊齋志異》裡頭的佳作，所使用的高超寫作手法與傑出藝術成就。例如，他將〈連瑣〉評爲「結而不盡，甚妙」，點出小說的敘事手法，亦表達出他的小說美學觀點。

在介紹《聊齋志異》這部小說前，先來談談作者蒲松齡的生平經歷。他是個懷才不遇的文人，參加鄉試屢次落榜，於是一邊教書，一邊將精力放在編寫奇聞怪譚故事上。讀這部書，可發現蒲松齡實際上將自己的人生經歷與思想寄託在其中——例如〈葉生〉，便是講述一個於科舉考試屢屢名落孫山的讀書人，而後遇到一個欣賞他才華的知府。後來他病重，知府正好在此時罷官準備還鄉，想等葉生一起回去。葉生後來雖病死，魂魄卻跟隨知府一起返鄉，並教導知府的兒子讀書，知府的兒子一舉中榜，這全是葉生的功勞。以此故事對照蒲松齡的經歷來看，可發現他屢經落榜挫折時，也曾受到江蘇寶應知縣孫蕙（字樹百）的青睞，邀他前往擔任文書幕僚，也就是俗稱的「師爺」，兩人不僅是長官與下屬關係，更是知己好友；也正是在此時，蒲松齡看盡了官場黑暗，對那些貪官汙吏、地方權貴深惡痛絕。

在〈成仙〉中，地方權貴與官府勾結，將成生的好友周生誣陷下獄，還隨便編派罪名，要置他於死地；於是成生後來看破世情，出家修道。蒲松齡本人並未如主人翁成生那樣出家修道，反倒將心中的憤懣不平，藉著他手上那支文人的筆宣洩出來。足見，《聊齋志異》不僅寫鬼狐精怪、奇聞異事，更抒發了蒲松齡懷才不遇的苦悶。難怪他在〈聊齋自誌〉中要說「三閭氏感而為騷」，意即將自己比喻成屈原——屈原被楚懷王放逐後，才作了《離騷》；同樣的，蒲松齡也因失意於考場，才編著了《聊齋志異》。

《聊齋志異》的勸世思想——佛教、儒家、道家及道教兼有之

蒲松齡除了將自己人生經歷融入這些奇聞怪譚中，還不忘傳遞儒釋道三教的懲惡揚善思想。如〈畫壁〉，故事主人翁是一名朱姓舉人，和朋友偶然經過一間寺廟，進去參觀，看到牆上壁畫有位美女，心中頓時起了淫念，隨後進入畫中世界展開一段奇妙旅程。朱舉人在壁畫幻境中，與裡面的美女相好，但擔心被那裡的金甲武士發現，最後躲了起來。朱舉人心中非常恐懼害怕，最後經寺廟中的老和尚敲壁提醒，才總算從壁畫世界逃了出來，脫離險境。蒲松齡在故事末尾評論道：「人有淫心，是生褻境；人有褻心，是生怖境。」（人心中有淫思慾念，眼前所見就是如此；人有淫穢之心，故顯現恐

怖景象。）

可見，是善是惡，皆來自人心一念，此種思想頗似佛教所謂的「一念三千」。「一念三千」是指，我們在日夜間所起的一念心，必屬十法界中之某一法界，與殺生等之瞋恚心相應的是地獄界，與貪欲相應的是餓鬼界。所以，顯現在我們眼前的是哪一個法界，源於我們心中起的是什麼樣的心念。〈畫壁〉一文，不僅蘊含了佛教哲理，苦口婆心勸戒世人莫做苟且之事，通篇還使用許多佛教詞彙，足見蒲松齡佛學涵養之深厚。

至於蒲松齡的政治理想，則是孔孟所提倡的仁政——他尊崇儒家的仁義禮智，講求道德實踐，因此《聊齋志異》書中時常可見懲惡揚善的思想。值得注意的是，孔孟所提倡的仁義禮智，並非外在教條，而要我們發自內心埋性的自我要求。《孟子．告子上》提到：「仁義禮智，非由外鑠我也，我固有之也，弗思耳矣。」（仁義禮智，不是由外在的制約逼迫、強制自己必須這麼做，而是我發自內心想這麼做。）孟子還舉了個例子——只要是人見到一個小孩快掉進井裡，都會無條件的衝過去救他。這麼做不是想博得美名，也不是想巴結小孩的父母，純粹只是不忍小孩掉進井裡溺死罷了。

這個「不忍人之心」，每個人生下來即有，也就是孔子所說的「仁心」。而孟子將此仁心的十字打開，發展成「仁義禮智」，其實此四者簡言之，就是「仁」而已。清代政治腐敗，貪官汙吏橫行，權貴為一己私慾，不惜傷害別人，甚至做出剝奪他人生存權利之事。孔孟所提倡的仁政與道德蕩然無存，這些貪官汙吏無視、更無法實踐，實是人心墮落與放縱私慾的結果。蒲松齡有感於此，藉著這些鄉野奇譚，寄寓了諷刺當時政治腐敗與人心黑暗的想法。因而，《聊齋志異》不僅是志怪小說，更是一部寓言。書中可看出蒲松齡試圖撥亂反正、爲百姓伸張正義的苦心；現實生活中的他無能爲力，只好將此憤懣不平心緒，藉自己的筆寫出，宣洩在小說中。

此外，《聊齋志異》也涵蓋了道家與道教的思想，像是書中時常可見《莊子》的詞彙與典故，亦有神仙方術、洞天福地等道教色彩。老莊等道家哲學，是以「道」爲中心開展的哲學，追求人的心靈之自由自在，解消人的身體或形體對我們心靈帶來的束縛。而道教則認爲，人可以透過神仙方術長生不老、飛升成仙。《聊齋志異》書中多篇故事，於是出現了懂得奇門遁甲法術、捉妖收妖、符咒的道士，這些奇幻的神仙色彩，增添了故事的精彩與可讀性，也讓後世之人改編成影視作品時有更多想像空間。

《聊齋志異》寫作體裁——筆記小說＋唐代傳奇

大陸學者馬積高、黃鈞主編的《中國古代文學史》，將《聊齋志異》分成三種體裁：一、短篇小說體：主要描寫主角人物的生平遭遇，篇幅較長，細膩刻畫了人物性格及曲折戲劇化的故事情節，此類作品有〈嬌娜〉、〈成仙〉等。二、散記特寫體：重點在於記述某事件，不著墨於人物刻畫，此則受到古代記事散文的影響，此類作品有〈偷桃〉、〈狐嫁女〉、〈考城隍〉等。三、隨筆寓言體：篇幅短小，將所聽之事記錄下來，並寄寓思想在其中，此類作品有〈夏雪〉、〈快刀〉等。

《聊齋志異》深受魏晉南北朝筆記小說、唐代傳奇小說的影響。筆記小說，是隨筆記錄下聽到的故事，比較像在記筆記，篇幅短小。此種小說乃受史書體例影響，十分重視將事件確實記錄下來，而非有意識的創作小說；且多爲志怪小說，又以干寶的《搜神記》最著名。《聊齋志異》裡頭有多篇保留了筆記小說特點的篇幅短小故事，如〈蛇癖〉、〈眞定女〉等。

唐代傳奇，則是文人有意識的創作小說，內容是虛構的、想像的，題材有志怪、愛情、俠義、歷史等等。像是《聊齋志異》中的〈葉生〉，葉生死後，魂魄隨知己丁乘鶴返鄉，直到回家看見屍體，才發現自己已死；此種離魂情節，乃受到唐傳奇陳玄佑〈離魂記〉的影響。由此可見，蒲松齡無論在創作手法或故事題材上，無不受到古代小說影響，此乃《聊齋志異》之承先。

《聊齋志異》之啓後在於，蒲松齡將六朝志怪與唐宋傳奇小說的主要特色融爲一體，給予後世小說家很大啓發，進而出現許多效仿之作，如清代乾隆年間沈起鳳的《諧鐸》、邦額的《夜譚隨錄》等，以及現代諸多影視作品。不過值得注意的是，改編後的電影或戲劇，爲了情節精彩與內容多樣化，不一定按照原著思想精神呈現，若想了解《聊齋志異》的原貌，實應回歸原典，才能體會蒲松齡寄寓其中的思想精神與用心。

此次，爲讓現代讀者輕鬆徜徉《聊齋志異》的志怪玄幻世界，才有了這套書的編撰，畢竟古典文言文小說在我們現代人讀來相當艱澀且陌生。因此，除收錄「原典」，還加上了「評點」、「白話翻譯」、「注釋」。其中，評點部分要感謝元智大學中國語文學系兼任助理教授張柏恩（研究專長：文學批評、古典詩詞創作、明清詩學），提供了許多寶貴資料，特在此銘誌感謝。至於白話翻譯，儘管已盡量貼近原典，然而任何一種翻譯都是主觀詮釋，裡頭融合了編撰者本身的社會背景、文化思想等因素，這些都會影響對經典的理解。但這並不是說白話翻譯不可信，而想提醒讀者，本書白話翻譯僅止於一種詮釋觀點，並不能與原典畫上等號。眞正的原典精華，只有待讀者自己去找尋了。

原典，值得信賴

原典以一九九一年里仁書局出版的張友鶴《聊齋誌異會校會注會評本》（簡稱《三會本》）為底本。

張友鶴是以蒲松齡的半部手稿本，以及鑄雪齋抄本（乾隆十六年抄本，抄者為歷城張希傑）為主要底本，從而編輯了《三會本》。他的版本最為完整，且融合了多家的校注、評點，極富參考與研究價值。

好讀版本的《聊齋志異》，為求彩圖與文章流暢搭配之版面安排，每卷裡頭的文章或有可能調動次序，尚祈見諒。

「異史氏曰」，真有意思

《聊齋志異》有些故事在正文結束後，會有一段以「異史氏曰」開頭的文字，這是蒲松齡對故事及人物所做評論，或是陳述他自己的觀點、見解（但他亦有些評論，不見得都冠上「異史氏曰」）。這種作法沿用自史書，如《史記》的「太史公曰」，即司馬遷自己的評論。值得注意的是，有些「異史氏曰」相關文字，不僅僅做評論，還會再加附其他故事，以與正文的故事相應和。

文章中除了蒲松齡自己的評論，亦可見以「友人云」為開頭的親友評論，其中最常出現的是蒲松齡文友王士禎以「王阮亭云」或「王漁洋云」為開頭的評論；這些評論由蒲松齡親自收錄在文章中，與後世所作評點不同。

聊齋志異

僧孽

張姓暴卒，隨鬼使去，見冥王。王稽[1]簿，怒鬼使悞[2]捉，責令送歸。張下，私浼[3]鬼使，求觀冥獄。鬼導歷九幽[5]，刀山、劍樹，一一指點。末至一處，有一僧扎股穿繩而倒懸[6]之，號痛欲絕。近視，則其兄也。張見之驚哀，問：「何罪至此？」鬼曰：「是為僧，廣募金錢，悉供淫賭，故罰之。欲脫此厄，須其自懺。」張既甦，疑兄已死。

時其兄居興福寺，因往探之。入門，便聞其號痛聲。入室，見瘡生股間，膿血崩潰，挂足壁上，宛然冥司倒懸狀。駭問其故。曰：「挂之稍可，不則痛徹心腑。」張因告以所見◆。僧大駭，乃戒葷酒，虔誦經咒。半月尋愈。遂為戒僧。

異史氏曰：「鬼獄渺茫，惡人每以自解；而不知昭昭之禍，即冥冥之罰也[7]。可勿懼哉！」

有個姓張的人突然死了，鬼差將他的魂魄拘去見冥王。冥王查核《生死簿》，發現鬼差抓錯人，盛怒之下命鬼差把人送回陽間。姓張的私下拜託鬼差帶他參觀冥獄，鬼差帶他導覽九幽、刀山、劍樹等景象。最後來到一個地方，見一僧人，繩子從其大腿穿透，頭下腳上的被懸在半空中，痛苦哀號不止，他走近一看，此人竟是自己兄長，驚問鬼差：「此人犯何罪？」鬼差答：「此人作爲和尚卻向信徒募款，把錢拿去嫖妓賭博，所以懲罰他。欲解脫，必須要他自己悔過才行。」姓張的醒來後，懷疑兄長已死。

118

注釋解析，增進中文造詣

針對原典中的艱難字詞加注，既有助讀者領略古人的用語，亦可賞讀蒲松齡作文之美。每條注釋，均扣緊原典的上下文文意而注，惟該字詞自有它用在別處的可能解釋，注釋意涵恐無法盡括。

注釋盡可能跟隨原典擺放，以收對照查看之效。

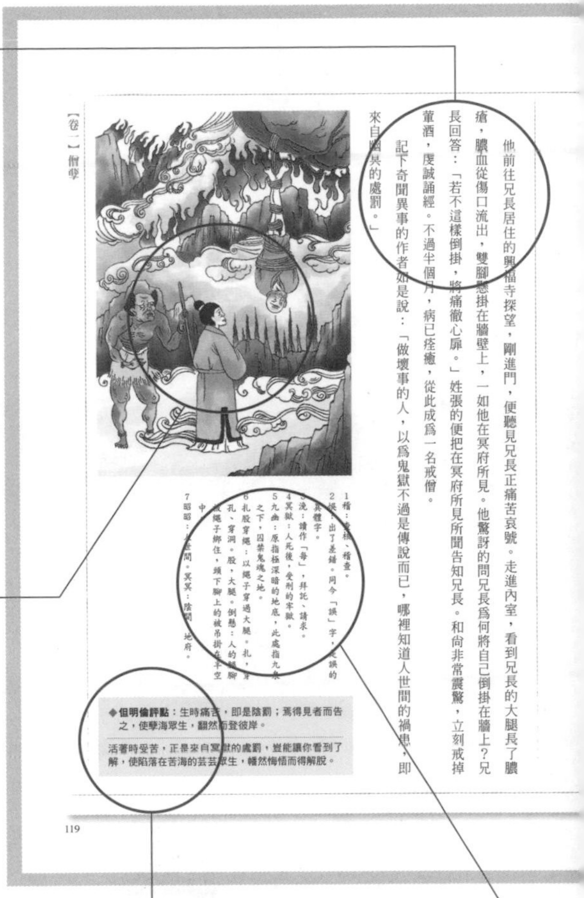

他前往兄長居住的興福寺探望，剛進門，便聽見兄長正痛苦哀號。走進內室，看到兄長的大腿長了膿瘡，膿血從傷口流出，雙腳懸掛在牆壁上，一如他在冥府所見。他驚訝的問兄長為何將自己倒掛在牆上？兄長回答：「若不這樣倒掛，將痛徹心扉。」姓張的便把在冥府所見所聞告知兄長。和尚非常震驚，立刻戒掉葷酒，虔誠誦經。不過半個月，病已痊癒，從此成為一名戒僧。

記下奇聞異事的作者如是說：「做壞事的人，以為鬼獄不過是傳說而已，哪裡知道人世間的禍患，即來自幽冥的處罰。」

1 稽：查核、稽查。
2 誤：出了差錯。同今「誤」字，是誤的異體字。
3 浼：讀作「每」，拜託、請求。
4 冥獄：人死後，受刑的牢獄。
5 九幽：原指極深暗的地底，此處指九泉之下，囚禁鬼魂之地。
6 扎股穿繩：以繩子穿過大腿。扎，穿孔、穿洞。股，大腿。倒懸：人的雙腳被繩子綁住，頭下腳上的被吊掛在半空中。
7 昭昭：人世間。冥冥：陰間、地府。

◆但明倫評點：生時痛苦，即是陰罰；焉得見者而告之，使孽海眾生，翻然而登彼岸。

活著時受苦，正是來自冥獄的處罰，豈能讓你看到了解，使陷落在苦海的芸芸眾生，幡然悔悟而得解脫。

【卷一】僧孽

119

白話翻譯，助讀懂故事

為了讓讀者能輕鬆閱讀，每篇故事均附白話翻譯（採取意譯，非逐句逐字譯）。

值得注意的是，由於《聊齋志異》為古典文言文短篇小說集，作者蒲松齡講述故事時有時過於精簡，白話翻譯將視情況需要，於貼合原典的準則下，增加一些補述，以求上下文語意完整。

插圖，圖文共賞不枯燥

為了更增《聊齋志異》故事閱讀的生動，一方面盡可能收錄晚清時期珍貴的《聊齋志異圖詠》線稿圖畫，另方面亦邀請廿一世紀新生代繪者尤淑瑜，以藝術家的眼光、樸實的全彩筆觸，讓故事場景更加躍然紙上。

評點，有助理解故事

評點，是中國獨特的文學批評形式，近似讀書心得或讀書筆記。礙於篇幅關係，無法將《三會本》所收錄的評點全都附上，每篇僅擇最切合故事要旨、或發人深省哲思的一家評點，供讀者參考。由於《聊齋志異》並非每篇故事都有評點，若無，即從缺。

常見的代表性評點有與蒲松齡同時代的王士禎評本（清康熙年間）、馮鎮巒評本（清嘉慶年間）、何守奇評本（約清道光年間）以及但明倫評本（清道光年間）。其中，以馮、但這兩家的評點特別能顯出故事中隱藏的思想精神，他們皆以儒家的道德實踐為準則，著重揭露蒲松齡寫作的思想要旨、故事中人物的心理活動，同時也涉及社會現象等層面。

目次

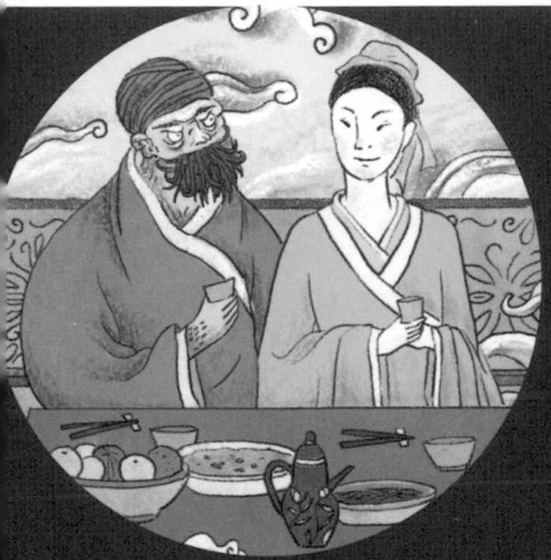

茶

唐序[1]

諺有之云：「見橐駝謂馬腫背[2]。」此言雖小，可以喻大矣。夫[3]人以目所見者為有，所不見者為無。曰，此其常也；倏有而倏無則怪之。至於草木之榮落，昆蟲之變化，倏有倏無，又不之怪；而獨于神龍則怪之。彼萬竅之刁刁[4]，百川之活活，無所持之而動，無所激之而鳴，豈非怪乎？又習而安焉。獨至於鬼狐則怪之，至於人則又不怪。夫人，則亦誰持之而動，誰激之而鳴者乎？莫不曰：「我實為之。」

夫我之所以為我者，目能視而不能視其所以視，耳能聞而不能聞其所以聞，而況於聞見所不能及者乎？夫聞見所及以為有，所不及以為無，其為聞見也幾何矣。人之言曰：「有形形者，有物物者。」而不知有以無形為形，無物為物者。夫無形無物，則耳目窮矣，而不可謂之無也。有見蚊睫者，有不見泰山者；有聞蟻鬬[5]者，有不聞雷鳴者。見聞之不同者，聾瞽[6]未可妄論也。

自小儒為「人死如風火散」之說[7]，而原始要終之道，不明於天下；於是所見者愈少，所怪者愈多，而「馬腫背」之說昌行於天下。無可如何，輒以「孔子不語[8]」一詞了之，而齊諧[9]志怪，虞初[10]記異之編，疑之者參半矣。不知孔子之所不語者，乃中人以下不可得而聞者耳[11]，而謂《春秋》[12]盡刪怪神哉！

留仙蒲子[13]，幼而穎異，長而特達。下筆風起雲湧，能為載記之言。於制藝舉業[14]之暇，凡所見聞，輒為筆記，大要多鬼狐怪異之事。向得其一卷，輒為同人取去；今再得其一卷閱之。凡為余所習知者，十之三四，最足以破小儒拘墟之見，而與夏蟲語冰也[15]。余謂事無論常怪，但以有害於人者為妖。故日食星隕，鷁飛鵒巢[16]，石言龍鬬，不可謂異；惟土木甲兵[17]之不時，與亂臣賊子，乃為妖異耳。今觀留仙所著，其論斷大義，皆本於賞善罰淫與安義命之旨，足以開物而成務[18]；正如揚雲《法言》[19]，桓譚[20]謂其必傳矣。

康熙壬戌仲秋既望[21]，豹岩樵史唐夢賚拜題

1 唐序：唐夢賚為《聊齋志異》所作的序。唐夢賚（讀作「賴」），字濟武，號嵐亭，別字豹岩，山東淄川人，是蒲松齡的同鄉，兩人交情甚好。唐夢賚是清世祖順治六年（西元一六四九年）進士，授庶吉士；八年，授翰林院檢討，九年罷歸，那時他才廿六歲，從此著書作文，閒居鄉里。

2 見橐駝謂馬腫背：看到駱駝以為是腫背的馬。橐駝，讀作「陀陀」，駱駝的別名。

3 夫：讀作「福」，發語詞，無義。

4 萬竅：世間所有的孔洞，如山谷、洞穴等。典出《莊子．齊物論》：「夫大塊噫氣，其名為風。是唯无作，作則萬竅怒號。」（大地間的呼吸，人們稱為風。要不就是靜止無聲，然而一旦吹起，世間的孔洞都會隨風怒號。）刁刁：草木動搖的樣子。

5 鬬：同今「鬥」字，是鬥的異體字。

6 瞽：讀作「古」，盲眼，眼睛看不見。

7 小儒：指眼界短淺的普通讀書人。人死如風火散：與「人死如燈滅」同義，人死了就如同燈火熄滅，什麼也沒有。

8 孔子不語：典出《論語．述而》：「子不語怪，力，亂，神。」（孔子不談論神怪以及死後之事。）

9 齊諧：古代志怪之書，專記載一些神怪故事，另一說為人名；後代志怪之書多以此為書名，如《齊諧記》、《續齊諧記》。

10 虞初：西漢河南人，志怪小說家。

11 乃中人以下不可得而聞者耳：典出《論語．庸也》，子曰：「中人以上，可以語上也；中人以下，不可以語上也。」（中等資質以上的人，可以告訴他較高的學問；

中等資質以下的人，不可以告訴他較高的學問。）

12 春秋：書名，孔子據魯史修訂而成，為編年體史書；所記起自魯隱公元年，迄魯哀公十四年，共二百四十二年；其書常以一字一語之褒貶，寓微言大義；因其記載春秋魯國十二公的史事，故也稱為「十二經」。

13 留仙蒲子：指蒲松齡。

14 制藝舉業：科舉考試。藝：即時藝，指八股文，科舉考試所用的文體。

15 破小儒拘墟之見，而與夏蟲語冰也：破解一般讀書人的見識淺薄，進而談論超出見識的事物。拘墟之見、夏蟲語冰，典故皆出自《莊子．秋水篇》：「井鼃（同「蛙」字）不可以語於海者，拘於虛也；夏蟲不可以語於冰者，篤於時也。」（不可以跟井底的青蛙說海的廣大，這是受空間所限制；不可以跟夏蟲說冬天的寒冷，這是受時間的限制。）

16 鷁飛鴝巢：鷁鳥飛到八哥的巢中，意指超出常理的怪異之事，因為八哥生活在樹上，而鷁是水鳥，兩者生活領域不相同，鷁卻飛到了八哥的巢。鷁，讀作「義」，一種水鳥。鴝，指雊鵒（讀作「夠玉」），八哥的別名。

17 土木甲兵：此應指天災與兵災戰亂。甲兵，原指鎧甲和兵械，後引申為戰亂、戰爭。

18 開物而成務：開通萬物之理，使人事各得其宜，語出《易經．繫辭上》：「夫易，開物成務，冒天下之道，如斯而已者也。」（人如果通曉周易卦象之理，就可以了解萬物的紋理，社會的各種領域、制度，都脫不了周易所涵蓋的範圍）。

19 揚雲《法言》：模擬《論語》語錄體裁而寫成的一部著作，內容是傳統的儒家思想；由揚雄所作，此處揚雲可能為筆誤。揚雄，字子雲，原本寫為楊雄，蜀郡成都（今四川成都郫都區）人，乃西漢哲學家、文學家、語言學家。

20 桓譚：人名，字君山，東漢相人，生卒年不詳；博學多通，遍習五經，能文章，光武朝官給事中，力諫讖書之不正，帝怒，出為六安郡丞，道卒；著《新論》二十九篇。

21 康熙壬戌：康熙二十一年，即西元一六八二年。仲秋：農曆八月。既望：農曆十五為望，十六為既望。

白話翻譯

俗諺說：「看到駱駝，以爲是腫背的馬。」這句話雖只是嘲諷那些不識駱駝的人，但也可廣泛用以比喻見識淺薄之人。一般人認爲看得見的東西才是眞實的，看不見的東西就是虛幻、不存在的。我說，這是人之常情；認爲一下子在，一下子又消失，是怪異現象。那麼，草木榮枯、花開花落、昆蟲的生長變化，也是一下子在，一下子消失，一般人卻又不覺怪異；唯獨認為鬼神龍怪才是異事。世上的洞穴呼號、草木搖擺、百川流動，都毋需人相助即自行運作，沒有人刺激就自行鳴叫，難道這些現象不奇怪嗎？世人卻習以為常。只認為鬼怪狐妖是怪異的，但提到人，又不覺得奇怪。人的存在與行為，又是誰來相助，誰來刺激的呢？一般人都會說：「這本來就是如此。」

我之所以是我，眼睛能看、卻看不見之所以讓我能看的原因；耳朵能聽、卻聽不到讓我之所以能聽的緣由，更何況，是那些看不見、聽不到的東西呢？能用感官加以經驗認識，就以為是眞實，無法用感官去經驗認識，就以為不存在；然而，能被感官認識的事物實則有限。有人說：「有形的東西必有形象，具體的東西才是眞實。」卻不知世間存有以無形為有形，以不存在為存在的事物。那些沒有形象、沒有具體的事物，乃礙於我們眼睛與耳朵的限制而無法認識，不能因此就說它們不存在。有人看得見蚊子睫毛這類細小的東西，卻也有人看不見泰山這麼大的事物；有人聽得到螞蟻的打鬥聲，卻也有人聽不到雷鳴。這都是因為看見的東西與聽到的聲音有所不同罷了，不能因為看不見某些事物就說他是瞎子，也不能因為聽不到某些聲音就說他是聾子。

自從有些見識淺陋的讀書人提出「人死如風火散」的說法以後，探究世間事物發展始末的學問，就無法盛行於天下了；於是人們能看見的東西越來越少，覺得怪異的事也越來越多，於是「以爲駱駝是腫背的馬」這類說詞充斥周遭。最後無可奈何，只好拿「孔子不語怪力亂神」這句話來敷衍搪塞。至於對齊諧志怪、虞初記異故事懷疑不信的人，至少也占了一半。這些人不了解，孔子所謂「不語怪力亂神」是指——中等資質以下的人即使聽了也不懂，還當作是《春秋》把神怪故事全都刪除了呢！

蒲留仙這個人，自幼聰穎，長大後更傑出。下筆如風起雲湧，有辦法將這類怪異故事記載下來。攻讀科舉考試閒暇之時，凡有見聞，便寫成筆記小說，大多是鬼狐怪異這類故事。之前我曾得到其中一卷，後來被人拿去；現在又再得　卷閱覽。凡我所讀到習得的事，十件裡有三、四件足可打破一般井底之蛙的見識，還能觸及耳目感官所不能經驗的事。我認爲，無論是我們習以爲常或怪奇難解的世事，其中只要對人有害，就是妖異。因此，日蝕與流星、水鳥飛到八哥巢中、石頭開口說話、龍打架互鬥之事，都不能算是妖異；只有天災人害、戰亂兵禍與亂臣賊子，才算妖孽。我讀留仙所寫故事，大意要旨皆源自賞善罰惡與安身立命之言論，適足以開通萬物之理；正如東漢的桓譚曾經說過，揚雄的《法言》必能流傳後世。

康熙二十一年農曆八月十六，豹岩樵史唐夢賚拜題

聊齋自誌

披蘿帶荔[1]，三閭氏感而為騷[2]；牛鬼蛇神，長爪郎[3]吟而成癖。自鳴天籟[4]，不擇好音[5]，有由然矣。松[6]落落秋螢之火，魑魅[7]爭光；逐逐野馬之塵[8]，罔兩[9]見笑。才非干寶，雅愛搜神[10]；情類黃州[11]，喜人談鬼。聞則命筆，遂以成編。久之，四方同人，又以郵筒相寄，因而物以好聚，所積益夥。甚者：人非化外，事或奇于斷髮之鄉[12]；睫在眼前，怪有過于飛頭之國[13]。遄飛逸興[14]，狂固難辭；永托曠懷，癡且不諱。展如之人[15]，得毋向我胡盧[16]耶？然五父衢[17]頭，或涉濫聽[18]；而三生石[19]上，頗悟前因。放縱之言，有未可概以人廢者。

松懸弧[20]時，先大人[21]夢一病瘠瞿曇[22]，偏袒[23]入室，藥膏如錢，圓黏乳際。寤[24]而松生，果符墨誌[25]。且也：少羸[26]多病，長命不猶。門庭之淒寂，則冷淡如僧；筆墨之耕耘，則蕭條似缽。每搔頭自念：勿亦面壁人[27]果是吾前身耶？蓋有漏根因[28]，未結人天之果[29]；而隨風蕩墮，竟成藩溷[30]之花。茫茫六道[31]，何可謂無理哉！獨是子夜熒熒[32]，燈昏欲蕊；蕭齋[33]瑟瑟，案冷凝冰。集腋為裘[34]，妄續幽冥之錄[35]；浮白載筆[36]，僅成孤憤[37]之書：寄托[38]如此，亦足悲矣！嗟乎！驚霜寒雀，抱樹無溫；弔月秋蟲，偎闌自熱。知我者，其在青林黑塞[39]間乎！

康熙己未[40]春日。

1 披蘿帶荔：語出《九歌》中的〈山鬼〉：「若有人兮山之阿，披薜荔兮帶女蘿。」這是指出沒在野外的山鬼，而薜荔、女蘿皆植物名。《九歌》原為南方楚地祭祀用的樂歌，經屈原潤色而成。分別為〈東皇太一〉〈雲中君〉〈湘君〉〈湘夫人〉〈大司命〉〈少司命〉〈東君〉〈河伯〉〈山鬼〉〈國殤〉及〈禮魂〉等十一篇。

2 三閭氏感而為騷：三閭氏，指屈原，他曾擔任楚國的三閭大夫。騷，指《離騷》，是屈原被楚懷王放逐漢水之北時所作自傳，抒發其懷才不遇的苦悶心情，以及理想抱負不得施展的悲苦。（編撰者按：蒲松齡之所以在作者自序中提及屈原所作《離騷》，可能是因他與屈原遭遇相似——蒲松齡鄉試落榜，正如空有滿腔抱負、卻不得君王重用的屈原。）

3 長爪郎：指唐朝詩人李賀，有「詩鬼」之稱；因其指爪長，故稱為「長爪郎」。

4 天籟：典故出自《莊子．齊物論》：「夫吹萬不同，而使其自己也。」天籟是無聲之聲，天籟因其無聲給出了一個空間，讓大自然的各種孔竅洞穴能發出聲音。此處指渾然天成的優秀詩作。

5 不擇好音：指這些作品雖好，卻不受世俗認可。

6 松：指本書作者，蒲松齡的自稱。

7 魑魅：讀作「癡媚」，山野中的鬼怪精靈。

8 野馬之塵：本意為塵土，此處指視科舉功名若塵土。

9 罔兩：亦作「魍魎」，山川草木中的鬼怪精靈。

10 才非干寶，雅愛搜神：不敢說自己才比干寶，只酷愛些鬼怪奇談而已。干寶，是東晉編集《搜神記》的作者，此書蒐羅了一些志怪故事，為中國古代志怪故事代表作。

11 黃州：指蘇軾，字子瞻，號東坡居士。蘇軾在宋神宗元豐二年（西元一〇六九年）因烏臺詩案獲罪，次年被貶謫黃州。他曾寫詩自嘲：「問汝平生功業，黃州惠州儋州。」

12 化外、斷髮之鄉：皆指未受教化的蠻夷之地。

13 飛頭之國：古代神話中，人首能夠分離、且會飛的奇異國度。

14 遄飛逸興：很有興致，欲罷不能。遄，讀作「船」，迅速。

15 展如之人：真摯、誠懇之人。依照上下文意，應指那些只相信現實經驗、而不相信那些奇幻國度的人。

16 胡盧：笑聲。

17 五父衢：路名，在今山東曲阜東南。孔子不知其生父所葬之地，而將母親葬於此處。衢，讀作「渠」，通達四方的大路。

18 濫聽：不實的傳聞。

19 三生石：宣揚佛教輪迴觀念的故事。佛教認為人沒有靈魂，但今生所造的業，會帶到來生。人今生今世所受的果報，無論善或惡，皆由過去累世累劫積累而成，而今生所造的業，亦影響來生所承受的果報。

20 懸弧：古人若生男孩，便將弓懸掛在門的左邊。

21 先大人：蒲松齡的先父。

22 瞿曇：梵文，讀作「渠談」，為釋迦牟尼佛的俗家姓氏，此處指僧人。

23 偏袒：佛家語，指僧侶。原指古印度尊敬對方的禮法，後為佛教沿用，僧侶在拜見佛陀時，須穿著露出右肩的袈裟以示尊敬；但平時佛教徒所穿袈裟，則無偏袒。

袒，讀作「坦」，裸露之意。

24 寤：讀作「物」，醒來、睡醒。

25 果符墨誌：與蒲松齡父親夢中所見僧人的胸前特徵相符——「藥膏如錢，圓黏乳際」。墨誌，指黑痣。

26 少羸：年少時，身體瘦弱。羸，讀作「雷」。

27 面壁人：和尚坐禪修行，稱為面壁。面壁人，代指和尚、僧人。

28 有漏根因：佛家語。有漏，由梵語轉譯，是流失、漏泄之意，意即煩惱。有漏因，即招致三界（欲界、色界、無色界）果報的業因，語出景德傳燈錄卷三菩提達磨章（大五一．二一九上）：「帝曰：『何以無功德？』師曰：『此但人天小果，有漏之因，如影隨形，雖有非實。』」原文中並無「根」字。

欲界，指一切有情眾生所住之世界，地獄、餓鬼、畜生、阿修羅、人、六欲天皆屬此。欲界之有情，是指有食欲、淫欲、睡眠欲等。

色界之眾生脫離淫欲，不著穢惡之色法，此界之天眾無男女之別，其衣是自然而至，而以光明為食物及語言。

無色界，指超越物質現象經驗之世界，此界之有情眾生，沒有無色法、場所，無空間高下之分別。

29 人天之果：佛家語。有漏之業的善果。

30 藩溷：籬笆和茅坑。溷，讀作「混」。

31 六道：佛家語。眾生往生後各依其業前往相應的世界，分別為：地獄道、餓鬼道、畜生道、阿修羅道、人間道、天道。前三道為惡，後三道為善。

32 熒熒：讀作「迎迎」，微弱光影閃動的樣子。

33 蕭齋：對自己所居房屋或書齋的謙詞，典故出自——梁武帝造寺，命蕭子雲於寺院牆上寫一「蕭」字。寺院毀壞後，刻字的殘壁仍保存下來。至唐朝李約，將此牆壁運歸洛陽，匾於小亭，以供賞玩，稱為「蕭齋」。

34 集腋為裘：意謂此部《聊齋志異》，集結了眾人之力，積少成多才完成。

35 幽冥之錄：南朝宋劉義慶所編纂的志怪小說集，屬於六朝志怪筆記小說，篇幅短小，為後世小說的先驅。

36 浮白：暢飲。載筆：此指寫作著書。

37 孤憤：原為《韓非子》一書的其中一篇篇名。此指憤世嫉俗的著作，意即對一些看不慣的世俗之事執筆記錄下來，以表心中悲憤。

38 寄托：寄託言外之音於文辭之間，猶言寓言。

39 青林黑塞：指夢中的地府幽冥。

40 康熙己未：清朝康熙十八年（西元一六七九年）。這一年，蒲松齡四十歲。

白話翻譯

野外的山鬼，讓屈原有感而發寫成了《離騷》；牛鬼蛇神，被李賀寫入了詩篇。這種獨樹一幟的作品，不見容於世俗，其來有自。我於困頓時，只能與魑魅爭光；無法求取功名，受到鬼怪的嘲笑。雖不像干寶那樣有才華，能寫出流傳百世的《搜神記》，卻也喜愛志怪故事；也與被貶謫黃州的蘇軾一樣，喜與人談論鬼怪故事。聽到奇聞怪事就動筆記錄下來，這才編成了這部書。久而久之，各地同好便將蒐羅來的鬼怪故事寄給我，物以類聚，內容更加豐富。甚至——人不處於蠻荒之地，卻有比蠻荒更離奇的怪事發生；即便在我們周遭，也有比飛頭國更古怪的事情。我越寫越有興趣，甚至到了發狂的地步；長期將精力投注於此，連自己都覺得癡迷。那些不信鬼神的人，恐怕要嘲笑我。道聽塗說之事，或許不足採信；然而這些荒謬怪誕的傳聞，有助於人認清事實，增長智慧。這些志怪故事的價值，不可因作者籍籍無名而輕易作廢。

我出生之時，先父夢到一名病瘦的僧人，穿著露肩袈裟入屋，胸前貼著一個似錢幣的圓形膏藥。夢醒，我就出生了，胸前果然有一個黑痣。且我年幼體弱多病，恐活不長。門庭冷清，如僧人般過著清心寡慾的日子；整天埋首寫作，貧窮如僧人的空缽。常常自想，莫非那名僧人眞是我的前世？我前世所做的善業不夠，所以才沒法到更好的世界；只能隨風飄蕩，落入汙泥糞土之中。虛無飄渺的六道輪迴，不可謂全無道理。特別是在深夜燭光微弱之際，燈光昏暗蕊心將盡，書齋更顯冷清，書案冷如冰。我想集結眾人之力，妄圖再續《幽冥錄》；飲酒寫作，成憤世嫉俗之書：只能將平生之志寄託於此，實在可悲！唉！受盡風霜的寒雀，棲於樹上感受不到溫暖；憑弔月光的秋蟲，依偎著欄杆還能感到一絲溫暖。知我者，大概只有黃泉幽冥之中的鬼了！

寫於康熙十八年春。

卷七

07

仙人有神力，道士有術法，
可以化險為夷，可使腰纏萬貫。
然而凡有希冀皆須講求機緣，
不若隨遇而安，所見所得更加浩渺壯麗。

二商

莒①人商姓者，兄富而弟貧，鄰垣②而居。康熙間，歲大凶，弟朝夕不自給。一日，日向午，尚未舉火，枵腹蹀躞③，無以為計。妻令往告兄，商曰：「無益。脫兄憐我貧也，當早有以處此矣。」妻固強之，商便使其子往。少頃，空手而返。商曰：「何如哉！」妻詳問阿伯云何。子曰：「伯躊躕目視伯母，伯母告我曰：『兄弟析居④，有飯各食，誰復能相顧也。』」夫妻無言，暫以殘盎敗榻⑤，少易糠粃⑥而生。里中三四惡少，窺大商饒足，夜踰坦入。夫妻驚寤⑦，鳴盥器而號。鄰人共嫉之，無援者。不得已，疾呼二商。商聞嫂鳴，欲趨救，妻止之，大聲對嫂曰：「兄弟析居，有禍各受，誰復能相顧也！」俄，盜破扉，執大商及婦，炮烙⑧之，呼聲綦⑨慘。二商曰：「彼固無情，焉有坐視兄死而不救者！」率子越垣，大聲疾呼。二商父子故武勇，人所畏懼，又恐驚致他援，盜乃去。視兄嫂，兩股焦灼，扶榻上，招集婢僕，乃歸。大商雖被創，而金帛無所亡失⑩。謂妻曰：「今所遺留，悉出弟賜，宜分給之。」妻曰：「汝有好兄弟，不受此苦矣！」商乃不言。

二商家絕食，謂兄必有以報；久之，寂不聞。婦不能待，使子捉囊往從貸，得斗粟而返。婦怒其少，欲反之；二商止之。踰兩月，貧餒⑪愈不可支。二商曰：「今無術可以謀生，不如鬻⑫宅於兄。兄恐我他去，或不受券⑬而恤焉，未可知；縱或不然，得十餘金，亦可存活。」

妻以為然，遣子操券詣大商。大商告之婦，且曰：「弟即不仁，我手足也。彼去則我孤立，不如反[14]其券而周[15]之。」妻曰：「不然。彼言去，挾我也；果爾，則適墮其謀。世間無兄弟者，便都死卻耶！我高葺[16]牆垣，亦足自固。不如受其券，從所適，亦可以廣吾宅。」計定，令二商押署券尾，付直[17]而去。二商於是徙居鄰村。鄉中不逞之徒[18]，聞二商去，又攻之。復執大商，搒楚[19]并兼，梏毒[20]慘至，所有金貲[21]，悉以贖命。盜臨去，開廩[22]呼村中貧者，恣所取，頃刻都盡。次日，二商始聞，及奔視，則兄已昏憒[23]不能語；開目見弟，但以手抓牀席而已。少頃遂死。二商忿訴邑宰[24]。盜首逃竄，莫可緝獲。盜粟者百餘人，皆里中貧民，州守[25]亦莫如何。

大商遺幼子，纔[26]五歲，家既貧，往往自投叔所，數日不歸；送之歸，則啼不止。二商婦頗不加青眼[27]。二商曰：「渠[28]父不義，其子何罪？」因市蒸餅[29]數枚，自送之。過數日，又避妻子，陰負斗粟於嫂，使養兒。如此以為常。又數年，大商賣其田宅，母得直，足自給，二商乃不復至。後歲大饑，道殣相望[30]，二商食指[31]益繁，不能他顧。姪年十五，荏弱[32]不能操業，使攜籃從兄貨胡餅[33]。一夜，夢兄至，顏色[34]慘戚曰：「余惑於婦言，遂失手足之義。弟不念前嫌，增我汗羞。所賣故宅，今尚空閒，宜僦[35]居之。屋後蓬顆[36]下，藏有窖金，發之[37]，可以小阜[38]。使醜兒相從；長舌婦余甚恨之，勿顧也。」既醒，異之。以重直啗第主，始得就，果發得五百金。從此棄賤業，使兄弟設肆廛間[39]。姪頗慧，記算無訛；又誠慤[40]，凡出入，一錙銖必告。二商益愛之。一日，泣為母請粟。商妻欲勿與；二商念其孝，按月廩給[41]

之。◆數年家益富。大商婦病死，二商亦老，乃析姪，家貲割半與之。

異史氏曰：「聞大商一介不輕取與，亦狷潔[42]自好者也。然婦言是聽，憒憒不置一詞，恝情[43]骨肉，卒以吝死。嗚呼！亦何怪哉！二商以貧始，以素封[44]終。為人何所長？但不甚遵閫教[45]耳。嗚呼！一行不同，而人品遂異。」

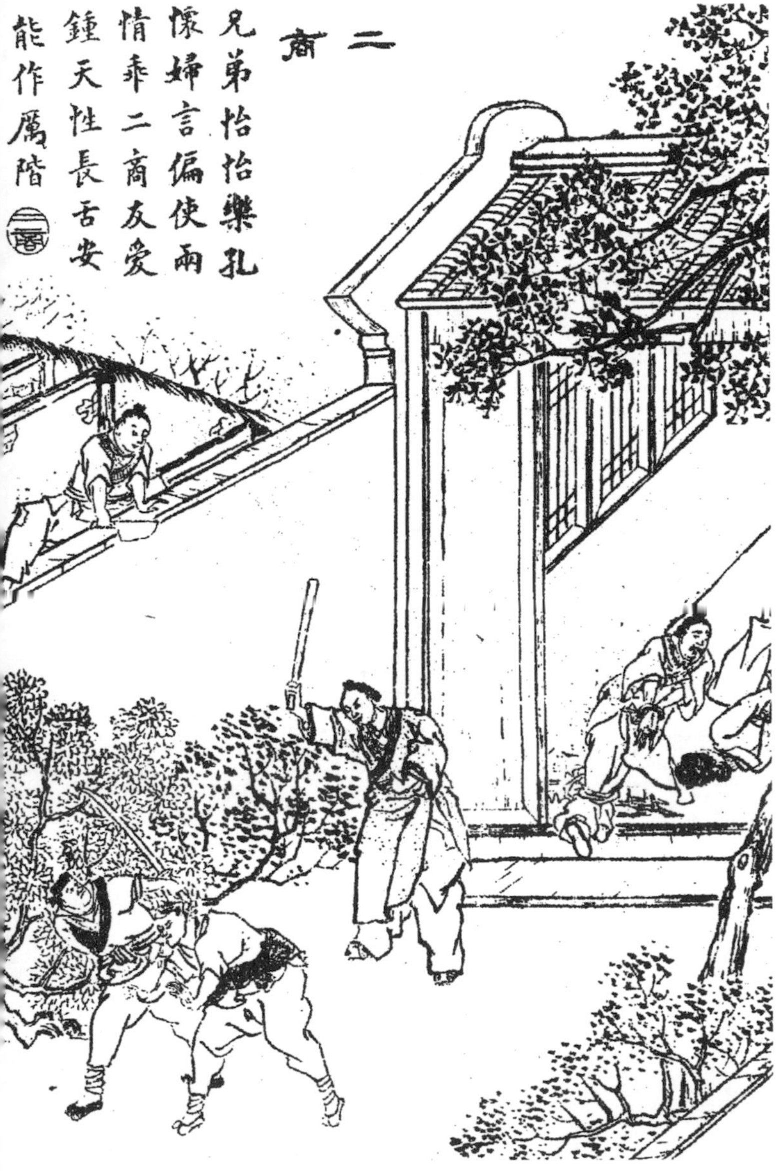
二商
兄弟怡怡樂孔
懷婦言偏使兩
情乖二商友愛
鍾天性長舌安
能作厲階

1 莒：古代州名。今山東省莒縣。

2 垣：讀作「圓」，矮牆。

3 枵腹蹀躞：餓著肚子來回踱步。枵腹，空著肚子。枵，讀作「消」。蹀躞，走來走去，焦慮不安的樣子。蹀，讀作「蝶」。

4 析居：分家。

5 殘盎敗榻：破罈爛床。泛指不值錢的家具。

6 糠粃：讀作「康鄙」。粗糙的食物。

7 寤：讀作「物」，醒來、睡醒。

8 炮烙：古代的一種刑罰。以燒紅的鐵器或鐵柱灼燙身體的酷刑。

9 綦：讀作「其」，極度、非常。

10 亡失：丟失。

11 餒：飢餓。

12 鬻：讀作「玉」，賣。

13 券：指房契。

14 反：同「返」。此指歸還。

15 周：救濟。

16 葺：讀作「企」，修建。

17 直：通「值」。價錢。

18 不逞之徒：不法之徒。即歹徒。

19 搒楚：用棍棒或竹杖嚴刑拷打。搒，讀作「蹦」，毆打。

20 梏毒：加上鐐銬，施加各種酷刑。梏，讀作「顧」，借指古代刑具。在足曰桎，在手曰梏，即腳鐐手銬，用以拘繫犯人、限制行動。

21 貲：通「資」，財物、錢財。

22 廩：糧倉。

23 昏憒：神智不清醒。憒，讀作「愧」。

24 邑宰：知縣。

25 州守：知州。

26 裁：僅、只之意。通「纔」、「才」二字。

27 不加青眼：不對他另眼相看，即不喜歡之意。

28 渠：他，指第三人稱。

29 市蒸餅：買包子、饅頭之類的麵食。

30 道殣相望：到處都能看到餓死的人。殣，讀作「僅」，餓死的人。

31 食指：比喻家中人口。

32 荏弱：軟弱。

33 貨胡餅：賣燒餅。

34 顏色：臉色。

35 僦：讀作「舊」。租。

36 篷顆：草叢。

37 發之：把它挖出來。

38 阜：富庶。

39 設肆廛間：在商店區開店鋪。肆，市集的店鋪。廛，讀作「禪」。廛間，商店區。

40 愨：讀作「卻」，誠實、忠厚。

41 廩給：此指供應錢糧。

42 狷潔：潔身自守。狷，讀作「眷」，比喻剛正不阿。

43 恝情：漠不關心。恝，讀作「夾」，因忽視、淡忘而顯出不在乎的樣子。

44 素封：指無官爵封邑卻財產富裕的人。

45 閫教：妻子的叮囑。閫，讀作「捆」，閨房，此處借指婦女。

◆**馮鎮巒評點**：二商婦與大商婦相去幾何，處處帶寫一句，所以表二商也。

二商家的妻子與大商家的妻子相差無幾，都是斤斤計較，慫恿丈夫苛薄兄弟之人。作者每個地方對二商家的妻子略為著墨，用意是要表達二商對妻子，沒有像大商那樣言聽計從罷了。

白話翻譯

莒縣有戶姓商的人家，兄長家境富裕，弟弟卻一貧如洗，兩家只隔一道矮牆。康熙年間，旱災糧食歉收，二商窮得沒法過活。一天，天過晌午，二商還沒生火煮飯，餓著肚子在屋裡一籌莫展地來回踱步，無計可施。妻子叫他向兄長求助，二商說：「沒用。要是哥哥眞可憐咱們窮苦，早就幫助我們了。」妻子執意要他去，二商便讓兒子去。不久，兒子空手回來。二商說：「你看，我說的沒錯吧！」妻子對兒子詳問大伯說了什麼，兒子說：「大伯猶豫地看大伯母，大伯母對我說：『兄弟既已分家，各人有飯各人吃，誰又能顧得了誰呢？』」二商夫妻無話可說，只好把僅有的破舊家具賣掉，換點粗劣的食物餬口。

村中有三、四個流氓，見大商家很富裕，半夜翻牆進去，大商夫妻驚醒，敲打臉盆大聲喊叫。鄰居痛恨大商家的爲人，誰也不去援救，夫妻倆不得已，只好大聲呼喊二商。二商聽到嫂子呼救，想去救助，妻子制止他，大聲對嫂子說：「兄弟既已分家，各人有禍各自擔，誰又能顧得了誰呀！」不久，強盜破門而入，捉住大商夫婦，用燒紅的鐵烙他們，哀叫聲非常慘烈。二商說：「他們雖無情無義，可哪有人看到兄長有難而見死不救的！」二商帶著兒子翻過牆頭，大聲呼喊。二商父子本就武藝高強，遠近聞名，強盜又怕招來眾鄰援助，四散逃走了。二商看到兄嫂倆的雙腿都被烙焦，將他們扶到床上，又把大商家的奴僕召集起來，才回家去。大商夫妻雖然受了酷刑，錢財卻沒丟失。大商對妻子說：「如今咱能保全財產，全靠弟弟解救，應該分一點給他。」妻子說：「你要是有個好弟弟，就不至於受這份罪呢！」大商沒再說話。

二商家沒米下鍋，本以爲兄長會送點報酬，等了很久也沒有任何消息。二商的妻子等不下去，叫兒子拿起袋子去借糧，結果只借了一斗米回來。二商妻子嫌少，生氣地要兒子送回去，二商制止了。兩個月後，二商家已山窮水盡，二商說：「如今實在沒法餬口了，不如把房子賣給兄長。兄長怕我們搬走，或許不會接受我們的房契，直接接濟我們也不一定。就算不是這樣，賣得十幾兩銀子，也可維持度日。」妻子同意了，就派兒子拿了房契去找大商。大商把這事告訴妻子，說：「就算弟弟不仁，也是同胞手足。他們如果走了，我們就孤立無援，不如歸還房契，再接濟他們。」妻子說：「不行。他們說要搬走，是要脅我們。若你真這麼做，就正好中了他的詭計。世上沒有兄弟的人，難道都死了嗎？我們把院牆加高，足可自衛。不如收下他的房契，讓他另外找地方住，也可以擴大我們的宅院。」商量好了，就叫二商在房契上簽字畫押，付過房價後就走，二商只好搬到鄰村去。

村裡幾個歹徒聽說二商搬走，又來搶劫了。他們捆住大商，使上鞭抽、棍打，用盡酷刑，大商只好把所有金銀財物都拿來贖命。強盜臨走時打開米倉，呼喊村裡窮人隨便拿，頃刻之間米倉就空了。二商到了隔天才聽說這事，急忙趕來看望。大商已經神志不清，不能說話，他睜開眼看見弟弟，只能用手扒抓床席，不久就死了。二商憤怒地找上知縣告狀，可是強盜頭子早已逃走，無法逮捕歸案；那些搶糧食的百多人都是村裡窮人，知縣對他們也莫可奈何。

大商留下一名幼子，年僅五歲，自從家貧以後，經常自己到叔叔家，好幾天不回家，送他回去就啼哭不止。二商的妻子很不喜歡這孩子，二商說：「父親不仁義，他的兒子又有什麼錯呢？」就到街上買了幾個包子饅頭，送他回去。過了幾天又瞞著妻子，偷偷拿了一斗米給大嫂撫養兒子。就這樣常常接濟他們，又幾年過去，大商一家賣掉田地宅院，母子倆有了錢，生活過得下去，二商才不再接濟他們。又一年鬧飢荒，路上到處可見餓死的人，二商家裡人口越來越多，也沒有多餘的糧食接濟大嫂家。姪子長到十五歲，卻身體虛弱不能謀生，二商便讓他提著籃子，跟堂哥們去賣燒餅。一晚，二商夢見兄長前來，神情淒慘地說：「我就是聽從妻子的話，失了手足情誼。弟弟不計前嫌，更讓我羞愧汗顏。你以前賣給我的房子，如今還空著，你就租下搬回去住。屋後草叢底下的地窖裡藏了一些錢，你把它拿出來，日子可以過得寬裕些。就讓我不成材的兒子跟著你，至於那個長舌婦，我恨之入骨，不要理她。」二商醒來後，感到很奇怪，就出高價向屋主租回房子，才得以搬回去，果然挖出五百兩銀子。二商從此不再做小買賣，他讓堂兄弟倆在街上開了家店鋪。姪兒頗爲聰慧，記帳算錢從無差錯，爲人也很誠實，即便只一文錢收支也要稟告叔叔，二商特別喜愛他。一天，姪兒哭著求叔叔給他母親一點米，二商的妻子不想給，二商因感念姪兒孝順，仍按月支給他一些錢糧。幾年以後，二商家更富裕了，大商妻子病死，二商也老了，就跟姪兒分家，把一半家產分給了他。

記下奇聞異事的作者如是說：「據說大商不會隨便接拿別人一文錢，也不會輕易給人分毫，是個潔身自好的人。但他什麼事都聽妻子的，糊裡糊塗沒有主見，對兄弟的窮苦無動於衷，最後因吝嗇而死。唉！這有什麼好奇怪的！二商以貧窮開始，以富貴告終，他爲人有什麼長處呢？不過是不聽妻子的話罷了。唉！兄弟倆的處世原則只有一項不同，而人品就大相逕庭了！」

邵女

柴廷賓，太平人[1]。妻金氏，不育，又奇妒。柴百金買妾，金暴遇[2]之，經歲而死。柴忿出，獨宿數月，不踐閨闥[3]。一日，柴初度[4]，金卑詞莊禮，為丈夫壽。柴不忍拒，始通言笑。金設筵內寢，招柴。柴辭以醉。金華妝自詣柴所，曰：「妾竭誠終日，君即醉，請一琖[5]而別。」柴乃入，酌酒話言。妻從容曰：「前日誤殺婢子，今甚悔之。何便仇忌，遂無結髮情耶？後請納金釵十二[6]，妾不汝瑕疵[7]也。」柴益喜，燭盡見跋[8]，遂止宿焉。由此敬愛如初。金便呼媒媼來，囑為物色佳媵[9]；而陰使遷延勿報，已則故督促之。如是年餘。柴不能待，偏[10]囑戚好為之購致，得林氏之養女。金一見，喜形於色，飲食共之，脂澤花釧[11]，任其所取。然林故燕[12]產，不習女紅，繡履之外，須[13]人而成。金曰：「我家素勤儉，非似王侯家，買作畫圖看者。」於是授美錦，使學製[14]，若嚴師誨弟子。初猶訶罵[50]，繼而鞭楚[16]。柴痛切於心，不能為地。而金之憐愛林，尤倍於昔，往往自為妝束，勻鉛黃[17]焉。但履跟稍有摺痕，則以鐵杖擊雙彎[18]；髮少亂，則批兩頰[19]：林不堪其虐，自經[20]死。柴悲慘心目，頗致怨懟。妻怒曰：「我代汝教娘子，有何罪過？」柴始悟其奸，因復反目，永絕琴瑟之好。陰於別業修房闥，思購麗人而別居之。荏苒半載，未得其人。偶會友人之葬，見二八女郎，光豔溢目，停睇神馳。女怪其狂顧，秋波斜轉之。詢諸人 知為邵氏。

邵貧士，止此女，少聰慧，教之讀，過目能了。尤喜讀內經[21]及冰鑑書[22]。父愛溺之，有議婚者，輒令自擇，而貧富皆少所可，故十七歲猶未字也。柴得其端末，知不可圖，然心低徊[23]之。又冀其家貧，或可利動。謀之數媼，無敢媒者，遂亦灰心，無所復望。忽有賈媼者，以貨珠過柴。柴告所願，賂以重金，曰：「止求一通誠意，其成與否，所勿責也。萬一可圖，千金不惜。」媼利其有，諾之。登門，故與邵妻絮語。睹女，驚贊曰：「好個美姑姑！假到昭陽院，趙家姊妹何足數得[24]！」又問：「壻[25]家阿誰？」邵妻答：「尚未。」媼言：「若個娘子，何愁無王侯作貴客[26]也！」邵妻歎曰：「王侯家所不敢望；只要個讀書種子，便是佳耳。我家小孽冤，翻復遴選，十無一當，不解是何意向。」媼曰：「夫人勿須煩怨。恁個麗人，不知前身修何福澤，才能消受得！昨一大笑事：柴家郎君云：於某家塋[27]邊，望見顏色，願以千金為聘。此非餓鴟作天鵝想[28]耶？早被老身呵斥去矣！」邵妻微笑不答。媼曰：「便是秀才家，難與較計；若在別個，失尺而得丈，宜若可為矣。」邵妻復笑不言。媼撫掌曰：「果爾，則為老身計亦左矣[29]。日蒙夫人愛，登堂便促膝賜漿酒；若得千金，出車馬，入樓閣，老身再到門，則閽者[30]呵叱及之矣。」邵妻沉吟良久，起而去，與夫語；移時，喚其女；又移時，三人並出。邵妻笑曰：「婢子奇特，多少良匹悉不就，聞為賤媵則就之。但恐為儒林[31]笑也！」媼曰：「倘入門，得一小哥子，大夫人便如何耶！」言已，告以別居之謀。邵益喜，喚女曰：「試同賈姥言之。此汝自主張，勿後悔，致懟父母。」女腆然曰：「父母安享厚奉，則養女有濟矣。況自顧命薄，若得嘉耦[32]，必減壽數，少受折磨，未必非福。前見柴郎亦福相，子孫必有興者。」媼大喜，奔告。

柴喜出非望，即置千金，備輿馬[33]，娶女於別業[34]，家人無敢言者。女謂柴曰：「君之計，所謂燕巢於幕，不謀朝夕者也[35]。塞口防舌，以冀不漏，何可得乎？請不如早歸，猶速發而禍小。」柴慮摧殘。女曰：「天下無不可化之人。我苟無過，怒何由起？」柴曰：「不然。此非常之悍，不可情理動者。」女曰：「身為賤婢，摧折亦自分耳。不然，買日為活，何可長也？」柴以為是，終躊躕而不敢決。一日，柴他往 女青衣[36]而出，命蒼頭控老牝馬[37]，一嫗攜襆[38]從之，竟詣嫡所，伏地而陳。妻始而怒；既念其自首可原，又見容飾兼卑，氣亦稍平。乃命婢子出錦衣衣之。曰：「彼薄倖人播惡於眾，使我橫被口語。其實皆男子不義，諸婢無行，有以激之。汝試念背妻而立家室，此豈復是人矣？」女曰：「細察渠[39]似稍悔之，但不肯下氣耳。諺云：『大者不伏小。』以禮論：妻之於夫，猶子之於父，庶之於嫡也。夫人若肯假以詞色，則積怨可以盡捐。」妻云：「彼自不仁，我何與焉？」即命婢媼為之除舍[40]。心雖不樂，亦暫安之。

柴聞女歸，驚惕不已，竊意羊入虎羣，狼藉已不堪矣。疾奔而至，見家中寂然，心始穩貼。女迎門而勸，令詣嫡所。柴有難色。女泣下，柴意少納。女往見妻曰：「郎適歸，自慚無以見夫人，乞夫人往一姍笑[41]之也。」妻不肯行。女曰：「妾已言：夫之於妻，猶嫡之於庶。孟光舉案，而人不以為諂，何哉？分在則然耳。」妻乃從之，見柴曰：「汝狡兔三窟，何歸為？」柴俛[42]不對。女肘之，柴始強顏笑。妻色稍霽，將返。女推柴從之，又囑庖人備酌。自是夫妻復和。女早起青衣往朝；盥已，授帨[43]，執婢禮甚恭。柴入其室，苦辭之，十餘夕始肯一納。妻亦心賢之；然自愧弗如，積慚成忌。但女奉侍謹，無可蹈瑕[44]；或薄施訶譴，女惟順受。一夜，夫婦少有反唇，曉妝猶含盛怒。女捧鏡，鏡墮，破之。妻益恚[45]，握髮裂眥[46]。女懼，長跪哀免。怒不解，鞭之至數十。柴不能忍，盛氣奔入，曳女出。妻呶呶[47]逐擊之。柴怒，奪鞭反扑，面膚綻裂，始退。由此夫妻若仇。柴禁女無往。女弗聽，早起，膝行伺幕外。妻搥牀怒罵，叱去不聽前。日夜切齒，將伺柴出而後洩憤於女。柴知之，謝絕人事，杜門不通弔慶。妻無如何，惟日撻婢媼以寄其恨，下人皆不可堪。自夫妻絕好，女亦莫敢當夕，柴於是孤眠。妻聞之，意亦稍安。

有大婢素狡黠，偶與柴語，妻疑其私，暴之尤苦。婢輒於無人處，疾首怨罵。一夕，輪婢值宿，女囑柴，禁無往，曰：「婢面有殺機，叵測也。」柴如其言，招之來，詐問：「何作？」婢驚懼無所措詞。柴益疑，檢其衣，得利刃焉。婢無言，惟伏地乞死。柴欲撻之。女止之曰：「恐夫人所聞，此婢必無生理。彼罪固不赦，然不如鬻[48]之，既全其生，我亦得直焉。」柴然之。會有買妾者，急貨之。妻以其不謀故，罪柴，益遷怒女，詬罵益毒。柴忿顧女曰：「皆汝自取。前此殺卻，烏有今日。」言已而走。妻怪其言，徧詰左右，並無知者；問女，女亦不言。心益悶怒，捉裾[49]浪罵。柴乃返，以實告。妻大驚，向女溫語；而心轉恨其言之不早。柴以為嫌郤[50]盡釋，不復作防。適遠出，妻乃召女而數之曰：「殺主者罪不赦，汝縱之何心？」女造次不能以詞自達。妻燒赤鐵烙女面，欲毀其容。婢媼皆為之不平。每號痛一聲，則家人皆哭，願代受死。妻乃不烙，以針刺脅[51]二十餘下，始揮去之。柴歸，見面創，大怒，欲往尋之。女捉襟曰：「妾明知火坑而固蹈之。當嫁君時，豈以君家為天堂耶？亦自顧薄命，聊以洩造化[52]之怒耳。安心忍受，尚有滿時；若再觸焉，是坎已填而復掘之也。」◆遂以藥糝[53]患處，數日尋愈。忽攬鏡喜曰：「君今日宜為妾賀，彼烙斷我晦紋[54]矣！」朝夕事嫡，一如往日。金前見眾哭，自知身同獨夫[55]，略有愧悔之萌，時時呼女共事，詞色平善。

月餘，忽病逆[56]，害飲食。柴恨其不死，略不顧問。數日，腹脹如鼓，日夜寢困[57]。女侍伺不遑眠食，金益德之。女以醫理自陳；金自覺疇昔過慘，疑其怨報，故謝之。金為人持家嚴整，婢僕悉就約束；自病後，皆散誕無操作者。柴躬自紀理[58]，劬勞[59]甚苦，而家中米鹽，不食自盡。由是慨然興中饋[60]之思，聘醫藥之。金對人輒自言為「氣蠱」，以故醫脈之，無不指為氣鬱者。凡易數醫，卒罔效，亦瀕危矣。又將烹藥。女進曰：「此等藥，百裹無益，祇增劇耳。」金不信。女暗撮別劑易之。藥下，食頃三遺[61]，病若失。遂益笑女言妄，呻而呼之曰：「女華陀[62]，今如何也！」女及羣婢皆笑。金問故，始實告之。泣曰：「妾日受子之覆載[63]而不知也！今而後，請惟家政，聽子而行。」無何，病痊，柴整設[64]為賀。女捧壺侍側；金自起奪壺，曳與連臂，愛異常情。更闌，女託故離席；金遣二婢曳還之，強與連榻。自此，事必商，食必偕，姊妹無其和也。

無何，女產一男。產後多病，金親調視，若奉老母。後金患心痗[65]，痛起，則面目皆青，但欲覓死。女急市[66]銀針數枚，一一比至，則氣息瀕盡，按穴刺之，畫然[67]痛止。十餘日復發，復刺；過六七日又發。雖應手奏效，不至大苦，然心常惴惴，恐其復萌。夜夢至一處，似廟宇，殿中鬼神皆動。神問：「汝金氏耶？汝罪過多端，壽數合盡；念汝改悔，故僅降災，以示微譴。前殺兩姬，此其宿報。至邵氏何罪而慘毒如此？鞭打之刑，已有柴生代報，可以相準[68]；所欠一烙二十三針，今三次，止償零數，便望病根除耶？明日又當作矣！」醒而大懼，猶冀為妖夢之誣。食後果病，其痛倍切。女至，刺之，隨手而瘥[69]。疑曰：「技止此矣，病本何以不拔？請再灼之。此非爛燒不可，但恐夫人不能忍受。」金憶夢中語，以故無難色。然呻吟忍受之際，默思欠此十九針，不知作何變症，不如一朝受盡，庶免後苦。炷盡，求女再針。女笑曰：「針豈可以汎常[70]施用耶？」金曰：「不必論穴，但煩十九刺。」女笑不可。金請益堅，起跪榻上。女終不忍。實以夢告。女乃約略經絡，刺之如數。自此平復，果不復病。彌自懺悔，臨下亦無戾色。子名曰俊，秀惠絕倫。女每曰：「此子翰苑相也。」八歲有神童之目；十五歲，以進士授翰林。是時柴夫婦年四十，如夫人[71]三十有二三耳。輿馬歸寧，鄉里榮之。邵翁自鬻女後，家暴富，而士林羞與為伍；至是，始有通往來者。

異史氏曰：「女子狡妒，其天性然也。而為妾媵者，又復炫美弄機，以增其怒。嗚呼！禍所由來矣。若以命自安，以分自守，百折而不移其志，此豈梃[72]刃所能加乎？乃至於再拯其死，而始有悔悟之萌。嗚呼！豈人也哉！如數以償，而不增之息，亦造物之恕矣。顧以仁術作惡報，不亦傎[73]乎！每見愚夫婦抱痾[74]終日，即招無知之巫，任其刺肌灼膚而不敢呻，心嘗怪之，至此始悟。」

閩人有納妾者，夕入妻房，不敢便去，偽解屨作登榻狀。妻曰：「去休！勿作態！」夫尚徘徊，妻正色曰：「我非似他家妒忌者，何必爾爾」夫乃去。妻獨臥，輾轉不得寐，遂起，往伏門外潛聽之。但聞妾聲隱約，不甚了了，惟「郎罷」二字，略可辨識。郎罷，閩人呼父也。妻聽踰刻，痰厥[75]而踣[76]，首觸扉作聲。夫驚起，啟戶，尸倒入。呼妾火之，則其妻也。急扶灌之。目略開，即呻曰：「誰家郎罷被汝呼！」妒情可哂。

1 太平：明、清兩代府名。今安徽省當塗縣。
2 暴遇：虐待、折磨。
3 閨闥：閨房。闥，讀作「踏」。門。
4 初度：慶生。
5 琖：讀作「展」，玉製的酒杯。
6 金釵十二：形容姬妾成群。
7 不汝瑕疵：不去挑你的毛病；不指責你的錯誤。
8 燭盡見跋：蠟燭燒完一整支。意謂夜深時分。跋，讀作「拔」。蠟燭燃盡後殘留的部分。
9 媵：讀作「硬」。古代之陪嫁女。此指侍妾。
10 徧：同今「遍」字，是遍的異體字。
11 脂澤花釧：胭脂水粉與首飾。釧，讀作「串」，手鐲。此處泛指首飾。
12 燕：河北省的簡稱。
13 須：等待。此指依靠。

14 授美錦，使學製：語出《左傳．襄公三十年》：「子有美錦，不使人學製焉。」你有美錦，不讓人學著如何裁製成衣。比喻人才濟濟，卻不讓他們學習如何為官。此段文字中當解為：正室給小妾上好的錦緞，讓她學習如何裁製成衣。
15 訶罵：責罵、責備。
16 鞭楚：用棍棒亂打。
17 勻鉛黃：上妝，將臉上的化妝品調勻。鉛黃，古代婦女所用的化妝品。
18 雙彎：此指女子的一雙小腳。古代婦女纏足，雙足嬌小且呈弓彎曲。
19 批頰：朝兩邊臉頰都賞耳光。
20 自經：自盡。
21 內經：即《黃帝內經》。書名。共十八卷，內容包括《黃帝內經素問》、《靈樞經》兩部。是春秋戰國前中醫臨床經驗與藥理的總結，現存最早的中醫理論著作。

22 冰鑑書：看面相以識人的書籍。冰鑑，古代以冰為鏡，引申為鑑別人物、明察事理。

23 低徊：留戀徘徊，此處引申為心心念念，縈繞不去。

24 假到昭陽院，趙家姊妹何足數得：假若到漢宮朝陽殿，連趙飛燕與趙合德姊妹，都要花容失色。以此比喻邵女的美貌。趙飛燕，漢成帝的皇后，擅長跳舞。她身輕如燕，能在掌中跳舞，故名為「飛燕」。趙合德，趙飛燕的妹妹。同為漢成帝的寵妃，專寵後宮，賜封昭儀。

25 壻：女婿。同今「婿」字，是婿的異體字。

26 貴客：此指女婿。

27 塋：讀作「營」。墳墓。

28 餓鴟作天鵝想：猶言癩蛤蟆想吃天鵝肉。

29 老身計亦左矣：就算是老身也錯算了計策啊。計左，又作「左計」，不適當的謀略規劃。

30 閽者：守門人。

31 儒林：讀書人的圈子，文壇。

32 嘉耦：同「佳偶」。耦，配偶。

33 輿馬：車馬。輿，車子、車輛。

34 別業：別處地產，此指別墅。

35 所謂燕巢於幕，不謀朝夕者也：燕子在帷幕上築巢，比喻處境堪虞，此法僅權宜之計，不可長久。典出《左傳・襄公二十九年》：「夫子之在此也，猶燕之巢於幕上。」你得罪國君，還留在此地，無異於燕子在帷幕上築巢，情勢非常危險，將有性命之憂。不謀朝夕，只能顧全早上或晚上，意謂只是權宜之計。

36 青衣：婢女，古時婢女穿青色衣服。此處作動詞用，打扮成婢女的模樣。

37 蒼頭控老牝馬：讓僕人駕馭老母馬。蒼頭，以青色頭巾做頭飾的僕役，借指僕人。牝馬，母馬。

38 襆：讀作「樸」，包袱、行囊。

39 渠：他，指第三人稱。

40 除舍：打掃屋子。除，打掃、清潔。

41 姍笑：奚落、嘲笑。

42 俛：低頭。同今「俯」字，是俯的異體字。

43 盥已，授帨：晚輩服侍長輩盥洗的禮節。長輩盥洗完畢，晚輩立即遞上手巾。帨，讀作「稅」，手巾。

44 蹈瑕：挑毛病，找出錯處。

45 恚：讀作「惠」。惱怒、生氣。

46 握發裂眥：手握頭髮，眼眶將要裂開，形容非常憤怒。眥：眼眶。讀作「字」。

47 呶呶：讀作「撓撓」。形容說起話來沒完沒了、囉嗦不停。

48 鬻：讀作「玉」。賣。

49 裾：讀作「居」。衣服的後襟。

50 嫌郤：嫌隙。郤，讀作「戲」，仇怨之意，通「隙」字。

51 脅：胸部兩側，由腋下至肋骨盡處的部位。亦指肋骨。

52 造化：指上天。化育萬物的天地。

53 糝：讀作「傘」。撒在。

54 晦紋：古代人認為有些長在臉上的皺紋會招致厄運，故稱晦紋。

55 獨夫：獨裁專制的暴君。
56 病逆：即嘔逆、氣逆。中醫術語，氣上行而不順。
57 寖困：病情逐漸加重。寖，漸漸。同「浸」。
58 紀理：經營打理。
59 劬勞：辛苦、辛勞。劬，讀作「渠」。
60 中饋：此處借指妻子。
61 食頃三遺：一頓飯時間拉了三次肚子。
62 華陀：華佗（西元一四五～二〇八年），字元化，沛國譙縣（今安徽亳縣）人，東漢末年的方士、醫師，精通醫術。
63 覆載：庇蔭、照顧、包容。
64 整設：隆重地大擺宴席。
65 心痗：心臟病。痗，讀作「妹」。病。
66 市：買。
67 畫然：快速、短暫。
68 相準：兩相抵消。
69 瘥：讀作「拆」的四聲。病癒。
70 汎常：尋常、經常。汎，同「泛」，平常，普通。
71 如夫人：對他人妾室的稱呼。
72 梃：棍棒，讀作「挺」。
73 傎：讀作「顛」，同「顛」。顛倒黑白，是非不分之意。
74 痾：排泄。
75 痰厥：因氣管痰多導致呼吸道受阻，進而引起的昏厥。
76 踣：讀作「博」。跌倒。

◆**馮鎮巒評點**：禍福循環之理，言之確鑿，能如此，則天下無不可處之事，無不可化之人，洩造化之怒一語，理尤精。

禍福循環報應的道理，說的是實情。若能以此態度處事，則天下沒有不可為之事，沒有不可感化的人，宣洩上天的怒氣一說，道理尤為精妙。

白話翻譯

柴廷賓，太平府人氏，妻子金氏，不能生育，又善妒。柴廷賓花一百兩銀子買了一個小妾，被金氏百般虐待，一年就死了。柴廷賓很是氣憤，一人獨自睡在外院的屋子，數個月不

邵女
水剪雙
瞳善相人垣
窺六脉妙回
春從究談噉
行多事填盡
人间妬婦津

進金氏房間。一日，柴廷賓過生日，金氏低聲下氣，準備厚禮給他祝壽。柴廷賓不忍心拒絕，才與她重修舊好。金氏又在臥室裡設下酒宴，請丈夫進去，柴廷賓以喝醉爲由推辭。金氏盛裝打扮親自去丈夫房裡，說：「我費盡心力爲你準備酒宴，就算你喝醉了，也請多少喝上一杯吧。」柴廷賓這才進了臥室，兩人喝酒談心。金氏從容地說：「日前誤殺小妾，我現在很後悔。難道要就此結下深仇大恨，割斷了你我的結髮之情嗎？之後你若想納一群嬌妻美妾，我也不會指責你的。」柴廷賓聽了很高興，夜深人靜後便與妻子同寢，從此恩愛如初。

金氏找了媒婆，囑咐她給丈夫物色好女人爲妾，暗中卻又叮囑媒婆拖延，勿來回報，自己又佯裝頻頻督促。這樣過了一年多，柴廷賓等不及了，囑託親朋好友幫他買妾，後來娶到林家的養女。金氏見了，表面上很高興，與她一同生活，胭脂、水粉、首飾任其取用。林女是河北人，河北風俗女子不重女紅，因此沒學過針線活兒，除了繡鞋外，其他衣物都得靠別人幫忙完成。金氏說：「我家從來勤奮節儉，不像王公世家，買個美女回來只當擺設。」就把一些好看的錦緞給她，叫她學女紅，像嚴師教導學生一般。開始僅僅訓斥兩句，後來竟用棍子打起來，柴廷賓十分痛心，卻也無計可施。金氏對林女卻比過去更加疼惜，常親自替她梳妝打扮。但若鞋跟稍有皺褶，金氏就用鐵棍敲她小腳，頭髮稍亂，就打她耳光，林女不堪虐待，上吊自盡。柴廷賓十分悲痛，對妻子頗有怨言。金氏怒道：「我代替你教導小妾，有什麼錯？」柴廷賓這才明白妻子的狡詐之處，與她再度反目，並斷絕夫妻之情。他暗中在別墅整修臥室，打算再買個佳麗搬去那裡住，拖上半年卻還沒找到合適的女子。

這一天，柴廷賓參加友人的葬禮，見到一位十六歲的姑娘，生得豔光四射，於是不停盯著她看。女子察覺到他的目光熱切異常，一雙美目斜斜瞥過。柴廷賓打聽一下，才知道那姑娘姓邵。邵父是個窮讀書人，只有這麼個女兒，自小聰明過人，教她讀書能夠過目不忘，尤其愛讀《黃帝內經》和相人的書籍。父親很溺愛她，凡來說媒的，都讓她自己選擇，卻不論貧富少有讓她瞧得上眼的，所以十七歲了還沒婚配。柴廷賓了解後，心知沒有希望，但仍對她難以忘懷。又希望她家能因爲家中貧窮，而以金錢來說動。他找了幾個媒婆，沒一個敢去做媒的，也就心灰意冷，不抱希望。

忽然有個姓賈的媒婆，因販賣珍珠路過柴家。柴廷賓就把心願告訴她，並以重金賄賂道：「我只求你替我把心意轉達給邵家，無論成敗，都不會怪你；萬一能成，不惜花費千金。」賈媒婆看在錢的份上就答應下來。到了邵家，故意和邵母閒聊，她看見邵女，驚訝讚嘆地說：「好個標緻的姑娘！若是進了昭陽殿，趙家姊妹也得花容失色了！」又問：「女婿是誰家郎君？」邵母說：「尚未婚配。」賈媒婆說：「這麼漂亮的姑娘，還愁找不到王孫公子作女婿啊？」邵母歎氣道：「王侯貴族我們不敢奢望。只要是個知書達禮的，也就可以了。我家這個小冤家，挑三揀四，來十個也沒挑中一個，不知她心裡到底是怎麼想的。」賈媒婆說：「夫人無須煩憂，這麼漂亮的女子，不知前世修了多少福分，才能消受得起啊？昨天有件好笑的事，這兒的柴大官人說，他在某家墓園裡見過你家姑娘的容貌，願出千金爲聘禮。這不是癩蛤蟆想吃天鵝肉嗎？早就被我給罵跑啦。」邵母只是微笑不語。賈媒婆又說：「像你們這樣講究書香門第的家庭，自然是不用談了；若換成普通人家，失了書香門第，卻換來富貴，也是划算。」邵母但笑不語。賈媒婆拍掌，說：「果眞如此，我自己反倒吃大虧了。承蒙夫人厚愛，一進門就與我促膝談心，茶酒相待；若是您得了一千兩銀子，出入乘坐車馬，住的是亭臺樓閣，老身再來拜訪，恐怕還要被守門的喝斥一番呢！」邵母聽了，沉吟許久，起身離去和丈夫商議，不久把女兒也叫過去。又過了一會兒，一家三口一起出來。邵母笑著對賈媒婆說：「你說我們家這丫頭怪不怪？多少好人家不願意嫁，聽說要去做個卑賤的妾反倒願意了。這還不成爲文壇的笑柄嗎？」賈媒婆說：「倘若進門，生個男孩，大夫人也不能拿她如何呀！」說完，又傳達柴廷賓準備另覓宅院的想法。邵母更加高興，對女兒說：「你跟賈姥姥談。這是你自己決定的，千萬不可後悔，免得將來怨恨爹娘。」邵女羞怯地說：「爹娘儘管享受豐厚的聘禮，養個女兒也算是有些補貼。我自認命薄，如果嫁得好了，一定會減陽壽，受點折磨未必不是好事。日前我觀柴郎也是有福之人，子孫必會興旺發達。」

賈媒婆興高采烈，趕緊回去覆命。柴廷賓喜出望外，馬上準備千金聘禮，備妥車馬，將邵女娶進別墅，柴家上下都不敢談論此事。邵女對柴廷賓說：「你的計策，無異於燕子築巢在帷幕上，十分危險，且朝不保夕。如何能堵住柴家上下的嘴，不讓大夫人知曉呢？依我看，不如早點回家，事情還有轉圜餘地。」柴廷賓怕她受金氏虐待，邵女說：「天下沒有不可感化之人。我若沒犯錯，大夫人也不至無故遷怒於我。」柴廷賓說：「非也。她可不是一般兇悍的妒婦，不可曉之以情，動之以理。」邵女說：「身為妾室，受人欺凌也是我的命。否則，提心吊膽地過日子，又豈能長久？」柴廷賓也覺得頗有道理，但仍顯得猶豫不決。

一天，柴廷賓外出，邵女打扮成婢女模樣，命僕人牽起老馬，讓一個老嬤嬤提著包袱跟隨她，直接前往大夫人住所，跪著把實情細稟。金氏起初非常生氣，顧念她前來白首，也算情有可原，又見她穿戴樸素、態度謙卑，於是稍微消氣了，吩咐丫鬟拿錦緞衣服給她穿，說：「這個沒良心的，到處在外面說我壞話，害我被人說三道四。其實都是做丈夫的無情無義，做小妾的行為不檢，才把我激怒。你想想，背著妻子在外面另成一個家，這是人做的事嗎？」邵女說：「我仔細觀察過，柴郎也稍有悔意，只不肯低聲下氣認錯罷了。俗話說：『大者不伏小。』按常理論，妻子和丈夫的位階關係，就好比兒子與父親、侍妾與正室那樣。夫人若肯給他點好臉色看，過去的不愉快就能消除。」金氏說：「他不來見我，我好臉色給誰看去？」接著吩咐丫鬟和老嬤嬤給邵女打掃房間。儘管心中不高興，也暫時隱忍下來。

柴廷賓聽說邵女搬回家住，十分驚恐，心想邵女堪比羊入虎口，早被金氏生吞活剝了。趕忙跑過去，見家裡靜悄悄的才放下心來。邵女在門口迎接他，好言相勸一番，讓他去金氏那裡。柴廷賓面有難色，邵女潸然淚下，他這才答應。邵女去見金氏道：「柴郎回來了，覺得沒臉見您，還請夫人過去揶揄他一番。」金氏不肯過去。邵女說：「我先前說過，丈夫之於妻子，就如正室之於侍妾。孟光每逢吃飯，都要把飯舉到與額頭齊高的位置，恭敬地送到丈夫面前。沒人認爲她這是諂媚討好，何以故？因爲她所作所爲正是符合自己的身分。」金氏才聽從她的建議前去，見到丈夫後說：「你這狡兔三窟的傢伙，還回來做什麼？」柴廷賓低頭不語。邵女用手肘碰碰他，他才勉強笑了一下。金氏態度稍微緩和，轉身要回屋。邵女推柴廷賓要他跟上，吩咐廚師準備酒菜。

從此，夫妻和好如初。邵女每日早起，梳化都按婢女的規矩，再向金氏請安；金氏盥洗完畢就在一旁遞手巾，以婢女的禮節對待金氏。柴廷賓晚上要去她的房間過夜，她都苦苦拒絕，十幾天才肯留他過一夜。金氏心中覺得她很賢慧，但自愧不如，日積月累變成了嫉妒。然而邵女侍奉恭謹，找不出錯處，偶爾責罵她兩句，她也逆來順受。

一天晚上，夫妻二人稍有爭執，早上梳妝後金氏還沒消氣。邵女捧鏡，鏡子竟掉落在地摔破了。金氏更加火大，握緊頭髮，眼眶欲裂。邵女驚懼，跪下請求饒恕。金氏仍不解氣，拿起鞭子就打她一頓，打到第十下，柴廷賓忍無可忍，氣憤地衝進屋裡，將邵女拽出屋子。金氏凶狠地還想追出來打。柴廷賓盛怒之下奪過她手裡的鞭子，反打她一頓，金氏臉上皮膚破開，這才退回去。夫妻又像仇人一樣。柴廷賓不讓邵女再入金氏房中，邵女不聽，次日特地早起，跪著用膝蓋爬到金氏簾帳外。金氏搥床憤怒叫罵，要她滾出去，不讓她上前。她早對邵女懷恨在心，就等丈夫外出後再拿她出氣。柴廷賓知道她有這個心思，謝絕一切應酬，閉門謝客。金氏無可奈何，天天鞭打婢女、嬤嬤以洩憤，下人皆苦不堪言。自從夫妻決裂，邵女也不敢留柴廷賓過夜了，他只好自己睡。金氏知道後，心裡稍微好受一些。

柴家有個年紀大了點的婢女，爲人狡詐，偶然和柴廷賓說了幾句話，金氏懷疑他倆有私情，狠狠打了她一頓，使得婢女常在背地裡罵她。這天，輪到這名婢女晚上伺候金氏。邵女囑咐柴廷賓說：「今夜別讓那婢女到夫人房裡去，我看她面帶殺機，居心叵測。」柴廷賓聽她所言，把那名婢女叫來，故意問她：「你打算幹什麼？」婢女嚇得說不出話。柴廷賓更加疑惑，搜身後發現她衣服中藏了一把利刃。婢女無話可說，跪下只求一死。柴廷賓想打她，邵女勸阻說：「若被夫人知曉，這奴婢必然沒命。她的罪固然不可饒恕，可我看，不如把她賣掉，既可保她性命，我們家也能賺得點錢。」柴廷賓同意了，剛好有個人要買妾，便趕緊把她賣出。金氏責怪丈夫竟然不與她商量就賣了那婢女，對丈夫撒完氣又遷怒邵女，罵得越來越難聽。柴廷賓憤怒地對邵女說：「這都是你自找的。要是前幾天讓那婢女殺了她，何至於此？」說完就走了。金氏聽了他的話，感到奇怪，問遍下人，卻無人知情；問邵女，她也不說。金氏更加氣悶又憤怒，扯著她的衣服痛罵。柴廷賓折回屋裡把事情相告，金氏大吃一驚，連忙轉以溫和語調向邵女致謝，心中又怪起邵女爲什麼不早點說。

柴廷賓以爲兩人盡釋前嫌，不再防範她們打照面。這天他剛好出了趟遠門，金氏就把邵女叫來數落她：「奴婢要殺主子，十惡不赦，你把她放走了，是安得什麼心？」邵女一時找不到合適的話回答，金氏竟用起燒紅的鐵塊，烙向邵女的臉，想要毀她容貌。家中婢僕全替邵女打抱不平，邵女每哀號一聲，僕人們都跟著大哭，表示願意替邵女死。金氏於是不烙，改用針刺邵女的胸肋二十多下，才揮手趕她出去。柴廷賓回來後，看見邵女臉上的傷痕，勃然大怒，要找金氏算帳。邵女拉住他的衣襟說：「我明明知道這是火坑還往裡面跳。嫁給你時，難道把你家當成過天堂嗎？我自知命薄，多受點折磨，才能化消上天怒氣；逆來順受，總有苦盡甘來的一天。若再觸怒上天，是往已經塡滿的坑，重新挖出一個洞來啊。」她只用藥粉撒在傷口上，幾天後便痊癒了。一天，她攬鏡自照，高興地說：「郎君今日當爲我慶賀，夫人把我臉上的兇紋烙斷了！」隨後一如既往地侍奉金氏。

金氏前一回見全家婢僕都爲邵女痛哭求情，知道自己如同獨裁專制的暴君，一意孤行，心生懺悔之心，常常喚邵女來一同商量事情，態度平易近人。一個月後，她突然得了病，氣逆嘔心不止，嚴重影響進食。柴廷賓恨她怎還不死，根本不去過問。數日後，她的肚子脹得像鼓皮那麼大，病得越來越重。邵女照顧她，忙得沒時間吃飯和睡覺，金氏感激在心。邵女將自己懂醫理的事告訴她，建議她如何調養；金氏卻懷疑起過去對待邵女太殘酷，她這會兒要趁機報復，婉拒她的好意。金氏治家嚴厲非常，婢僕都按她訂下的規矩行事；自她染病後，婢僕們散漫不肯幹活，柴廷賓只好親自管理家務，忙得很辛苦，家中糧食經常不翼而飛。柴廷賓這才體會到主婦的重要，請來大夫診治。金氏對別人說她患了氣蠱，大夫們被她誤導，也都認爲是悶氣鬱結導致，換了幾個大夫都不見療效，命在旦夕。這天又在煎藥，邵女說：「這種藥，吃一百副也沒效果，只會加重病情而已。」金氏不信。邵女偷偷換了藥方，金氏服下，一頓飯時間拉了三次肚子，爾後就像痊癒一樣。金氏笑話邵女胡言亂語，把她叫過來奚落：「女華佗！現在你沒話說了吧？」邵女和婢僕都笑起來。金氏問起緣由，邵女才實言相告。金氏哭著說：「我天天受你照顧竟然不知。從今天起，家裡的事都交給你打理了。」不久，金氏病癒，柴廷賓設宴慶祝。邵女捧著酒壺在一旁侍奉，金氏起身奪下酒壺，拉下邵女坐到自己身邊，態度十分親密。夜深了，邵女找個藉口要離開，金氏就派兩個婢女把邵女拉回來，硬要她和自己同睡。從此，金氏有事必與她商量，吃飯一定在一起，就算是親姊妹也沒這麼和睦。不久，邵女生下一個男孩，產後多病，金氏親自爲她調理探視，就像侍奉母親一樣。

後來，金氏患了心口疼的毛病，一痛起來臉色發青，只求速死。邵女急忙去買來銀針，等到返家，金氏都快斷氣了，她按穴道依序扎上銀針，疼痛突然停止。十來天後復發，再刺；過了六七天又發作。雖然每次扎針都見效，不至於太痛苦，金氏卻提心吊膽怕再發作。晚上，金氏夢見到一處像廟宇的地方，大殿裡的鬼神全都活動自如。一個神祇問她：

「你是金氏嗎？你作惡多端，陽壽已盡；念在你已有心改過，只降災禍，略作處罰。先前你殺了兩個姬妾，那是她們應得的報應。可邵女犯了什麼錯？你對她如此殘酷？你鞭打她的處分，已由你丈夫替神明報應，可以相抵；你還欠了她一次赤鐵烙面和二十三針，今日邵女刺你三次，只償還了零頭而已，你就想要病癒？明天又當發作啦！」金氏醒來後，十分恐懼，但仍心存僥倖，希望只是做了個怪夢而已。然而，早飯後果眞發病，疼得更加厲害。邵女再次前來替她施針，立即不痛了。她覺得奇怪，說：「我的技術就這樣了，扎了這麼多針，怎麼無法根治呢？要不得用艾灸了，且非得燒個徹底才行，但恐怕夫人難以承受。」金氏回憶夢中神明說的話，面無難色。她一邊接受艾灸治療，一邊心想還欠十九針，不知病情會如何發展，不如一天全部還清罷了，免得以後還要受苦。過了一柱香時間，她又要求邵女再施針。邵女笑道：「針豈能隨便扎呢？」金氏說：「不用管穴位，只勞煩你再扎十九下。」邵女笑著拒絕，金氏不斷懇求，邵女始終不忍心下手。金氏把夢境如實相告，她才約略按經絡施針，扎了十九下。從此，金氏完全康復，不再發病，更加懺悔從前的作爲，對下人也不再疾言厲色。

邵女的兒子叫柴俊，聰慧絕倫。邵女常說：「這孩子的相貌，日後必能當上翰林。」八歲就被人當作神童；十五歲中了進士，指派在翰林院任職。這年，柴廷賓夫婦四十歲，邵女也才三十二、三歲，乘坐馬車回娘家，可說是榮耀鄉里。邵女的父親自從賣了女兒，家中突然致富，讀書人都不屑與他爲伍，直到現在才有人與他往來。

記下奇聞異事的作者如是說：「女人狡黠妒嫉，是她們的天性使然。而那些做侍妾的，往往炫耀美色，增添正室的怒氣。唉！這就是禍患的源頭啊！做侍妾的若能安守本分，遭逢百般刁難折磨也不改心志，又怎會惹得刀棒加身？何至於像金氏那樣，被邵氏拯救而免於一死，才開始有點悔過之意？唉！再不悔悟，還算是個人嗎？讓她如數償還施加在邵氏身上的傷害而沒增加利息，已經算是上天仁慈了。反觀，用救人的醫術作爲懲罰惡人的手段，豈不黑白不分了？我常見有些愚夫愚婦終日抱病，請來無知的巫醫，任他用針刺火燒肌膚而不敢呻吟，心裡常覺得奇怪，如今才恍然大悟。」

福建有個人納妾，晚上進了妻子的房間，不敢馬上離開，假裝脫鞋要上床。妻子說：「要去便去，不要惺惺作態。」丈夫出去還在門外徘徊，妻子嚴肅地說：「我不似別家那些妒婦，你何必如此不乾脆！」丈夫這才去妾氏的房間。妻子獨守空閨，輾轉反側，無法入睡就起床，趴到妾的房外偷聽動靜。她隱約聽到妾的聲音，不甚清楚，只有「郎罷」二字，略能聽辨得出。「郎罷」是福建人對父親的稱呼，妻子聽了片刻，氣急攻心，昏厥倒地，一頭撞上門，鏗然有聲。丈夫驚慌地起床，一開門，一個人像具屍體般倒進屋裡。喚來小妾點燈照看，原來是妻子，於是急忙把她扶起來灌了點水。妻子才略微睜開雙目，喃喃道：「誰家的郎罷被你叫喚！」嫉妒之情引人發噱。

沂水秀才

沂水[1]某秀才，課業山中。夜有二美人入，含笑不言，各以長袖拂榻，相將[2]坐，衣耎[3]無聲。少間，一美人起，以白綾巾展几上，上有草書三四行，亦未嘗審其何詞。一美人置白金一鋌[4]，可三四兩許；秀才掇內[5]袖中。美人取巾，握手笑出，曰：「俗不可耐！」秀才捫[6]金，則烏有矣。◆麗人在坐，投以芳澤，置不顧，而金是取，是乞兒相也，尚可耐哉！狐子可兒[7]，雅態可想。

友人言此，並思不可耐事，附志之：對酸俗客。市井人[8]作文語。富貴態狀。秀才裝名士[9]。旁觀諂態。信口謊言不倦。揖坐苦讓上下[10]。歪詩文強人觀聽。財奴哭窮。醉人歪纏。作滿洲調[11]。體氣若逼人語。市井惡謔[12]。任憨兒登筵抓肴果。假人餘威裝模樣。歪科甲[13]談詩文。語次頻稱貴戚。

1 沂水：今山東省沂水縣。沂，讀作「怡」。
2 將：扶持，攙扶。
3 耎：讀作「軟」，通「軟」。
4 鋌：讀作「定」。金錠。
5 內：通「納」。收入、放入。
6 捫：讀作「門」，撫摸、觸摸。
7 可兒：即可人。指品行可取之人。
8 市井人：生意人。
9 名士：此指類似魏晉時期，好談玄學的知識份子。
10 上下：指座次尊卑，即上座與末座。
11 滿洲調：滿州人說話的腔調。
12 惡謔：開玩笑，特指夾帶嘲諷意味的傷人玩笑。
13 科甲：僥倖中試的人。科甲，即科舉。

◆**但明倫評點**：以此試秀才，其術最善。特恐更有俗者，並金巾而內之，奈何？

用這個法子測試書生，是最好的方法。但恐怕有比這位書生更加俗氣的人，將銀子和手巾一同收下，那又該當如何？

白話翻譯

山東沂水有個書生，在山中攻讀。夜裡，有兩個美女進他的書房，含笑不語，各自用長袖拂了一下床，然後相扶坐下。她們的衣服輕軟，沒發出聲響。不久，一位美女起身，將一條白綾巾展開鋪上桌，巾上有草書三四行，書生並沒有仔細看寫的是何詞句；另一個美女則把一錠白銀放到桌上，大約有三、四兩重，書生就把銀子收入袖中了。美人們收回手巾，手拉手笑著出門，說：「眞是俗不可耐！」書生想摸一摸銀子，袖中什麼都沒有了。

美人在前，展示芳墨，書生竟然視若無睹，只顧著取銀子，儼然一副乞丐相，怎不令人厭煩呢！討人喜歡的狐女，高雅的樣子可以想見。

朋友講述這樁故事的同時，使我想到一些令人難以忍受的事情，一併附記如後：面對寒酸粗俗的客人；市井小販裝斯文；炫耀富貴擺闊的人；寒酸的讀書人裝名士；滿嘴謊言樂此不疲的人；入座時假意謙讓而僵持不下的情況；冷眼旁觀別人諂媚的模樣；守財奴哭窮；強迫他人觀看自己的劣作；喝醉酒無理糾纏；學滿洲人的腔調；任由無知孩童在筵席上抓東西吃；販夫走卒開惡意的玩笑；身上有難聞氣味卻硬挨著人說話；僥倖中舉者談論詩文；與人交談時狐假虎威、裝模作樣，不斷強調自有權貴的親戚。

梅女

封云亭，太行[1]人。偶至郡，晝臥寓屋。時年少喪偶，岑寂[2]之下，頗有所思。凝視間，見牆上有女子影，依稀如畫。念必意想所致。而久之不動，亦不滅，異之。起視轉真；再近之，儼然少女，容蹙[3]舌伸，索環秀領。驚顧未已，冉冉欲下。知為縊鬼，然以白晝壯膽，不大畏怯。語曰：「娘子如有奇冤，小生可以極力[4]。」影居然下，曰：「萍水之人，何敢遽[5]以重務浼[6]君子。但泉下槁骸[7]，舌不得縮，索不得除，求斷屋梁而焚之，恩同山岳矣。」諾之，遂滅。呼主人來，問所見。主人言：「此十年前梅氏故宅，夜有小偷入室，為梅所執，送詣典史[8]。典史受盜錢三百，誣其女與通，將拘審驗。女聞自經[9]。後梅夫妻相繼卒，宅歸於余。客往往見怪異，而無術可以靖之。」封以鬼言告主人。計毀舍易楹[10]，費不貲，故難之；封乃協力助作。既就而復居之。梅女夜至，展謝已，喜氣充溢，姿態嫣然。封愛悅之，欲與為懽[11]。瞞然而慚曰：「陰慘之氣，非但不為君利；若此之為，則生前之垢，西江不可濯矣。會合有時，今日尚未。」問：「何時？」但笑不言。封問：「飲乎？」答曰：「不飲。」封曰：「對佳人，悶眼相看，亦復何味？」女曰：「妾生平戲技，惟諳打馬[12]。但兩人寥落，夜深又苦無局。今長夜莫遣，聊與君為交綫之戲[13]。」封從之。促膝戟指[14]，翻變良久，封迷亂不知所從；女輒口道而頤指之，愈出愈幻，不窮於術。封笑曰：「此閨房之絕技也。」女曰：「此妾自悟，但有雙綫，即可成文，人自不之察耳。」更闌頗怠，強使就寢，曰：「我陰人不寐，請自休。妾少解按摩之術，願盡技能，以侑清夢。」封從其請。女疊掌為之輕按，自頂及踵皆徧[15]；手所經，骨若醉。既而握指細擂，如以團絮相觸狀，體暢舒不可言：擂至腰，口目皆慵；至股[16]，則沉沉睡去矣。及醒，日已向午，覺骨節輕和，殊於往日。心益愛慕，繞屋而呼之，並無響應。

日夕，女始至。封曰：「卿居何所，使我呼欲徧？」曰：「鬼無常所，要在地下。」問：「地下有隙，可容身乎？」曰：「鬼不見地，猶魚不見水也。」封握腕曰：「使卿而活，當破產購致之。」女笑曰：「無須破產。」戲至半夜，封苦逼之。女曰：「君勿纏我。有浙娼愛卿者，新寓北鄰，頗極風致。明夕，招與俱來，聊以自代，若何？」封允之。次夕，果與一少婦同至，年近三十已來，眉目流轉，隱含蕩意。三人狎[17]坐，打馬為戲。局終，女起曰：「嘉會方殷，我且去。」封欲挽之，飄然已逝。兩人登榻，于飛甚樂。詰[18]其家世，則含糊不以盡道。但曰：「郎如愛妾，當以指彈北壁，微呼曰：『壺盧子』，即至。三呼不應，可知不暇，勿更招也。」天曉，入北壁隙中而去。次日，女來。封問愛卿。女曰：「被高公子招去侑酒，以故不得來。」因而翦[19]燭共話。女每欲有所言，吻[20]已啟而輒止；固詰之，終不肯言，欷歔而已。封強與作戲，四漏始去。

自此二女頻來，笑聲常徹宵旦，因而城社悉聞。典史某，亦浙之世族，嫡室以私僕被黜[21]。繼娶顧氏，深相愛好；期月殀殂[22]，心甚悼之。聞封有靈鬼，欲以問冥世之緣，遂跨馬造封。封初不肯承，某力求不已。封設筵與坐，諾為招鬼妓。日及曛[23]，叩壁而呼，三聲未已，愛卿即入。舉頭見客，色變欲走。封以身橫阻之。某審視，大怒，投以巨椀[24]，溘然[25]而滅。封大驚，不解其故，方將致詰。俄暗室中一老嫗出，大罵曰：「貪鄙賊！壞我家錢樹子[26]！三十貫索要償也！」以杖擊某，中顱。某抱首而哀曰：「此顧氏，我妻也。少年而殞，方切哀痛；不圖為鬼不貞。於姥乎何與？」嫗怒曰：「汝本浙江一無賴賊，買得條烏角帶[27]，鼻骨倒豎[28]矣！◆汝居官有何黑白[29]？袖有三百錢，便而翁[30]也！神怒人怨，死期已迫，汝父母代哀冥司，願以愛媳入青樓，代汝償貪債，不知耶？」言已又擊。某宛轉哀鳴。方驚詫無從救解，旋見梅女自房中出，張目吐舌，顏色變異，近以長簪刺其耳。封驚極，以身障客。女憤不已。封勸曰：「某即有罪，倘死於寓所，則咎在小生。請少存投鼠之忌。」女乃曳嫗曰：「暫假餘息[31]，為我顧封郎也。」某張皇[32]鼠竄而去。至署，患腦痛，中夜遂斃。次夜，女出笑曰：「痛快！惡氣出矣！」問：「何仇怨？」女曰：「曩[33]已言之：受賄誣奸，啣恨已久。每欲浼君，一為昭雪，自愧無纖毫之德，故將言而輒止。適聞紛拏[34]，竊以伺聽，不意其仇人也。」封訝曰：「此即誣卿者耶？」曰：「彼典史於此，十有八年；妾冤歿十六寒暑矣。」問：「嫗為誰？」曰：「老娼也。」又問愛卿，曰：「臥病耳。」因囅然[35]曰：「妾昔謂會合有期，今真不遠矣。君嘗願破家相贖，猶記否？」封曰：「今日猶此心也。」女曰：「實告君：妾歿日，已投生延安展孝廉[36]家。徒以大怨未伸，故遷延於是。請以新帛作鬼囊，俾[37]妾得附君以往，就展氏求婚，計必允諧。」封慮勢分懸殊，恐將不遂。女曰：「但去無憂。」封從其言。女囑曰：「途中慎勿相喚；待合巹[38]之夕，以囊挂新人首，急呼曰：『勿忘勿忘！』」封諾之。纔[39]啟囊，女跳身已入。

攜至延安，訪之，果有展孝廉，生一女，貌極端好；但病癡，又常以舌出脣外，類犬喘日[40]。年十六歲，無問名者。父母憂念成痗[41]。封到門投刺[42]，具通族閥[43]。既退，託媒。展喜，贅封於家。女癡絕，不知為禮，使兩婢扶曳歸室。羣婢既去，女解衿露乳，對封憨笑。封覆囊呼之。女停眸審顧，似有疑思。封笑曰：「卿不識小生耶？」舉之囊而示之。女乃悟，急掩衿，喜共燕笑。詰旦，封入謁岳。展慰之曰：「癡女無知，既承青眷[44]，君倘有意，家中慧婢不乏，僕不靳相贈。」封力辨其不癡。展疑之。無何，女至，舉止皆佳，因大驚異。女但掩口微笑。展細詰之，女進退而慚於言；封為略述梗概。展大喜，愛悅逾於平時。使子大成與壻[45]同學，供給豐備。年餘，大成漸厭薄之，因而郎舅不相能；廝僕亦刻疵[46]其短。展惑於浸潤[47]，禮稍懈。女覺之，謂封曰：「岳家不可久居；凡久居者，盡闒茸[48]也。及今未大決裂，宜速歸。」封然之，告展。展欲留女，女不可。父兄盡怒，不給輿馬。女自出妝貲貰[49]馬歸。後展招令歸寧，女固辭不往。後封舉孝廉，始通慶好。

異史氏曰：「官卑者愈貪，其常情然乎？三百誣姦，夜氣之牿亡盡矣[50]。奪嘉耦[51]，入青樓，卒用暴死。吁！可畏哉！」

康熙甲子，貝丘典史最貪詐，民咸怨之。忽其妻被狡者誘與偕亡。或代懸招狀云：「某官因自己不慎，走失夫人一名。身無餘物，止有紅綾十尺，包裹元寶一枚，翹邊細紋，並無闕壞。」亦風流之小報也。

楳女
枉法都因受盜
錢夜臺買笑亦堪
憐傷心寂是
梅家女幽
魄沈淪
十六年

1太行：今山西省長治縣。
2岑寂：寂靜、冷清。
3容蹙：眉頭緊蹙，哭喪著臉。形容憂愁的樣子。
4極力：竭盡全力相助。
5遽：讀作「劇」，就、遂。
6浼：讀作「每」，拜託、請求。
7槁骸：枯骨、屍骸。
8典史：古代官名。知縣下掌管緝捕、監獄的從屬官員。
9自經：自盡。
10楹：讀作「營」。廳堂前的直柱。後泛指柱子。
11懽：同今「歡」字，是歡的異體字。
12打馬：古代女子的一種閨房遊戲。即打雙陸棋，因棋子作馬頭形，故稱「打馬」。
13交綫之戲：古代女子和孩童玩的遊戲，俗稱「翻花繩」。將一根繩子頭尾相繫，套在雙手上繞線圈，可變化出多種幾何圖案，二人互翻線圈就能變成各種形狀。綫，同今「線」字，是線的異體字。
14戟指：劍指，今之太極劍或武術所捻之劍訣，道士作法常用這個手勢，俗稱捻訣。戟，讀作「擠」，此處作用手指指點。
15徧：同今「遍」字，是遍的異體字。
16股：大腿。
17狎：讀作「霞」，親近。
18詰：讀作「傑」，問。
19翦：同今「剪」字，是剪的異體字。用剪刀剪東西。
20吻：嘴唇。
21私僕被黜：婦人因為與僕人通姦而被休。

22期月殀殂：一年後夭亡，早逝。殀，讀作「咬」，即夭折，年紀輕輕就過世。
23曛：讀作「勳」。黃昏落日時刻。
24椀：同今「碗」字，是碗的異體字。
25溘然：倏忽、突然。溘，讀作「克」。
26錢樹子：搖錢樹，即賺錢工具。
27烏角帶：古代官員穿戴的黑色腰帶，此處泛指官員。
28鼻骨倒豎：鼻樑骨倒立。鼻孔朝天，目中無人之意。
29黑白：是非曲直。
30而翁：你的父親。
31餘息：讓他苟活一段時間，苟延殘喘之意。
32張皇：驚慌失措、慌張。
33曩：讀作「囊」的三聲，以前、昔日之意。
34紛拏：混亂的樣子。拏，讀作「拿」。
35囅然：開懷大笑貌。囅，讀作「產」。
36孝廉：舉人。
37俾：使。讀作「必」。
38合巹：指成婚。古時，成親的夫婦要對飲合巹酒。巹，讀作「錦」。
39纔：僅、只之意。
40犬喘日：像狗喘氣。
41痗：讀作「魅」。疾病。
42刺：拜帖。古代在竹簡上刻上姓名作為拜見的名帖。
43具述族閥：報上自己的家世、姓名。
44青眷：承蒙眷顧，青眼有加。
45壻：女婿。同今「婿」字，是婿的異體字。
46疵：瑕疵。此處做動詞用，批評缺失。

47浸潤：聽信他人的讒言。
48闒茸：細毛。此處引申為卑下低微，沒骨氣的人。闒，讀作「踏」。
49貰：讀作「市」。租借。
50夜氣之牿亡盡矣：比喻喪盡天良，失去衡量道德界線的準繩。牿，通「梏」。
51嘉耦：同「佳偶」。耦，配偶。

白話翻譯

封雲亭是太行人，一次偶然到縣城裡，白天在租下的住所休憩睡覺。他年少喪妻，按捺不住寂寞，難免胡思亂想。仔細一看，牆上眞有個女子的倩影，宛若畫像，他心想一定是自己胡思亂想才眼花看錯。女子倩影卻留在牆上許久，不動也不消失，他覺得很奇怪，起來一看竟像眞人一般；再湊上前看，是一個少女模樣，愁眉不展，伸著舌頭，脖子上還套了繩索。封生驚魂未定，少女慢慢地要從牆裡走出來。封生知道她是吊死鬼，趁著白天，膽子總是比較大些，倒也不太害怕，說道：「姑娘如有冤屈，小生可以盡力相助。」女子居然眞的從壁上下來，說：「你我萍水相逢，怎敢貿然以大事相託呢？然而我在九泉下的屍骨，舌頭無法縮回，繩套也脫不掉，只求能砍斷屋樑並焚毀它，您

◆**但明倫評點**：有三百錢便而翁，則人盡翁也。罵盡天下貪鄙賊。有三百錢便而翁；且有不必三百而亦翁者。即以愛媳入青樓，又惡足償彼貪債哉。

有三百文錢就可以當這位典使的父親，照這樣看來每個人都可以當他的爹了。這句話罵盡全天下貪心的無恥之徒。有三百文錢就可以當他的爹，更何況還有那些不需要三百文錢就可以當他父親的人。就算把妻子賣到青樓去，又怎能償還他貪來的那些黑心債。

對我的恩惠就有如山岳那般深重了。」封生點頭答應，女鬼於是消失。封生接著叫屋主來，打聽方才那女鬼的事，屋主說：「這屋子十年前是梅家舊宅，晚上有竊賊闖空門，被梅家逮住了，送到府衙交給典史。典史接受竊賊的三百文錢賄賂，誣陷梅家的女兒與竊賊私通，要拘捕提審梅女，梅女聽說後就上吊自盡，梅氏夫婦不久後也相繼去世，宅院就歸了我。這些年，客人常說見到靈異事件，卻無法可施。」封生便把女鬼的要求轉達給屋主，屋主估算一下，認爲拆掉房頂換樑柱的花費太多，面有難色，封生便出錢相助，完工之後依舊住下。

夜晚，梅女來了，展拜完畢，喜上眉梢，姿態嫵媚嫣然。封生對她起了愛慕之心，要與她上床交歡，梅女又慚愧又羞澀地說：「鬼的陰氣對你並無好處，再說這樣私下苟且，我生前所受的恥辱，豈不是舀盡西江之水也洗不清了嗎？我們一定能有結合之時，只是並非今日。」封生忙問：「那是何時？」梅女但笑不語。封生問：「喝酒嗎？」梅女答：「我不喝酒。」封生說：「美人在前，只能用眼睛看，這有什麼意思？」梅女說：「我生平會的遊戲，只有打馬較爲精通。可是兩個人下棋頗無趣，深更半夜的，一時間也找不到棋具。漫漫長夜無聊，姑且與你玩玩翻花繩吧。」封生答應她的提議。兩人促膝盤坐，封生張開手指，兩人一來一往，翻變許久，封生看得眼花撩亂，無所適從；梅女用言語指點他，又用下巴示意，愈翻愈變出來許多奇妙的花紋，花樣層出不窮。封生笑道：「這眞是閨房裡的絕活啊！」梅女說：「這玩法是我自己領悟的，只要有這兩條線，就可以織成任何花紋圖案，一般人未能察覺罷了。」夜深了，封生更感倦怠，硬是拉她上床睡覺，梅女說：「我是鬼，是不用睡覺的，請你自個兒睡。倒是我略懂些按摩技藝，願用我的技術讓你進入夢鄉。」封生答應她的提議，梅女於是交疊起雙手，爲他輕輕按摩，從頭到腳踝都按壓一遍。凡是纖纖細手撫摸之處，封生覺得骨肉都酥了，彷彿喝醉一般；接著梅女握拳輕捶，如同用一團棉絮在身上碰撞一樣，通體舒暢，不可言喻。捶到腰間，封生的嘴巴眼睛都慵懶地閉上；捶到大腿，他已經沉沉睡下。

等到封生睡醒，已是第二天中午，他覺得渾身筋骨舒暢，與往日不同，心中對梅女更加愛慕，繞著屋子呼喚其名，卻無人答應。夜晚，梅女才現身，封生問：「你住在哪裡？我把整間屋子都喊遍也不見你回應。」梅女說：「鬼居無定所，總歸住在地下。」封生問：「地下有空間讓你容身嗎？」梅女說：「鬼在地下，就如同魚在水中一樣自在。」封生握住梅女的手道：「若能讓你起死回生，就算傾家蕩產，我也要聘你爲妻。」梅女笑回：「毋須傾家蕩產。」兩人玩遊戲到半夜，封生又哀求要與她歡好。梅女說：「你別纏著我。有個浙江鬼妓，名喚愛卿，剛剛搬到北邊鄰近處，頗有風韻。明天晚上，我叫她一起過來，讓她代替我陪你就寢，如何？」封生允諾。第二天晚上，梅女果然和一個少婦一同前來，少婦年約三十多歲，顧盼之間，眼送秋波，隱約可見放蕩神態。三個人親暱地坐在一起玩打馬，結束後，梅女起身說：「不打擾你們歡度良宵，我先離開了。」封生想要挽留她，梅女轉眼就消失，封生於是和愛卿上床就寢，享盡魚水之歡。他詢問起愛卿的家世，她含糊其辭沒有和盤托出，只說：「郎君若想念我，就用手指彈彈北邊牆壁，小聲喊『壺盧子』，我立刻便至。如果喊三聲還沒有答應，那就是我在陪別的客人，不得空，就別再招喚。」天亮時，愛卿就進入北邊牆縫消失了。第二天晚上，梅女獨自前來，封生問愛卿爲何不來，梅女答：「她被高公子招去陪酒，所以沒空前來。」兩人剪燭敘話，梅女席間總一副想說些什麼的模樣，朱唇微動卻欲言又止；封生再三追問，她始終不肯說，只是唉聲嘆氣。封生硬拉她玩遊戲，直到四更天才讓她離開。

從此，兩個女鬼前來次數頻繁，經常有說有笑一整晚，因而這事傳遍了全城。某位典史也是浙江的世家望族，正妻與僕人私通而被休，他續娶了一個顧氏，夫妻感情很好，但是成親一年顧氏就夭折，典史心中甚爲掛念。聽說封生與鬼爲友，想同他打聽妻子在陰間的情況，能否與她再續前緣，於是騎馬來拜訪封生。起初，封生不肯答應，這位典史哀求不已。封生便設筵款待他，答應替他招來鬼妓。日落天黑，封生敲牆壁呼喚三聲，話音未止，愛卿就走進來。她抬頭一見典史，臉色大變，扭頭要走。封生用身體攔住她。典史一看勃然大怒，拿一個大碗朝愛卿砸過去，她就在此時消失了　封生大吃一驚，不知是何緣故，正要向他問個明白。不久從暗室中走出一個老婦，大罵道：「貪心卑鄙的小人！你砸傷了我家搖錢樹！要賠我三十吊錢！」她拿起拐杖打典史，打中他的頭。典史抱頭哀求道：「那女子是顧氏！是我的妻子！她年紀輕輕就夭折，我爲此哀痛不已；誰知她做了鬼竟不守婦道，這又與姥姥有何干係？」老婦怒道：「你本不過是浙江的一個地痞流氓，花錢買了一個小官，就鼻孔朝了天，目中無人啦！你當官哪有什麼是非黑白？口袋有三百文錢賄賂你，就是你親爹！你所作所爲已惹得天怒人怨，死期迫在眉睫，是你爹娘替你再三哀求冥間官府，願讓你的媳婦入青樓當妓女，替你償還貪債，你還懵然不知？」說完，又拿起拐杖打他，典史哀叫求饒。封生正驚訝詫異，無可排解，忽見梅女從房裡步出，瞪大雙眼吐出舌頭，臉色變得極爲恐怖，趨前拿起髮簪就刺向典史的耳朵。封生更爲驚恐，趕緊用身體護住典史。梅女仍然憤怒不已，封生勸道：「典史即便有罪，倘若死在我的住所，那就變成小生的責任了。請你投鼠忌器，爲我考慮吧！」梅女只好拉住老婦：「暫時讓他苟延殘喘片刻，爲我的封郎想想。」典史慌張地抱頭鼠竄逃走，一回到官邸就患上頭疼，半夜就暴斃了。

第二天晚上，梅女現身大笑道：「眞是痛快！總算出了這口惡氣！」封生問：「你們與典史究竟有什麼深仇大恨？」梅女說：「先前我曾說過，我受人誣陷與人通姦，爲此含冤九泉已久。每次想求你替我伸冤昭雪，卻慚愧對你沒半點恩情，所以才欲言又止。昨天碰巧聽見打鬧聲，暗中偷聽，沒想到正是仇人。」封生驚訝道：「他就是誣陷你的那個人嗎？」梅女說：「他在這裡當典史十八年了，我含冤而死也十六年了！」封生問：「那個老婦人是誰？」梅女說：「青樓鴇母。」問起愛卿，梅女說：「她正臥病在床。」接著微笑道：「我早先說過我倆有開花結果的一天，現如今果眞就在眼前。你曾說過願意傾家蕩產聘我爲妻，還記得嗎？」封生說：「此心今日未曾改變。」梅女說：「實言與你相告：我死之日已投胎於延安展孝廉家，只因大仇未報，所以魂魄仍滯留於此。請你用新的綢緞做一個袋子，把我的魂魄裝在裡面，讓我可以隨你前往。你只要向展家求婚，料想他必定答應。」封生顧慮兩家門第相差懸殊，恐怕展家不允，梅女說：「只管前去，無須擔憂。」封生按照她的話去做，梅女又囑咐道：「途中切勿喚我，待成親當晚，你把袋子套在新娘頭上，快速喊道『莫忘莫忘！』」封生允諾，一打開袋子，梅女就跳了進去。

封生帶著它來到延安，四處打聽，果然有個姓展的孝廉，家有一女，容貌姣好，但癡癡呆呆，舌頭常常伸出唇外，像狗在太陽底下喘氣一樣，十六歲了仍無人上門提親。父母爲女兒的婚事憂心成疾，封生登門遞上名帖，報上家門身世後離開，僅託媒人提親。展孝廉很高興，隨即將封生招贅到展家，因爲新娘傻乎乎的不懂行禮拜堂，由兩個婢女扶著進了洞房。婢女們離開後，新娘解開衣襟，露出乳房，只顧對封生傻笑。封生將裝著鬼魂的袋子按在她頭上呼喚。新娘看看封生，似乎在想著什麼。封生笑道：「你不記得小生了嗎？」他舉起布袋給她看，新娘這才醒悟，急忙掩上衣衿，兩人親熱地有說有笑起來。第二天清早，封生到大廳拜見岳父，展孝廉勸慰他說：「我家閨女癡呆無知，承蒙你青眼眷顧。若是有意，家中不缺聰明的丫鬟，我必不吝相贈。」封生盡力爲小姐辯白，說她並不癡呆。展孝廉十分懷疑，不久，梅女前來，舉止大方得體，展孝廉更加驚異。梅女掩嘴微笑。展孝廉詢問其中緣由，梅女不好意思開口，封生便把事情大略說了一遍。展孝廉更加高興，比以前更疼愛這個女兒。他讓兒子大成與封生一塊兒念書，盡其所能供應他們生活所需。一年後，大成逐漸瞧不起封生，妹夫與妻舅之間開始產生摩擦，奴僕們也刻意批評封生的缺點，展孝廉聽多了流言蜚語，對封生稍有怠慢起來。梅女覺察到了，勸封生道：「岳父家不可久留；那些長住岳父家的女婿，總是不會有出息的無用之輩。趁現在還沒撕破臉，還是早點回家去吧。」封生深以為然，於是向岳父辭行。展孝廉想挽留女兒，梅女不答應，父親和兄長便發怒了，不給他們車馬。梅女於是變賣嫁妝，僱了一輛馬車回家。後來展孝廉招女兒回娘家，梅女堅持不去，直到封生中了舉人，兩家才重修舊好，互通往來。

記下奇聞異事的作者如是說：「人家說官位越低的越貪心，世情果真如此嗎？那位典史為了三百文錢而誣陷別人通姦，真可謂喪盡天良。老天爺讓他愛妻早夭，入陰間的青樓，最後這位典史也暴斃身亡，唉！這種下場真是令人畏懼。」

康熙甲子年間，山東貝丘（今臨淄）有位典史最為貪婪狡詐，老百姓都怨聲載道。他的妻子突然被歹徒拐騙逃跑，有人代他貼了一份尋人啓事說：「某官因為自己不小心，走失一位夫人。身無長物，只有紅綾七尺，包著一錠元寶。元寶上突出的邊緣和刻上的細微花紋，並無損壞。」這也是文人雅士的惡作劇，算是給他的小小報應。

郭秀才

東粵[1]士人郭某，暮自友人歸，入山迷路，竄榛莽中。更許，聞山頭笑語，急趨之。見十餘人，藉地飲。望見郭，鬨然曰：「坐中正欠一客，大佳，大佳！」郭既坐，見諸客半儒巾[2]，便請指迷。一人笑曰：「君真酸腐[3]！舍[4]此明月不賞，何求道路？」即飛一觥[5]來。郭飲之，芳香射鼻，一引遂盡。又一人持壺傾注。郭故善飲，又復奔馳吻燥[6]，一舉十觴[7]。眾人大贊曰：「豪哉！真吾友也！」郭放達喜謔，能學禽語，無不酷肖。離坐起溲[8]，竊作燕子鳴。眾疑曰：「半夜何得此耶？」又效杜鵑，眾益疑。郭坐，但笑不言。方紛議間，郭回首為鸜鵒鳴曰：「郭秀才醉矣，送他歸也！」眾驚聽，寂不復聞。少頃，又作之。既而悟其為郭，始大笑。皆撮口[9]從學，無一能者。一人曰：「可惜青娘子未至。」又一人曰：「中秋還集於此，郭先生不可不來。」郭敬諾。一人起曰：「客有絕技；我等亦獻踏肩之戲[10]，若何？」於是譁然並起。前一人挺身矗立[11]；即有一人飛登肩上，亦矗立；累至四人，高不可登；繼至者，攀肩踏臂，如緣梯狀：十餘人，頃刻都盡，望之可接霄漢[12]。方驚顧間，挺然倒地，化為修道一綫[13]◆。郭駭立良久，遵道得歸。翼日，腹大痛；溺綠色，似銅青[14]，著物能染，亦無溺氣，三日乃已。往驗故處，則肴骨狼藉，四圍叢莽，並無道路。至中秋，郭欲赴約，朋友諫止之。設斗膽再往一會青娘子，必更有異。惜乎其見[15]之搖也！

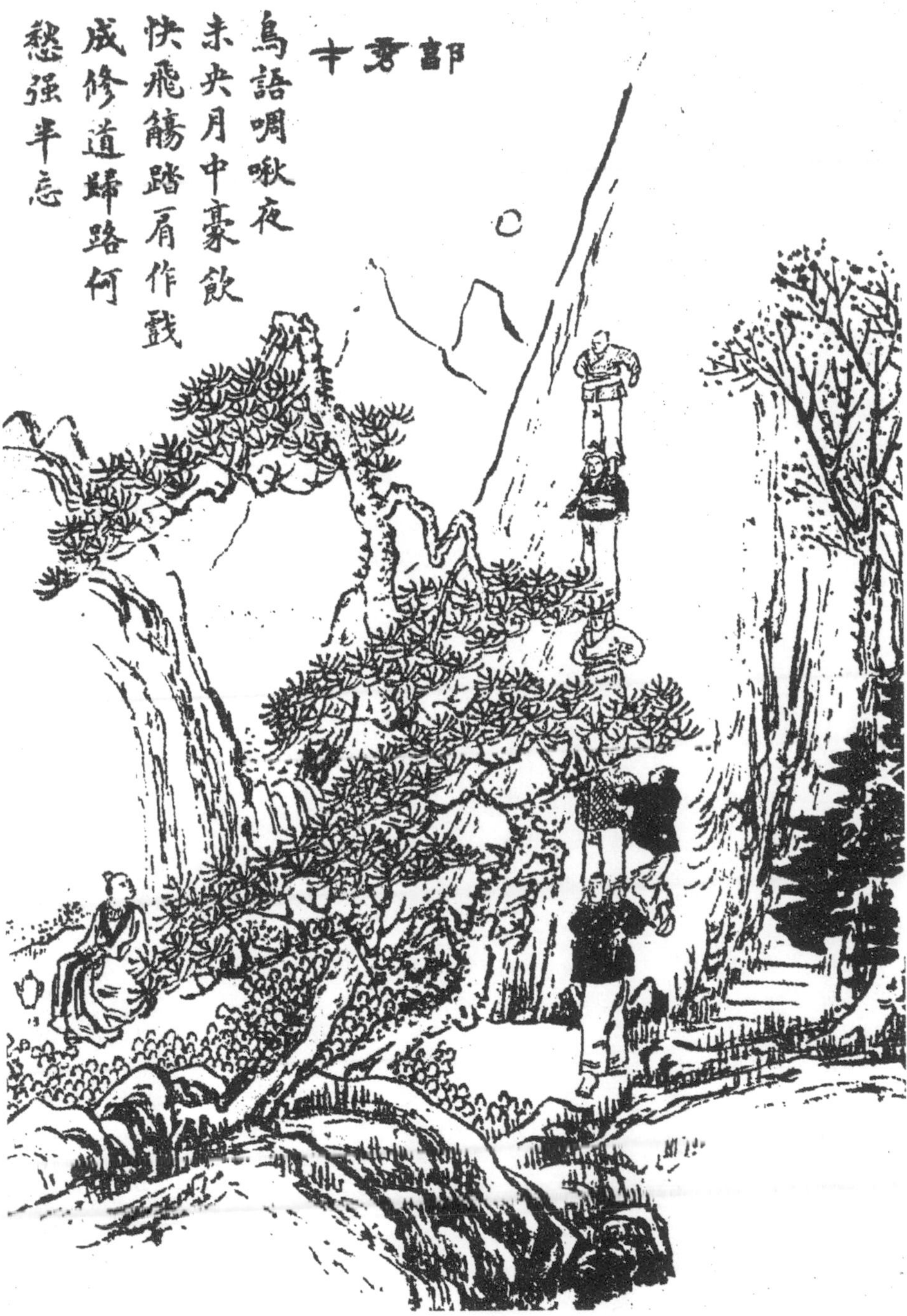
郭秀才
烏語啁啾夜未央
月中豪飲快飛觴
踏肩作戲成修道
歸路何愁强半忘

1東粵：廣東省的別名。
2儒巾：古代儒生所戴的頭巾，此處借指讀書人。
3酸腐：寒酸迂腐。此處用來嘲諷不解風情或不懂人情世故的書呆子。
4舍：通「捨」。
5飛一觥：敬一杯酒。觥，讀作「工」，用兕（讀作「四」）牛角做成的酒器。
6吻燥：口乾舌燥。
7觴：當動詞用。飲酒，或勸人飲酒、敬酒。
8溲：讀作「搜」。小便。
9撮口：作吹口哨的嘴形。
10踏肩之戲：即疊羅漢。

11矗立：聳立的樣子。
12霄漢：天際。
13綫，同今「線」字，是線的異體字。
14銅青：即銅鏽色。
15見：主見、成心。

◆**但明倫評點**：迷路問路，而適為路所迷；勾留之間，驀然驚醒，大道即在眼前耳。修身處世，皆當作如是觀。

迷路問路，恰巧被路給迷失方向；去留之間，突然驚醒，大道就在眼前。修身處世之道，也當如此看待。

白話翻譯

廣東有個姓郭的書生，傍晚從朋友居處返家，走到山中卻迷路了，就在樹林草叢間亂竄。到了一更時，聽見山上有說話聲，趕忙過去一看，只見十來人坐在地上喝酒。他們瞧見郭生，七嘴八舌地招呼他：「座中正好少一個客人，你來得正是時候，甚好！甚好！」郭生就座，見座中多半是讀書人，便請教回家的路。其中一個笑道：「你這人眞是迂腐！捨棄這大好明月不欣賞，問什麼路呢？」說完，就遞給他一杯酒。郭生一喝，香味撲鼻，一仰頭就喝完，接著又一個人拿酒壺給他倒酒，郭生本就善於飲酒，加上跑得口渴，一連喝了十杯。眾人拍手讚道：「好酒量！不愧是我們的朋友！」郭生爲人豁達，愛開玩笑，能學各種鳥叫，無不學得維妙維肖。他離開座位去小便，偷偷學燕子叫起來，大家懷疑道：「半夜哪來的燕子？」他又學杜鵑叫，眾人更加驚疑。郭生回到坐處，但笑不語，正當大家紛紛議論，郭生回頭學鸚鵡叫道：「郭秀才喝醉了，快送他回去吧！」眾人聽得很驚訝，可豎起耳朵再聽，四周又是一片寂靜。不久，郭生又模仿先前的叫聲，眾人才恍然大悟是郭生模仿的，於是大笑起來，噘起嘴要跟他學，沒有一個學得像。其中一人說：「可惜青娘子沒來。」又一個人說：「中秋佳節我們還在這裡聚會，郭先生不能不來。」郭生恭敬點頭答應。一人站起來說：「郭先生有學鳥叫的絕技，我們就來表演疊羅漢，如何？」於是眾人吵吵嚷嚷，一塊兒站起來。前面一個人挺身站立，立刻有另一人飛快跳到他肩膀上站直起身，一連疊了四個人，高得不能再向上跳；要繼續再上的人就抓著臂，踩著肩，像爬梯子一樣，十幾個人一會兒全爬上去，看上去可直上天際。郭生正在驚愕，他們一下又直挺挺倒在地上，變成一條細長的小路。郭生駭然佇立很久，才順著這條道回家。

第二天，郭生肚子痛得厲害，去了茅廁後竟然尿出綠色的尿，像銅鏽一樣，碰到東西還會染色，卻沒有尿味，連續尿了三天才止。郭生又去察看前一晚的集會處，只見滿地肉骨剩菜、杯盤狼藉，周圍一片叢棘茂草，並沒有道路。到了中秋節，郭生想去赴會，朋友勸他勿往。假若大著膽子再去見一下青娘子，必定會有更多奇異之事。可惜他的心志不夠堅決，動搖了！

死僧

某道士，雲游①日暮，投止野寺②。見僧房扃③閉，遂藉蒲團，趺坐④廊下。夜既靜，聞啟闔⑤聲。旋見一僧來，渾身血污，目中若不見道士，道士亦若不見之。僧直入殿，登佛座，抱佛頭而笑，久之乃去。及明，視室，門扃如故。怪之，入村道所見。衆如寺，發扃驗之，則僧殺死在地，室中席篋⑥掀騰，知為盜劫。疑鬼笑有因；共驗佛首，見腦後有微痕，刓⑦之，內藏三十餘金。遂用以葬之。

異史氏曰：「諺有之：『財連於命』。不虛哉！夫人儉嗇封殖⑧，以予所不知誰何之人◆，亦已癡矣；況僧並不知誰何之人而無之哉！生不肯享，死猶顧而笑之，財奴之可歎如此。佛云：『一文將⑨不去，惟有業隨身。』其僧之謂夫！」

1 雲游：漫遊各地。指僧道行走四方。游，通「遊」。
2 野寺：荒郊野外的佛寺。
3 扃：讀作「窘」的一聲。當名詞用，指門閂；當動詞用，即鎖門，拴上門外面的門閂。
4 趺坐：盤腿而坐，即打坐。趺，讀作「夫」。
5 闔：門。
6 篋：讀作「竊」。置物箱。
7 刓：讀作「完」。削去邊角。
8 封殖：也作「封植」。厚戀錢財。
9 將：帶，拿。

◆何守奇評點：太過。

僧人貪錢貪得太過分了。

死僧
居然兵解滑離
塵尚戀藏金現
幻身我為優婆
夷一歎積貲將
欲付何人

白話翻譯

有一個道士四處雲遊，天色已晚，他到荒野一間寺院裡借宿，見僧人的房門緊閉，於是只墊了塊蒲團，在廂廊打坐。夜深人靜，他聽到開門的聲音，不久，看見一個僧人走過來，渾身沾滿血污。僧人如同沒見到道士一樣，道士也裝著沒看見他。僧人逕自走入大殿，登上佛座，抱著佛像的頭大笑，很久才離開。等到天亮，道士檢查房門，門依舊上鎖。他感到奇怪，便到村中告訴大家昨晚見到的事。大家一起來到寺院開門查驗，看見僧人被殺死倒在地上，室內的席子和箱子都被掀翻，知道是盜賊搶劫所致，懷疑僧人在大殿大笑必有原因。大家一同查看，發現佛像頭後有小小的痕跡，用刀削開後發現裡面藏有三十多兩銀子，眾人就用這些錢把死僧埋葬了。

記下奇聞異事的作者如是說：「俗語說：『錢財與性命相連。』此言果眞不錯！有的人儉樸得已成吝嗇，拚命攢錢留給不知如何的後人已經足夠傻了，何況這僧人連個後人也沒有呀！活著時不肯享受，死時還在看著錢傻笑，守財奴就是如此可悲。佛曰：『一文帶不走，只有生前造的業隨身。』說的就是僧人這種人啊！」

阿英

甘玉，字璧人，廬陵[1]人。父母早喪。遺弟珏，字雙璧。始五歲，從兄鞠養[2]；玉性友愛，撫弟如子。後珏漸長，丰姿秀出，又惠能文。玉益愛之。每曰：「吾弟表表[3]，不可以無良匹。」然簡拔[4]過刻，姻卒不就。適讀書匡山[5]僧寺，夜初就枕，聞窗外有女子聲。窺之，見三四女郎席地坐，數婢陳肴酒，皆殊色也。一女曰：「秦娘子，阿英何不來？」下座者曰：「昨自函谷[6]來，被惡人傷右臂，不能同游，方用恨恨。」一女曰：「前宵一夢大惡，今猶汗悸。」下座者搖手曰：「莫道莫道！今宵姊妹懽[7]會，言之嚇人不快。」女笑曰：「婢子何膽怯爾爾！便有虎狼啣去耶？若要勿言，須歌一曲，為娘行[8]侑酒。」女低吟曰：「閒階桃花取次開，昨日踏青小約未應乖。付囑東鄰女伴少待莫相催，著得鳳頭鞋子即當來。」吟罷，一座無不歎賞。談笑間，忽一偉丈夫岸然[9]自外入，鶻睛熒熒[10]，其貌獰醜。衆啼曰：「妖至矣！」倉卒鬨然[11]，殆如鳥散。惟歌者婀娜不前，被執哀啼，強與支撐。丈大吼怒，齕[12]手斷指，就便嚼食。女郎踣[13]地若死。玉憐惻不可復忍，乃急袖劍拔關出，揮之，中股；股落，負痛逃去。扶女入室，面如塵土，血淋衿袖；驗其手，則右拇斷矣。裂帛代裹之。女始呻曰：「拯命之德，將何以報？」

玉自初窺時，心已隱為弟謀，因告以意。女曰：「狼疾之人[14]，不能操箕帚[15]矣。當別為賢仲[16]圖之。」詰[17]其姓氏，答言：「秦氏。」玉乃展衾[18]，俾[19]暫休養；自乃襆被[20]他所。曉而視之，則牀已空；意其自歸。而訪察近村，殊少此姓；廣託戚朋，並無確耗[21]。歸與弟言，悔恨若失。

玨一日偶游塗野[22]，遇一二八女郎，姿致娟娟，顧之微笑，似將有言。因以秋波四顧而後問曰：「君甘家二郎否？」曰：「然。」曰：「君家尊曾與妾有婚姻之約，何今日欲背前盟，另訂秦家？」玨云：「小生幼孤，夙好[23]都不曾聞，請言族閥[24]，歸當問兄。」女曰：「無須細道，但得一言，妾當自至。」玨以未稟兄命為辭。女笑曰：「騃[25]郎君！遂如此怕哥子耶？妾陸氏，居東山望村。三日內，當候玉音。」乃別而去。玨歸，述諸兄嫂。兄曰：「此大謬語！父歿時，我二十餘歲，倘有是說，哪得不聞？」又以其獨行曠野，遂與男兒交語，愈益鄙之。因問其貌，玨紅徹面頸，不出一言。嫂笑曰：「想是佳人。」玉曰：「童子何辨妍媸[26]？縱美，必不及秦；待秦氏不諧，圖之未晚。」玨默而退。

踰數日，玉在途，見一女子，零涕前行。垂鞭按轡[27]而微睨之，人世殆無其匹。使僕詰焉。答曰：「我舊許甘家二郎；因家貧遠徙，遂絕耗問。近方歸，復聞郎家二三其德[28]，背棄前盟。往問伯伯甘璧人，焉置妾也？」玉驚喜曰：「甘璧人，即我是也。先人曩[29]約，實所不知。去家不遠，請即歸謀。」乃下騎授轡，步御以歸。女自言：「小字阿英。家無昆季[30]，惟外姊秦氏同居。」始悟麗者即其人也。玉欲告諸其家，女固止之。竊喜弟得佳婦，然恐其佻達[31]招議。久之，女殊矜莊，又嬌婉善言。母事嫂，嫂亦雅愛慕之。

值中秋，夫妻方狎宴，嫂招之。玨意悵惘。女遣招者先行，約以繼至；而端坐笑言，良久殊無去志。玨恐嫂待久，故連促之。女但笑，卒不復去。質旦，晨妝甫竟，嫂自來撫問：「夜來相對，何爾怏怏？」女微哂之。玨覺有異，質對參差。嫂大駭：「苟非妖物，何得有分身術？」玉亦懼，隔簾而告之曰：「家世積德，曾無怨讎[32]。如其妖也，請速行，幸勿殺吾弟！」女靦然曰：「妾本非人，祇以阿翁夙盟，故秦家姊以此勸駕[33]。自分不能育男女，嘗欲辭去，所以戀戀者，為兄嫂待我不薄耳。今既見疑，請從此訣。」轉眼化為鸚鵡，翩然逝矣。

初，甘翁在時，蓄一鸚鵡甚慧，嘗自投餌。時玨四五歲，問：「飼鳥何為？」父戲曰：「將以為汝婦。」間鸚鵡乏食，則呼玨云：「不將餌去，餓煞媳婦矣！」家人亦皆以此為戲。後斷鎖亡去。始悟舊約云即此也。然玨明知非人，而思之不置[34]；嫂懸情[35]尤切，旦夕啜泣。玉悔之而無如何。後二年，為弟聘姜氏女，意終不自得。有表兄為粵司李[36]，玉往省之，久不歸。適土寇為亂，近村里落，半為丘墟。玨大懼，率家人避山谷。山上男女頗雜，都不知其誰何。忽聞女子小語，絕類英。嫂促玨近驗之，果英。玨喜極，捉臂不釋。女乃謂同行者曰：「姊且去，我望嫂嫂來。」既至，嫂望見悲哽。女慰勸再三。又謂：「此非樂土。」因勸令歸。眾懼寇至，女固言：「不妨。」乃相將俱歸。女撮[37]土攔戶，囑安居勿出，坐數語，反身欲去。嫂急握其腕，又令兩婢捉左右足，女不得已，止焉。然不甚歸私室；玨訂之三四，始為之一往。

嫂每謂新婦不能當叔[38]意。女遂早起為姜理妝，梳竟，細勻鉛黃[39]，人視之，豔增數倍；

如此三日，居然麗人。嫂奇之，因言：「我又無子。欲購一妾，姑未遑暇。不知婢輩可塗澤[40]否？」女曰：「無人不可轉移，但質美者易為力耳。」遂徧[41]相諸婢，惟一黑醜者，有宜男相。乃喚與洗濯，已而以濃粉雜藥末塗之。如是三日，面赤漸黃；四七日，脂澤沁入肌理，居然可觀。日惟閉門作笑，並不計及兵火。一夜，噪聲四起，舉家不知所謀。俄聞門外人馬鳴動，紛紛俱去。既明，始知村中焚掠殆盡；盜縱羣隊窮搜，凡伏匿巖穴者，悉被殺擄。遂益德[42]女，目[43]之以神。女忽謂嫂曰：「妾此來，徒以嫂義難忘，聊分離亂之憂。阿伯行至，妾在此，如諺所云，非李非桃，可笑人也。我姑去，當乘間一相望耳。」嫂問：「行人[44]無恙乎？」曰：「近中有大難。此無與他人事，秦家姊受恩奢[45]，意必報之，固當無妨。」嫂挽之過宿，未明已去。

玉自東粵歸，聞亂，兼程進。途遇寇，主僕棄馬，各以金束腰間，潛身叢棘中。一秦吉了[46]飛集棘上，展翼覆之。視其足，缺一指，心異之。俄而羣盜四合，繞莽殆徧，似尋之。二人氣不敢息。盜既散，鳥始翔去。既歸，各道所見，始知秦吉了即所救麗者也。後值玉他出不歸，英必暮至；計玉將歸而蚤[47]出。玨或會於嫂所，間邀之，則諾而不赴。一夕，玉他往，玨意英必至，潛伏候之。未幾，英果來，暴起，要遮[48]而歸於室。女曰：「妾與君情緣已盡，強合之，恐為造物[49]所忌。少留有餘，時作一面之會，如何？」玨不聽，卒與狎[50]。天明，詣嫂。嫂怪之。女笑云：「中途為強寇所劫，勞嫂懸望矣。」數語趨出。居無何，有巨狸[51]啣鸚鵡經寢門過。嫂駭絕，固疑是英。時方沐，輟洗急號，羣起譟擊，始得之。左翼沾血，奄存餘息。抱置膝頭，撫摩良久，始漸醒。自以喙理其翼。少選，飛繞室中，呼曰：「嫂嫂，別矣！吾怨玨也！」振翼遂去，不復來。

阿英
鸚鵡能言亦可
人阿翁早許
結婚姻一朝
緣盡難重合
駭絕狸奴
幾喪身

◆何守奇評點：守義報德，禽鳥亦猶人。獨易醜為美一節，萬無可解耳。

秦氏與阿英知恩圖報，雖是鳥類也與人無異。只有把醜女變成美女一段，不得其解。

1 廬陵：古代縣名。今江西省吉安市。
2 鞠養：撫育、養育。
3 表表：卓絕、特異。
4 簡拔：揀選、挑選。
5 匡山：江西的廬山，位於江西省九江市南。
6 函谷：即函谷關。位於河南省靈寶縣西南的關口。
7 懽：同今「歡」字，是歡的異體字。
8 娘行：用來稱呼女性，此指姊妹們。
9 岸然：高傲威嚴的樣子。
10 鶻睛熒熒：眼睛似老鷹般閃動。鶻，讀作「胡」。隼科的鳥類，類似老鷹，性格兇猛，以捕捉小動物為食。熒熒，讀作「迎迎」，光影閃動的樣子。
11 閧然：喧嘩吵鬧，聲音吵雜的樣子。
12 齕：讀作「河」，以牙齒去咬。
13 踣：讀作「柏」，跌倒。
14 狼疾之人：此處指身體殘缺之人。
15 操箕帚：主持家務，意指嫁人為妻。
16 賢仲：對他人兄弟的敬稱。猶言令弟。
17 詰：讀作「傑」，問。
18 衾：讀作「親」，被子。
19 俾：使。讀作「必」。
20 襆被：被褥。
21 耗：音訊。
22 塗野：郊外、野外。
23 夙好：舊相識，故友。
24 族閥：家世背景。
25 騃：讀作「皚」。形容癡傻愚笨的無知樣子。
26 妍媸：美醜。

27 轡：讀作「佩」，韁繩。
28 二三其德：指感情方面朝秦暮楚，心意不專。
29 囊：讀作「囊」的三聲，以前、昔日之意。
30 昆季：兄弟。
31 佻達：輕佻放蕩。佻，讀作「條」。
32 讎：通「仇」。仇恨。
33 勸駕：勸人出仕或去做某件事情。
34 不置：不放棄、不捨棄。
35 懸情：想念，牽掛。
36 司李：推官，協助知府大人的官吏，職掌獄訟。亦稱「司理」。
37 攝：用鑷子類器具把東西鑷起來。
38 叔：此指丈夫的弟弟。
39 勻鉛黃：上妝，將臉上的化妝品調勻。鉛黃，古代婦女所用的化妝品。
40 塗澤：裝飾容貌，此指梳妝打扮。
41 徧：同今「遍」字，是遍的異體字。
42 德：感激、尊敬之意。
43 目：當動詞用，看作、視為。
44 行人：出遠門在外的人，此指甘玉。
45 恩眷：恩重。
46 秦吉了：一種能學人說話的鳥，類似八哥。
47 蚤：通「早」。
48 要遮：攔截、阻擋。
49 造物：造物主，生天地萬物之天道。即指上天。
50 狎：親近。指男女交歡。
51 狸：形狀像貓的哺乳類。

白話翻譯

甘玉，字璧人，廬陵縣人。父母過世得早，留下弟弟甘玨，字雙璧，從五歲起就由兄長撫養。甘玉對弟弟很友愛，把他當成自己的孩子來撫養，後來甘玨逐漸長大，玉樹臨風，一表人才，秉性聰慧，寫得一手好文章。甘玉更加疼愛他。常對人說：「我弟弟才貌出眾，不可無佳偶。」但由於挑選標準太嚴苛，始終沒找到合適的弟媳。這天甘玉在匡山寺廟裡讀書，晚上剛躺下就寢，聽見窗外有女子說話聲。他暗中窺視，見到三、四個女子坐在地上，幾個婢女正在擺酒上菜，都是人間絕色。一個女子說：「秦娘子，阿英爲何沒來？」坐在末座的女子說：「昨天她從函谷關來，被惡人砍傷右臂，不能與我們同遊，她爲此憤恨不已。」另一個女子說：「我前天晚上做了個惡夢，到現在想起來心有餘悸呢。」末座的女子搖手說：「勿言！勿言！今夜姊妹們歡聚一堂，別說嚇人的事惹大家不愉快。」女子笑著說：「你怎麼這樣膽小！難道說了，就會跑出豺狼虎豹把你給叼去嗎？你要是不讓我說，必須唱一首歌，爲我們助酒興。」那女子低聲唱道：「閒階桃花取次開，昨日踏青小約未應乖。囑咐東鄰女伴少待莫相催，著得鳳頭鞋子即當來。」唱完，滿座無不讚嘆叫好。

談笑間，忽然一個高大魁梧的男人從外邊闖進來，一雙鷹眼閃閃發光，相貌醜陋猙獰。女子們叫喊道：「妖怪來了！」一眾女子倉促間，紛紛如鳥獸驚散。只有剛才唱歌的女子較爲柔弱，落在後面，被男妖抓住。女子哭泣叫喊，拚命抵抗。男妖一聲怒吼，咬斷她的手指咀嚼吞食，女子跌倒在地，宛如死人。甘玉的惻隱之心油然而生，他再也無法忍耐，急忙抽劍開門衝出，一劍砍向男妖，砍中了大腿。男妖腿斷，忍痛而逃。甘玉扶女子進屋，她面如死灰，衣袖上沾滿鮮血；察看手上的傷，右手拇指已斷。甘玉撕下一塊布替她包紮好，女子才呻吟著說：「救命之恩，何以爲報？」

甘玉自從看到她時，就想要她做弟媳，便將想法告訴她。女子說：「我已是殘疾之人，不配嫁給令弟爲妻，我另外再幫令弟找個佳偶吧。」問她姓氏，女子答：「我姓秦。」甘玉替她鋪床，讓她暫且在此休養，自己抱起被褥到別處睡。天亮後來看望，床上卻已空無一人。甘玉猜想她定是自己回去了，到鄰村後打聽起秦女的下落，但沒有一個姓秦的。他託親戚朋友四處尋訪，也沒有個明確消息，回家和弟弟說起此事，後悔沒替他把握住好姻緣。

甘珏一天偶然到郊外遊玩，遇到一名少女，年方十六，姿容絕美，望著甘珏微笑，像有話要說。她四處張望，然後問道：「你是甘家二少爺嗎？」甘珏答：「正是。」少女說：「令尊在世時曾訂下我倆的婚約，爲何你今日想悔婚，另訂秦家？」甘珏說：「小生自幼父母雙亡，有來往的親朋好友我都不認識，請將你的家世告訴我，我回去問問家兄。」那少女說：「無須說得那麼詳細，我只要你一句話，我自己會去。」甘珏以沒有稟告哥哥爲理由推辭了。少女笑道：「你這呆子！怎麼如此怕你兄長啊？我姓陸，住東山望村。三日之內，恭候佳音。」說完就離開了。甘珏回家，把這件事稟告兄嫂知情，甘玉說：「這是無稽之談！

父親去世時，我已二十多歲，若確有此事，我怎會不知？」又覺得那女子獨自在郊外行走，又與男子搭訕，更加鄙視她。問起她的相貌，甘玨的臉和脖子都紅了，一聲不吭。嫂嫂笑道：「想來必是位美人了？」甘玉說：「小孩子哪分得出美醜？就算美，也定然比不上秦姑娘。等秦姑娘的婚事談不成，再考慮她也不遲。」甘玨便默不作聲地退下了。

又過幾天，甘玉在路上遇見一名女子邊哭邊走，就放下馬鞭，勒住韁繩，偷瞄她一眼，發現女子容貌艷麗無雙，人世罕有，命僕人去問她哭泣的原因。少女答：「我以前許配給甘家二公子，因爲家中貧窮，搬到遠方去，因此斷了來往。最近才回來，聽到甘家三心二意想背棄舊盟，我想去問問大伯甘璧人，要怎麼安置我？」甘玉驚喜地說：「我就是甘璧人。先父在世時訂下的婚約，我實是不知。這裡離寒舍不遠，請與我一塊兒回去，再從長計議。」他立刻下馬，把韁繩交給少女，自己牽馬步行回家。少女向他自我介紹：「小女子名喚阿英，家裡沒有兄弟，只有表姊秦氏與我同住。」甘玉這時才恍然大悟，她就是先前那幾位美女所提到的阿英。甘玉想通知她的家人，阿英說不用。甘玉暗自高興起弟弟能娶到這麼漂亮的媳婦，但又怕她舉止輕浮，惹人非議。同住一段時間後，阿英舉止依舊矜持端莊，性情溫柔且善於言詞，侍奉嫂嫂就像母親一樣，嫂嫂也很喜歡她。

到了中秋節，夫妻正親密飲宴，嫂嫂派人叫阿英過去。甘玨感到有些掃興。阿英就叫來人先走，說自己隨後便到；可她仍坐著與甘玨有說有笑，沒有前去的意思。甘玨怕嫂子久等，頻聲催促，阿英只是笑，到最後都沒離席。第二天一早，阿英剛梳妝完，嫂嫂親自過來慰問，說：「昨天大家在一起時，爲何悶悶不樂？」阿英只是微笑。甘玨覺得奇怪，跟她對質，發現牛頭不對馬嘴。嫂嫂大驚道：「若非妖怪，怎會分身術？」甘玉有些害怕，隔著簾子對阿英說：「我們家世代積德，從沒跟人結仇。如果你眞是妖怪，請馬上離開，別傷害我弟弟性命。」阿英羞慚地說：「我本非人類，只是因爲公公生前訂有婚約，所以秦家表姊勸我來完婚。我自知不能生兒育女，也曾想離去，之所以留戀不捨，是因兄嫂待我不薄。如今既被懷疑，那麼就此永別吧。」轉眼變成一隻鸚鵡，振翅飛走了。

原來先前甘父在世時養了一隻鸚鵡，甚是聰慧，他常常親自餵食。當時甘玨才四、五歲，問了父親：「爲什麼養鳥？」甘父開玩笑說：「給你作媳婦呀。」有時鸚鵡飼料吃完了，就向甘玨催促：「還不去餵食？你媳婦要餓死啦！」家裡人也都以此來開玩笑，直到後來鸚鵡掙斷鎖鍊飛走了。大家這才恍然大悟，所謂婚約就是這件事。然而甘玨明知阿英不是人，仍思念不娶；嫂嫂更爲牽掛，早晚哭泣。甘玉也很後悔，卻無可奈何。

兩年後，甘玉爲弟弟又娶了姜氏女爲妻，甘玨卻始終不滿意。甘家有表兄在廣東當司理，甘玉前往拜訪，許久未歸。此時正值土匪作亂，附近村落大半都成了廢墟。甘玨很驚恐，帶全家到山谷中避難。山上男女混雜，一大群人彼此都不認識。甘玨忽聽女子低聲耳語，很像阿英，嫂子催促他上前查看，果然是阿英。甘玨十分高興，捉住她的手臂不肯放。

阿英對同行人說：「姊姊先走吧，我去看看嫂嫂就來。」阿英走到甘家人面前，嫂嫂看見她就傷心哭泣，阿英再三勸慰，又說：「此處並不安全。」於是勸他們回去。大家都害怕土匪會來，阿英再三保證：「不妨事。」就和他們一同回家。阿英鏟了一堆土圍住門口，囑咐甘家人留在家中不要外出，坐著寒暄幾句，轉身要走。嫂嫂急忙握住她手腕，又叫兩個婢女捉住她的左右雙腳。阿英不得已，只好留下，卻不常回到先前住的房間了；總要甘玨開口個三、四次，她才肯去那麼一次。

嫂嫂常說新娶媳婦不合小叔心意，阿英便每早起床給姜氏梳妝打扮，梳完頭，又仔細為她塗抹脂粉。人們看到姜氏，都認為比往日豔麗不少，如此三天，姜氏居然變成一個美人。嫂嫂感到奇怪，就對阿英說：「我膝下無子，想買個小妾，又抽不出空來。不知把婢女打扮得好看一些可行嗎？」阿英說：「沒有人不能透過化妝而變美的，只是長得好看的比較容易罷了。」阿英把所有婢女都看過一遍，只有一個皮膚黝黑容貌醜陋的婢女有生男的面相，便把她叫來替她沐浴，接著用濃粉摻雜藥粉塗在她臉上。如此做了三天，婢女的臉色逐漸變黃；四至七日後，粉脂滲入肌膚，居然變得好看了。甘家人每天閉門有說有笑，把土匪肆虐的事拋諸腦後。一天晚上，忽聽四周傳來喧嘩聲，全家上下不知所措。不久聽到門外人喊馬嘶，土匪紛紛離去。等到天亮，才知村中已被燒光搶盡。強盜組隊四處搜索，凡是藏在山谷洞穴的人，或被殺死或被捉走。大家都很感激阿英，將她當作神仙看待。阿英忽然對嫂嫂說：「我此番前來，是因難忘嫂子情義，暫時為你們分擔離亂的憂愁。大伯不久就要回來，我還繼續留在這裡，就像俗話說的，非李非桃，惹人笑話。我且先離去，閒暇時再來探望。」嫂嫂問：「我丈夫可平安無恙？」阿英說：「最近有大難。這件事與其他人無關。秦家表姊受過大伯恩惠，我想定會圖報，應當無妨。」嫂嫂挽留她留宿，然而天尚未亮阿英就離去了。

甘玉從廣東回來，聽說土匪肆虐，日夜兼程趕回。路上遇到打劫，主僕二人棄馬而行，各自把銀子紮在腰間，鑽進棘叢中躲避。一隻秦吉了鳥這時飛到荊棘上，展開翅膀遮住他們。看鳥兒的腳爪缺了一指，甘玉心中感到奇怪。不久，賊寇從四面八方聚集過來，搜遍棘叢，好像在尋找他們。主僕二人稟住呼吸，直到盜寇散去後，那隻鳥才飛走。甘玉回到家，家人互相述說了自己的經歷，甘玉才知道那隻秦吉了鳥就是自己曾救過的秦姑娘。

後來，每當甘玉外出不歸，阿英晚上必定前來。算好甘玉快回來了，就先一步離去。甘玨有時在嫂子房裡遇到阿英，邀她小聚，阿英口頭答應，卻總沒赴約。一晚，甘玉外出辦事。甘玨想阿英必定會來，就躲起來等她。不久，阿英果然前來，甘玨突然竄出，攔住人不讓她走，把阿英強拉進自己房間。阿英說：「我與你的情緣已盡，勉強歡好，恐怕會被上天妒忌。不如留些餘地，偶爾還能見一次，你看如何？」甘玨不聽，又與她同眠共枕。天亮後，阿英去拜見嫂嫂。嫂嫂怪她來遲，阿英笑道：「半路上被強盜所劫，讓嫂子掛念。」說了幾句話就出來了。不久，一隻大貓叼著一隻鸚鵡從嫂嫂寢室門前經過。嫂嫂嚇壞了，懷疑那隻鸚鵡是阿英。當時她正在洗頭髮，趕忙停下洗頭的動作，大聲呼叫。家人一起把貓趕走，這才把鸚鵡救下，發現左翅沾血，奄奄一息。嫂嫂把牠放在膝蓋上，撫摸按摩了很久，牠才漸漸甦醒，用喙整理翅膀。不久，鸚鵡在屋子裡飛了幾圈，大喊：「嫂嫂，永別了！我恨甘玨呀！」鼓動翅膀飛走了，從此再也沒回來。

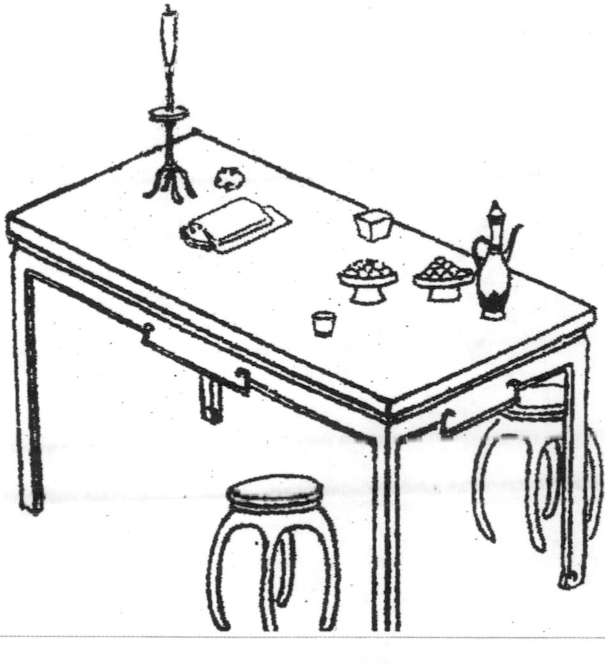

橘樹

陝西劉公，為興化令[1]。有道士來獻盆樹；視之則小橘細裁[2]如指，擯[3]弗受。劉有幼女，時六七歲，適值初度[4]。道士云：「此不足供大人清玩，聊祝女公子福壽耳。」乃受之。女一見，不勝愛悅，寘諸閨闥[5]，朝夕護之惟恐傷。劉任滿，橘盈把矣。是年初結實。簡裝將行，以橘重贅，謀棄之。女抱樹嬌啼。家人紿[6]之曰：「暫去，且將復來。」女信之，涕始止。又恐為大力者負之而去，立視家人，移栽墀[7]下，乃行。女歸，受莊氏聘。莊丙戌[8]登進士，釋褐[9]為興化令。夫人大喜，竊意十餘年橘不復存，及至，則橘已十圍，實纍纍以千計。問之故役，皆云：「劉公去後，橘甚茂而不實，此其初結也。」更奇之。莊任三年，繁實不懈[10]；第四年，憔悴無少華[11]。夫人曰：「君任此不久矣。」至秋，果解任。

異史氏曰：「橘其[12]有夙緣於女與[13]？何遇之巧也！其實也似感恩，其不華也似傷離。物猶如此，而況於人乎？」

橘樹

魚軒重淮枌
先知及屈辰期感
別離橘薩傳好棠陰
比渡先冰玉縈人思

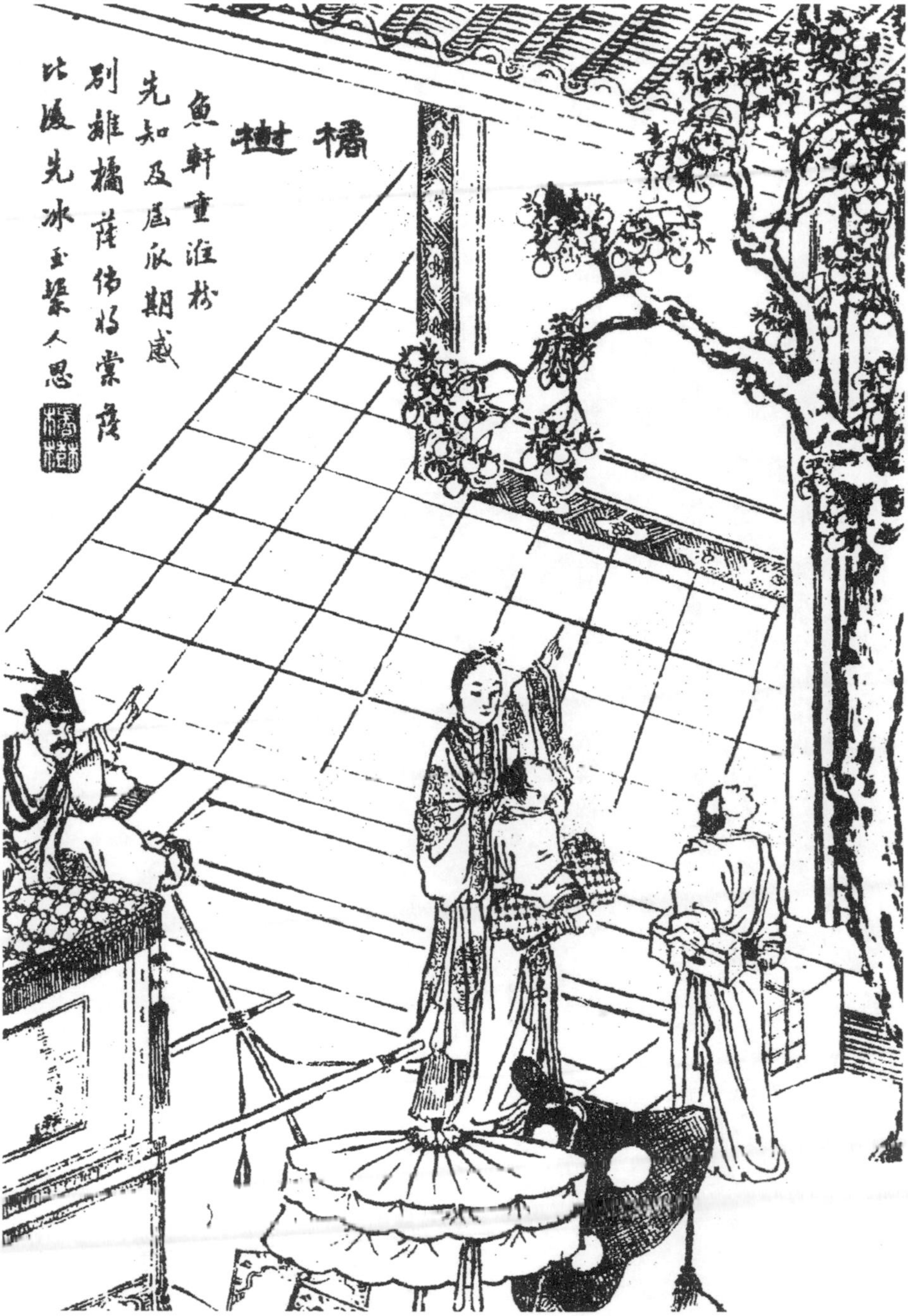

1 興化令：興化縣縣令。興化，古代縣名。今江蘇省興化市。
2 裁：僅、只之意。通「纔」、「才」二字。
3 擯：讀作「殯」。遺棄、排斥。
4 初度：慶生。
5 寘諸閨闥：擺放在閨房中。寘，讀作「至」。安置、放置。閨闥，閨房。
6 紿：讀作「帶」，指欺瞞、誆騙。
7 墀：讀作「持」，臺階上的平地。
8 丙戌：清順治三年（西元一六四六年）。
9 釋褐：脫下布褐，換上做官的服飾。即步上官途之意。褐，布褐之意，即布衣，代指平民。
10 不懈：不中斷，不停止。
11 華：同「花」。此指開花。
12 其：也許，可能。
13 與：通「歟」。語末助詞。

白話翻譯

陝西劉大人，在興化當縣令。有位道士送來一個盆栽，仔細看是棵小橘樹，細如手指，他拒絕接受。劉大人有個小女兒，當時六、七歲，那大正好是她生辰。道士說：「這個不適合給大人賞玩，就送給小姐，聊表祝壽之意吧。」劉大人這才接受。劉女看了也非常喜歡，放在閨房裡早晚精心護養，唯恐橘樹受到半點傷害。劉大人任期滿時，橘樹已長到拳頭那麼粗，這年也是第一次結果。劉大人收拾行裝準備離任，嫌橘樹累贅，打算扔下。劉女抱著橘

◆何守奇評點：獻橘表異，道士遊戲三昧耳。乃橘初實而劉女始去，橘再實而劉女復來，豈真為女公子作祥瑞耶！

道士獻橘因人而異，是他了解箇中奧妙。劉女要離開興化時，橘樹第一次結果；劉女復來，橘樹第二次結果，難道真是為了慶賀劉小姐的到來才作此祥瑞之兆嗎？

樹啼哭不止，家人便哄騙她道：「我們只是暫時離開，很快就會回來。」劉女相信了，這才停止哭泣，可是又怕橘樹被力氣大的人扛走，要站在一旁監督家人，把橘樹移到臺階下重新栽好才肯走。

劉女返鄉後許配給姓莊的人家。莊生丙戌年中了進士，恰巧被派任爲興化知縣。莊夫人很高興，暗忖過了十幾年，橘樹應不復存在，等到了任所，卻發現橘樹已長成高大的樹，果實累累數以千計。詢問當年的衙役，他們都說：「劉大人離去後，橘樹枝繁葉茂卻總不結果，今年還是第一次呢。」更離奇的是，莊知縣當了三年縣官，橘樹年年花果滿枝，生生不息。第四年橘樹憔悴不開花，莊夫人對夫婿說：「你的任期快要結束了。」到那年秋天，莊知縣果然卸任。

記下奇聞異事的作者如是說：「橘樹莫非與劉女有夙世的緣份嗎？否則他們之間的遭遇怎麼會這麼湊巧呢！橘樹結滿果實像是要爲了感謝劉女的恩情，而橘樹憔悴不開花，也像是悲傷即將要與劉女分離。草木尚且有靈，更何況是人呢？」

赤字

順治乙未[1]冬夜，天上赤字如火。其文云：「白苕代靖否復議朝治馳。」

1 劉順治乙未：清順治十二年（西元一六五五年）。

白話翻譯

順治乙未年冬夜某日，天空出現火光般的紅字。文句內容是：「白苕代靖否復議朝治馳。」

牛成章

牛成章，江西之布商也。娶鄭氏，生子女各一。牛三十三歲病死。子名忠，時方十二；女八九歲而已。母不能貞①，貨產入囊，改醮②而去。遺兩孤，難以存濟。有牛從嫂，年已六袠③，貧寡無歸，送與居處。數年，嫗死，家益替。而忠漸長，思繼父業而苦無貲④。妹適⑤毛姓，毛富賈也。女哀壻假⑥數十金付兄。兄從人適金陵⑦，途中遇寇，資斧⑧盡喪，飄蕩不能歸。偶趨典肆⑨，見主肆者絕類其父；出而潛察之，姓字皆符。駭異不諭其故。惟日流連其傍，以窺意旨，而其人亦略不顧問。如此三日，覘⑩其言笑舉止，真父無訛。即又不敢拜識；乃自陳於羣小，求以同鄉之故，進身為傭。立券已，主人視其里居、姓氏，似有所動，問所從來。忠泣訴父名。主人悵然若失。久之，問：「而母無恙乎？」忠又不敢謂父死，婉應曰：「我父六年前，經商不返，母醮而去。幸有伯母撫育，不然，葬溝瀆⑪久矣。」主人慘然曰：「我即是汝父也。」於是握手悲哀。又導入參其後母。後母姬，年三十餘，無出，得忠喜，設宴寢門。牛終欷歔⑫不樂，即欲一歸故里。妻慮肆中乏人，故止之。牛乃率子紀理⑬肆務；居之三月，乃以諸籍委子，取裝西歸。既別，忠實以父死告母。姬乃大驚，言：「彼負販於此，曩⑭所與交好者，留作當商；娶我已六年矣。何言死耶？」忠又細述之。相與疑念，不喻其由。踰一晝夜，而牛已返。攜一婦人，頭如蓬葆⑮。忠視之，則其所生母也。牛摘耳頓罵：「何棄吾兒！」婦懾伏不敢少動。牛以口齕16其項。婦呼忠曰：「兒救吾！兒救吾！」忠大不忍，橫身蔽鬲17其間。牛猶忿怒，婦已不見。衆大驚，相譁以鬼。旋視牛，顏色慘變，委衣於地，化為黑氣，亦尋滅矣。母子駭歎，舉衣冠而瘞18之。忠席19父業，富有萬金。後歸家問之，則嫁母於是日死，一家皆見牛成章云。

1 貞：守節。
2 醮：讀作「叫」，女子結婚後改嫁。
3 袠：讀作「至」。十年。
4 貲：通「資」，指財物、錢財。
5 適：此指女子出嫁。
6 壻：女婿。同今「婿」字，是婿的異體字。假：借出、借用。
7 適：往、至。金陵，古代地名，即今南京市及江寧縣地。
8 資斧：錢財與物品。泛指旅費。
9 典肆：當鋪。肆，店鋪。
10 覘：讀作「沾」，觀看、察視。
11 葬溝瀆：葬身荒郊野外。溝瀆，排水道。
12 欷歔：同「唏嘘」。悲泣抽噎的樣子。
13 紀理：經營打理。
14 曩：讀作「囊」的三聲，以前、昔日之意。
15 蓬葆：蓬、葆，皆植物名。蓬葆形容頭髮久不梳理，如蓬葆一般散亂
16 齕：讀作「河」，以牙齒去咬。
17 鬲：通「隔」。隔開。
18 瘞：讀作「意」，用土掩埋、埋葬。
19 席：憑藉。

◆**何守奇評點**：足以警負心再醮者。

這則故事足以警惕那些不肯守節而改嫁的婦人。

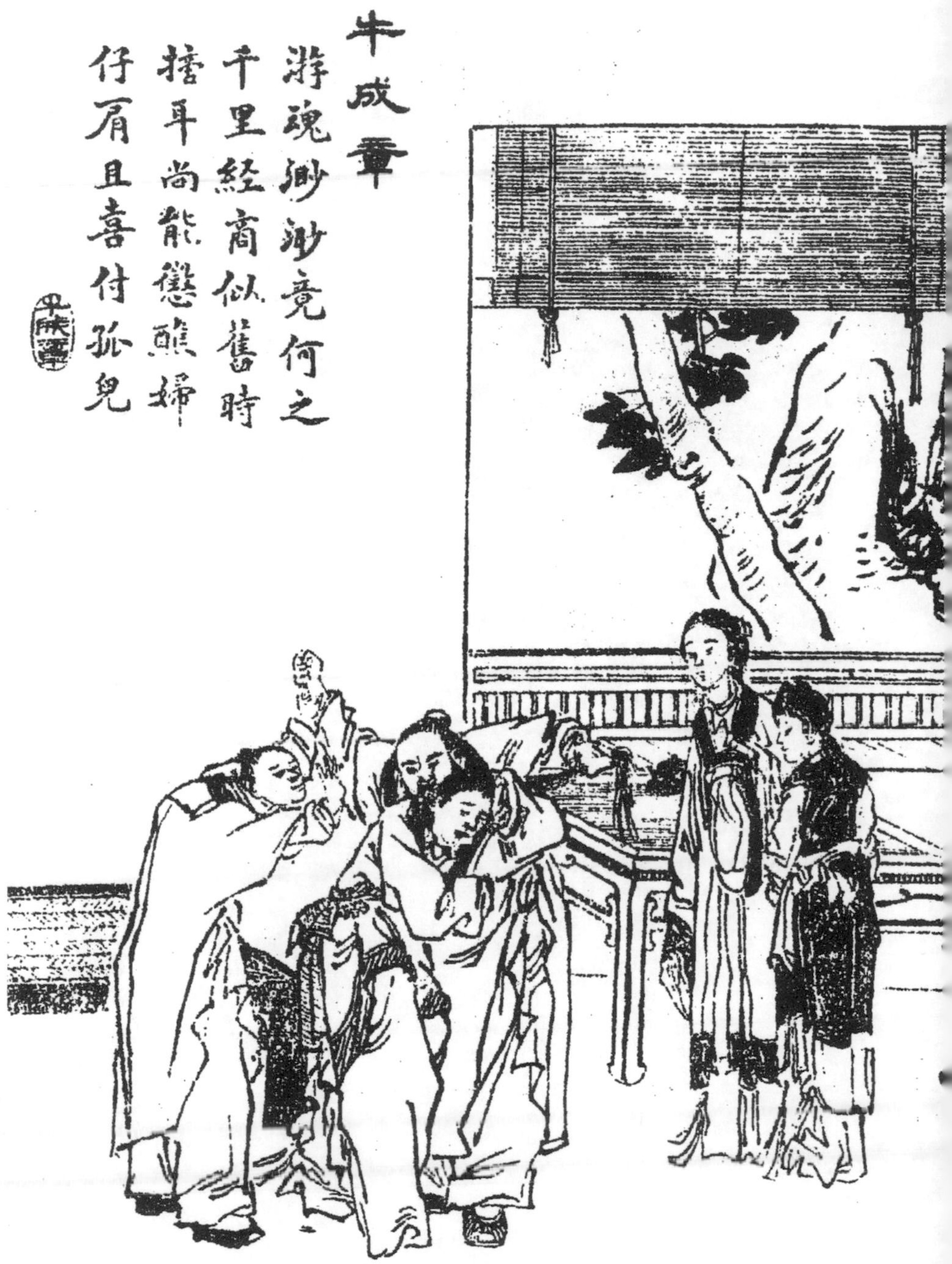
牛成章
游魂渺渺竟何之
千里經商似舊時
擔耳尚能懲醮婦
仔肩且喜付孤兒
牛成章

白話翻譯

牛成章，江西的一位布商，娶鄭氏爲妻，生了一雙兒女。牛成章三十三歲病死，兒子牛忠當時才十二歲，女兒也不過八、九歲。母親不能守節，變賣家產，改嫁而去，留下兄妹二人，難以存活。牛成章有位堂嫂，年已六十，孤獨一人沒有依靠，就收留兩個孤兒一塊生活。幾年後，老太太去世，家中生活更加艱難。牛忠漸漸長大，想繼承父業，只是苦於沒有資金。妹妹嫁給一個姓毛的富商，便懇求丈夫借出幾十兩銀子給兄長。牛忠跟著人去金陵，途中遇上盜匪，身上帶的錢都被搶光，四處流浪無法返家。一天，他偶然走進一間當鋪，見到店主像極他的父親，出來後暗中查訪，發現姓氏名字皆符合。牛忠十分驚訝，不明白其中緣故，只是每天在當鋪周圍徘徊流連，看看店主對他有無反應。店主對他毫不理會，就這樣過了三天，牛忠觀察店主的談笑行爲，果眞是自己的父親無誤，卻又不敢貿然相認，就向店鋪中的傭人自我介紹，請求以同鄉身份到店裡工作。打好契約後，店主看他的姓名、家鄉，似乎心裡有所觸動，問他從哪裡來。牛忠哭著報上父親名字，店主聽後，悵然若失許久，才問：「你的母親無恙否？」牛忠又不敢說父親過世，委婉地回答：「家父六年前出外經商，至今還沒有回家。母親改嫁離去，幸虧有伯母撫育我們兄妹，否則，早就曝屍荒野已久了。」店主悲傷地說：「我就是你父親。」父子拉起手，悲從中來，牛忠隨後被父親領到內室拜見後母。後母姓姬，三十多歲，沒有生孩子，牛忠來到讓她很高興，於是在內室設宴招待他。

牛成章始終悶悶不樂，就想回老家一趟。妻子擔憂店裡沒人打理，因而阻止他返鄉。牛成章便帶領兒子打理店鋪生意，過了三個月，他把鋪中所有帳冊交付給兒子，整裝返回老家。父親走後，牛忠把父親已去世的實情告訴後母。後母聽了大驚道：「他經商到此，以前與他交好的朋友留他下來開了這個當鋪。他娶我也六年了，怎麼說他死了呢？」牛忠又詳細將事情原委述說一遍，兩人都很懷疑，想不明白其中的緣由。過了一天一夜，牛成章從老家回來，還帶著一個婦人，頭髮散亂已極。牛忠一看，認出是自己親生母親，牛成章就這樣揪著她耳朵，跺腳大罵：「爲什麼拋棄我兒子！」婦人趴在地上一動也不敢動。牛成章用嘴咬她脖子，婦人大聲呼喚牛忠：「兒子救我！兒子救我！」牛忠於心不忍，急忙上前把兩人隔開。牛成章還在氣頭上，婦人已經不見蹤影，眾人大吃一驚，大喊有鬼。再看牛成章，他的臉色突然間慘白無比，穿的衣服一下落到地上，整個人化爲一股黑煙也消失無蹤了。母子二人驚歎不已，將牛成章的衣帽埋葬。牛忠憑藉父親家業，成了富有萬金的大戶，後來回老家問起生母，原來她就在父親回去那天去世了，家裡人都說看見了牛成章。

青娥

霍桓，字匡九，晉人也。父官縣尉[1]，早卒。遺生最幼，聰惠絕人。十一歲，以神童入泮[2]。而母過於愛惜，禁不令出庭戶，年十三，尚不能辨叔伯甥舅焉。同里有武評事[3]者，好道，入山不返。有女青娥，年十四，美異常倫。幼時竊讀父書，慕何仙姑[4]之為人。父既隱，立志不嫁。母無奈之。一日，生於門外瞥見之。童子雖無知，祇覺愛之極，而不能言；直告母，使委禽[5]焉。母知其不可，故難之。生鬱鬱不自得。母恐拂兒意，遂託往來者致意武，果不諧。生行思坐籌，無以為計。會有一道士在門，手握小鑱[6]，長裁尺許。生借閱一過，問：「將何用？」答云：「此斸[7]藥之具；物雖微，堅石可入。」生未深信。道士即以斫牆上石，應手落如腐。生大異之，把玩不釋於手。道士笑曰：「公子愛之，即以奉贈。」生大喜，酬之以錢，不受而去。持歸，歷試磚石，略無隔閡。頓念穴牆[8]則美人可見，而不知其非法也。

更定，踰垣而出，直至武第；凡穴兩重垣，始達中庭。見小廂中，尚有燈火，伏窺之，則青娥卸晚裝矣。少頃，燭滅，寂無聲。穿墉[9]入，女已熟眠。輕解雙履，悄然登榻；又恐女郎驚覺，必遭訶逐，遂潛伏繡褶之側，略聞香息，心願竊慰。而半夜經營，疲殆頗甚，少一合眸，不覺睡去。女醒，聞鼻氣休休；開目，見穴隙亮入。大駭，急起，暗中拔關[10]輕出，敲窗喚家人婦，共爇火[11]操杖以往。見一總角[12]書生，酣眠繡榻，細審，識為霍生。推之始覺，遽起，目灼灼如流星，似亦不大畏懼，但靦然不作一語。衆指為賊，恐呵之。始出涕曰：「我非賊，實以愛娘子故，願以近芳澤耳。」衆又疑穴數重垣，非童子所能者。生出鑱以言異。共試之，駭絕，訝為神授。將共告諸夫人。女俛首沉思，意似不以為可。衆窺知女意，因曰：「此子聲名門第，殊不辱玷。不如縱之使去，俾復求媒焉。詰旦，假盜以告夫人，如何也？」女不答。衆乃促生行。生索鑱。共笑曰：「騃[13]兒童！猶不忘凶器耶？」生覷枕邊，有鳳釵一股，陰納袖中。已為婢子所窺，急白之。女不言亦不怒。一媼拍頸曰：「莫道他騃若，意念乖絕也。」乃曳之，仍自竇中出。

既歸，不敢實告母，但囑母復媒致之。母不忍顯拒，惟遍託媒氏，急為別覓良姻。青娥知之，中情皇急，陰使腹心者風示媼。媼悅，託媒往。會小婢漏泄前事，武夫人辱之，不勝恚憤。媒至，益觸其怒，以杖畫地，罵生並及其母。媒懼竄歸，具述其狀。生母亦怒曰：「不肖兒所為，我都夢夢[14]。何遂以無禮相加！當交股[15]時，何不將蕩兒淫女一併殺卻？」由是見其親屬，輒便披訴[16]。女聞，愧欲死。武夫人大悔，而不能禁之使勿言也。女陰使人婉致生母，且矢之以不他[17]，其詞悲切。母感之，乃不復言；而論親之謀，亦遂輟矣。會秦中[18]歐公宰是邑，見生文，深器之，時召入內署，極意優寵。一日，問生：「婚乎？」答言：「未。」細詰之，對曰：「夙與故武評事女小有盟約；後以微嫌，遂致中寢。」問：「猶願之否？」生靦然不言。公笑曰：「我當為子成之。」即委縣尉、教諭[19]，納幣[20]於武。夫人喜，婚乃定。踰歲，娶女歸。女入門，乃以鑱擲地曰：「此寇盜物，可將去！」生笑曰：

「勿忘媒妁。」珍佩之恆不去身。

女為人溫良寡默，一日三朝其母；餘惟閉門寂坐，不甚留心家務。母或以弔慶他往，則事事經紀，罔不井井。年餘，生一子孟仙。一切委之乳保[21]，似亦不甚顧惜。又四五年，忽謂生曰：「歡愛之緣，於茲八載。今離長會短，可將奈何！」生驚問之，即已默默，盛妝拜母，返身入室。追而詰之，則仰眠榻上而氣絕矣。母子痛悼，購良材而葬之。母已衰邁，每每抱子思母，如摧肺肝，由是遘病[22]，遂憊不起。逆害飲食[23]，但思魚羹，而近地則無，百里外始可購致。時廝騎皆被差遣；生性純孝，急不可待，懷貲獨往，晝夜無停趾。返至山中，日已沉冥，兩足跛踦[24]，步不能咫。後一叟至，問曰：「足得毋泡乎？」生唯唯。叟便曳坐路隅，敲石取火，以紙裹藥末，熏生兩足訖。試使行，不惟痛止，兼益矯健。感極申謝。叟問：「何事汲汲[25]？」答以母病，因歷道所由。叟問：「何不另娶？」答云：「未得佳者。」叟遙指山村曰：「此處有一佳人，倘能從我去，僕當為君作伐[26]。」生辭以母病待魚，姑不遑暇。叟乃拱手，約以異日入村，但問老王，乃別而去。

生歸，烹魚獻母。母略進，數日尋瘳[27]。乃命僕馬往尋叟。至舊處，迷村所在。周章[28]踰時，夕暾[29]漸墜；山谷甚雜，又不可以極望。乃與僕分上山頭，以瞻里落；而山徑崎嶇，苦不可復騎，跋履而上，昧色籠煙[30]矣。蹀躞[31]四望，更無村落。方將下山，而歸路已迷，心中燥火如燒。荒竄間，冥墮絕壁。幸數尺下有一線荒臺，墜臥其上，闊僅容身，下視黑不見底。懼極不敢少動。又幸崖邊皆生小樹，約體如欄。移時，見足傍有小洞口；心竊喜，以背著石，螬[32]行而入。意稍穩，冀天明可以呼救。少頃，深處有光如星點。漸近之，約三四里許，忽睹廊舍，並無釭燭[33]，而光明若晝。一麗人自房中出，視之，則青娥也。見生，驚曰：「郎何能來？」生不暇陳，抱袪[34]嗚惻。女勸止之。問母及兒，生悉述苦況，女亦慘然。生曰：「卿死年餘，此得無冥間耶？」女曰：「非也，此乃仙府。曩時非死，所瘞[35]，一竹杖耳。郎今來，仙緣有分也。」因導令朝父，則一修髯[36]丈夫，坐堂上；生趨拜。女曰：「霍郎來。」翁驚起，握手略道平素[37]。曰：「婿來大好，分當留此。」生辭以母望，不能久留。翁曰：「我亦知之。但遲三數日，即亦何傷。」乃餌以肴酒，即令婢設榻於西堂，施錦裀[38]焉。生既退，約女同榻寢。女卻之曰：「此何處，可容狎褻？」生捉臂不捨。窗外婢子笑聲嗤然，女益慚。方爭拒間，翁入，叱曰：「俗骨污吾洞府！宜即去！」生素負氣，愧不能忍，作色曰：「兒女之情，人所不免，長者何當伺我？無難即去，但令女須便將隨。」翁無辭，招女隨之，啟後戶送之；賺生離門，父子闔扉去。回首峭壁巉巖[39]，無少隙縫，隻影煢煢[40]，罔所歸適。視天上斜月高揭，星斗已稀。悵悵良久，悲已而恨，面壁叫號，迄無應者。憤極，腰中出鑱，鑿石攻進，且攻且罵。瞬息洞入三四尺許。隱隱聞人語曰：「孽障哉！」生奮力鑿益急。忽洞底豁開二扉，推娥出曰：「可去，可去！」壁即復合。女怨曰：「既愛我為婦，豈有待丈人如此者？是何處老道士，授汝凶器，將人纏混欲死！」生得女，意願已慰，不復置辯；但憂路險難歸。女折兩枝，各跨其一，即化為馬，行且駛，俄頃至家。時失生已七日矣。

初，生之與僕相失也，覓之不得，歸而告母。母遣人窮搜山谷，並無蹤緒。正憂惶所，聞子自歸，懽喜承迎。舉首見婦，幾駭絕。生略述之，母益忻慰。女以形蹟詭異，慮駭物聽，求即播遷，母從之。異郡有別業，刻期徙往，人莫之知。偕居十八年，生一女，適同邑李氏。後母壽終。女謂生曰：「吾家茅田中，有雉抱八卵，其地可葬。汝父子扶櫬歸窆[41]。兒已成立，宜即留守廬墓[42]，無庸復來。」生從其言，葬後自返。月餘，孟仙往省之，而父母俱杳。問之老奴，則云：「赴葬未還。」心知其異，浩歎而已。孟仙文名甚噪，而困於場屋，四旬不售。後以拔貢[43]入北闈[44]，遇同號生[45]，年可十七八，神采俊逸，愛之。視其卷，注順天廩生[46]霍仲仙。瞪目大駭，因自道姓名。仲仙亦異之，便問鄉貫，孟悉告之。仲仙喜曰：「弟赴都時，父囑文場中如逢山右霍姓者，吾族也，宜與款接，今果然矣。顧何以名字相同如此？」孟仙因詰高、曾[47]，並嚴、慈姓諱，已而驚曰：「是我父母也！」仲仙疑年齒之不類。孟仙曰：「我父母皆仙人，何可以貌信其年歲乎？」因述往蹟，仲仙始信。場後不暇休息，命駕同歸。才到門，家人迎告，是夜失太翁及夫人所在。兩人大驚。仲仙入而詢諸婦。婦言：「昨夕尚共杯酒，母謂：『汝夫婦少不更事。明日大哥來，吾無慮矣。』早旦入室，則闃[48]無人矣。」兄弟聞之，頓足悲哀。仲仙猶欲追覓；孟仙以為無益，乃止。是科仲領鄉薦[49]。以晉中祖墓所在，從兄而歸。猶冀父母尚在人間，隨在探訪，而終無蹤蹟矣。

異史氏曰：「鑽穴眠榻，其意則癡；鑿壁罵翁，其行則狂；仙人之撮合之者，惟欲以長生報其孝耳。然既混跡人間，狎生子女，則居而終焉，亦何不可？乃三十年而屢棄其子，抑獨何哉？異已！」

青娥
穴垣曾探繡房春
鑿石重聯洞府
捫遺士贈
鏡尤有
意度他
孝子作
仙人

1 縣尉：古代官名。縣長的輔佐官，執掌捉捕賊盜、察犯法作亂等情事，始於漢代，明清時撤除縣尉改置典史。
2 入泮：指考中秀才。泮，即「入泮」，俗稱考中秀才。古代學宮內有泮池（半月形的水池），故稱學宮為「泮宮」，童生入縣學為生員，即稱「入泮」。
3 評事：古代官名。漢代設置，評決刑獄的官吏，到清末才廢除。
4 何仙姑：道教八仙之一。相傳為唐朝永州（今湖南省零陵縣）人。名瓊。手持荷花為其特徵。
5 委禽：指下聘。
6 鑱：讀作「禪」。古代一種鐵器，用以掘土或挖藥草的工具。
7 斸：讀作「燭」。
8 穴牆：在牆上挖洞。
9 墉：讀作「庸」。牆。
10 拔關：打開門。關，門栓。
11 爇火：點燈。爇，燒也。讀作「若」或「熱」。
12 總角：借指兒童。古代幼童編紮頭髮，形如兩角，稱為「總角」，故用以指未成年的男女。
13 騃：讀作「皚」。形容癡傻愚笨的無知樣子。
14 夢夢：昏亂不明。
15 交股：諷刺男女房中之事。
16 披訴：公開揭露。
17 矢之以不他：立誓不嫁給別人。
18 秦中：今陝西中部平原地區，春秋戰國時為秦國領地而得名。

19 教諭：古代官名。負責教育所屬生員。
20 納幣：即納徵，古代婚嫁六禮中第四禮。男方擇一吉日，致贈禮物章服到女方家。
21 乳保：乳娘、保姆。
22 遘病：罹患疾病。遘，讀作「構」，遭逢。
23 逆害飲食：妨害飲食。
24 跛踦：讀作「簸奇」。腳受傷行動不便。
25 汲汲：急切。
26 作伐：為人作媒。語出《詩經．豳風．伐柯》：「伐柯如何？匪斧不克；取妻如何？匪媒不得。」砍取作斧柄的材料，非斧頭不能辦到；迎娶心儀的女子，非媒人無法成真。後以「作伐」代指作媒。
27 瘳：讀作「抽」。痊癒。
28 周章：徘徊。
29 夕曛：曛，讀作「吞」。落日。
30 昧色籠煙：暮色景物昏暗，看不清楚東西。
31 蹀躞：讀作「蝶謝」。輕薄。
32 螬：讀作「曹」。即蠐螬（讀作「其曹」），金龜子的幼蟲。此處比喻像蟲一般蠕動爬行向前的樣子。
33 釭燭：燈火。
34 袪：讀作「屈」。袖口。
35 瘞：讀作「意」，用土掩埋、埋葬。
36 修髯：長鬍鬚。
37 道平素：閒話家常。平素，指以前所發生的事情。
38 裀褥：讀作「因」，墊褥。
39 巉巖：巉，讀作「禪」。危險峻峭的山石。

40 煢煢：讀作「瓊瓊」。孤獨無依的樣子。
41 窆：讀作「扁」。埋葬，將棺木放入墓穴裡。
42 守廬墓：服喪期間，在墓旁搭建草廬守墳。
43 拔貢：古代科舉制度，選府州縣學生員之秉學兼優者，舉薦升入京城。
44 北闈：清代在順天府（今北京市）舉行的鄉試。
45 同號生：科舉考場內有若干小房間，按《千字文》編號，同一號舍的考生，稱同號生。
46 廩生：明清時期領國家俸祿的生員。廩，讀作「凜」。
47 高、曾：高祖，曾祖。

48 闃：讀作「趣」。寂靜無聲。
49 領鄉薦：指考中舉人。唐代科舉制度，參加進士考試者，依例由地方官員推薦，稱為鄉舉或鄉薦。後代考中舉人稱為領鄉薦，或簡稱領薦。

◆**但明倫評點**：此篇寫孝子之報，由良緣而得仙緣，分外出奇生色。

這篇寫孝子的善報，從姻緣進而變成修仙的緣分，格外奇特出色。

白話翻譯

霍桓，字匡九，山西人。父親曾擔任過縣尉，在他年幼時就過世了。霍桓排行老么，天資聰穎，十一歲就考中秀才，被人稱爲神童。然而霍母對他太過寵愛，不讓他出家門半步，致使他已經十三歲了，仍無法分辨誰是叔伯，誰是甥舅。同村有個姓武的評事，喜歡道教方術，入山裡尋仙訪道再也沒回來。武評事有個女兒名叫青娥，年已十四，長得美貌無雙。小時候偷看過父親的書籍，很傾慕何仙姑的爲人，自從父親進山修道後，她立志不嫁，母親也無計可施。

有一天，霍桓偶然在家門口看見青娥，心中暗自傾慕。回家後將心事告訴霍母，要母親託媒人去提親。霍母知道青娥矢志不嫁，認爲這樁婚事無法如願，霍桓爲了此事鬱鬱寡歡。霍母怕兒子相思成疾，就託人去武家提親，果然被武家拒絕。霍桓一直惦念此事，始終無計可施。有一天，門外來了個道士，手中握著一把約有一尺餘長的小鐵鑱。霍桓借過來一觀，說：「這東西有什麼用處？」道士答：「這是挖藥材的工具。別看它小，堅硬的石頭也能鑱進去。」霍桓不相信。道士就用鑱砍起牆上的石頭，石頭輕鬆落下，就像切豆腐一樣。霍桓很驚訝，拿在手中不住把玩，道士說：「公子若喜歡，我就把它贈給你吧。」霍桓很高興，想要取錢酬謝他，道士不肯收就離開了。霍桓把小鑱拿回家，在磚頭上試了幾次，輕輕鬆鬆就把磚石鑱開。他頓時想道：「如果在牆上挖個洞，就可以穿過洞去和武家青娥相見了。」但卻不知道這麼做是犯法的。

等到夜深人靜，霍桓翻牆出去，直接走到武家院牆外，挖穿兩道牆來到正院。他看見小廂房中還有燈光，就趴在窗上偷窺，只見青娥正在卸妝更衣。不久，燈熄了，四周寂靜無聲。霍桓穿過牆壁進到屋中，青娥已經睡著了。他躡手躡腳脫掉鞋子爬上床，又怕驚醒青娥，就躺在青娥的被子旁，聞到她身上散發出來的香氣，感到心滿意足。他挖牆挖了大半夜，精神很疲乏，一閉眼就睡著了。青娥醒來，聽到人的呼吸聲，睜眼一看，見到有亮光從牆洞中透進來，吃了一驚。她急忙起身，拉開門栓走出去，敲窗把僕婢叫醒，大家一起點燃火把，拿著棍棒來到臥房，只見一個未成年的書生熟睡在床上，仔細一看，認出是霍桓。

婢女們把他推醒，霍桓急忙起身，目光如星，也不驚懼惶恐，只是羞怯地默不吭聲。婢女都說他是小賊，想要嚇唬他，紛紛責罵他，他才哭著說：「我不是賊！我是太喜歡小姐，想來一親芳澤！」大家懷疑他是怎麼把牆鑿穿的，他拿出小鑱子說明它的用途，大夥兒試過後既驚訝又害怕，認爲這玩意兒是神仙給他的，要去稟告夫人。青娥低頭沉思，不希望她們這樣做。婢女們看出小姐的心意，都說：「這個人的名聲家世，倒也不辱沒了小姐，不如讓他回去，派媒人來提親。等天亮，就告訴夫人是夜裡遭了強盜，如何？」青娥沉默不語，婢女們就催霍桓快走。霍桓要拿回小鑱子，婢女們笑道：「傻小子！臨走還忘不了兇器！」霍桓看見青娥枕邊有一支鳳釵，便偷偷放進袖中，這個舉動被婢女瞧見了，急忙告訴青娥，青娥不語也不怒。一個僕婦拍著霍桓的脖子說：「別說他傻，可是很有心眼的。」就拉著他，讓他從牆洞裡鑽了出去。

回家後，霍桓不敢告訴霍母，只是要霍母再託媒人去武家提親。霍母不忍心拒絕，四處請託媒人，急著爲兒子另選良配。青娥得知此事，心裡很著急，暗中讓心腹向霍母透露消息。霍母很高興，託媒人去武家提親。剛好有個小婢女洩露了那天晚上的事，武夫人感到很羞恥，十分惱怒，媒人上門來更讓她怒火中燒，氣得用手杖戳地大罵霍家。媒人不敢繼續提親，狼狽逃了回去。她把經過告訴霍母，霍母也很生氣，說：「我那不爭氣的兒子做了這種事，我一點兒也不知情，武家卻藉這件事羞辱我們，那怎麼不趁他們睡在一起時就一塊兒殺了呢！」從此霍母見了武家的親朋好友就說起這事，青娥聽說了十分羞愧，武夫人也很後悔，又無法制止霍母四處宣揚。青娥暗中派人告訴霍母自己矢志不嫁他人的心意，她的眞誠打動了霍母，就不再提此事，然而兩家的婚事也告吹了。

當時秦中的歐大人在本縣任職縣官，頗欣賞霍桓的文章，時常把他召進縣署，對他很看重。有一天，縣令問霍桓：「有婚配了嗎？」霍桓答：「尚未。」縣令詳細問明緣由，霍桓說：「我曾與武評事的女兒有過婚約，後來因爲兩家有隔閡，就沒再提了。」縣令問：「你還想娶她嗎？」霍桓有些害羞，默然無語。縣令說：「這個媒人我當定了。」委託縣尉、教諭去武家下聘，武夫人很高興，婚事就這樣定下來。過完年，霍桓娶了青娥回家，青娥一進家門，就把小鑱子扔在地上說：「這盜賊用的東西，快拿去丟吧！」霍桓笑道：「怎能忘了媒人。」他珍惜地把它帶在身上，片刻不離。

青娥性子溫柔敦厚，沉默寡言。每天晨昏定省向婆婆請安，其餘時間就關上門一個人打坐，很少操持家務。婆婆偶爾去親友家吃喜酒或參加喪禮，她才動手處理起家務事，並且打理得井井有條。一年多後，她生了一個兒子，取名孟仙。青娥把孩子交給乳母照顧，大半時間漠不關心。又過四、五年，青娥忽對霍桓說：「我們的姻緣已盡，眼下就要分開了。實在無奈啊！」霍桓驚訝地問她究竟發生何事，青娥默然無語。梳妝打扮完畢，向婆婆請安後，轉身回到屋中。霍桓與母親追到房中問她，她已躺在床上斷氣了。母子二人很悲痛，買了上好的棺材下葬她。

霍母年老體力衰退，抱著孫子時，時常想念兒媳，從此染上疾病，臥床不起。她沒胃口吃飯，只想吃魚羹，但是家園附近沒有魚，只有百里之外才買得到。這時家中小廝和馬匹都派出去辦事了，霍桓一向孝順，心焦如焚，等不及僕人回來，就帶著錢出去買魚。他不分晝夜地趕路，返家途中走進山裡，太陽卻已西沉下山。霍桓雙腳都起了水泡，行路困難，走得歪歪倒倒。這時後面一個老頭追上來，問他：「你的腳起水泡了？」霍桓點頭。老頭扶他在路旁坐下，敲石取火，用紙包起藥末，替霍桓熏腳。熏完後讓他走幾步路，腳不僅不疼了，加之步履輕盈，健步如飛。霍桓很感激，向老頭道謝。老頭說：「什麼事這樣急迫？」霍桓回答母親生病，又說明母親生病的原因。老頭問：「爲何不再娶呢？」霍桓答：「沒找到合適的。」老頭遙指遠處一座村落道：「那裡有一個很好的姑娘。你若能與我同去，我可以替你做媒。」霍桓說母親臥病在床，等著吃魚，無法前往。老頭便拱手告辭，約他改日再去，要進村子只要報上王老頭的名號即可，接著就離開了。

霍桓回到家後，把魚煮好端給母親吃。母親多少能吃點東西，幾天後病就痊癒了。霍桓這才叫僕人備馬，一起到山村裡去找那老頭。霍桓來到和老頭相約之處，卻找不到那座村落。他在周圍徘徊許久，夕陽逐漸下山。山巒疊嶂，看不清道路，他就與僕人爬上山頭，往下一望，並未瞧見有什麼村子。無可奈何之下，只得下山往回走，但又迷失路徑。霍桓心中十分焦急，正在黑暗中東奔西跑時，一腳踩空從山崖絕壁上摔下去。幸虧數尺下有一條細長的平臺，霍桓正好掉在上面。平臺十分狹窄，只能剛好容他站立，往下看卻深不見底。霍桓害怕得不敢亂動，幸好崖邊長滿了小樹，像欄杆一樣圍著他。他慢慢移動了一下，看見腳旁有個小洞，心中暗喜，背貼著石頭慢慢鑽進洞，才稍稍定了心神，希望等到天亮時，就有人來搭救。不久，他看見山洞深處有亮光，霍桓慢慢走近，走了約三、四里，忽然看見有房屋，雖沒有燈火，卻像白天一樣敞亮。一位美女從屋裡走出，霍桓仔細一瞧，竟然是青娥！青娥看見霍桓，驚訝地問：「你怎麼來到這裡的？」霍桓握著她的手不斷哭泣，青娥好言相勸，他才止住眼淚。青娥問起婆婆和兒子，霍桓把家中事情告訴她，青娥也潸然淚下。霍桓說：「你死了一年多了，這裡是陰間嗎？」青娥說：「不是，這裡是仙府。我並未殞命，你們埋葬的不過是一根竹杖。你今天能來此處，也算是有仙緣。」接著帶他去拜見父親。只見一個留有長鬚的老頭坐在堂上，霍桓上前拜見，青娥說：「霍郎來了！」老頭驚訝地站起，握著霍桓的手寒暄幾句，說：「女婿來了，太好了！你應當留下。」霍桓說家中還有母親需要侍奉，不能久留。老頭說：「這我知道。但遲三、四天回去，沒有妨礙吧。」命人擺上酒菜款待他，又命婢女在西堂鋪好錦繡被褥。霍桓吃完飯，想要與青娥歡好。青娥說：「這裡是什麼地方，豈能容許淫亂！」霍桓捉住她的胳膊不肯放手，窗外傳來婢女笑聲，青娥更加羞愧。兩人正在爭執不休，老頭進來責備道：「凡夫俗子弄髒了我的洞府！立刻離開！」霍桓爲人一向高傲，如今羞愧得無地自容，怒回：「男女之情，人所難免！你作爲長輩怎能管我們的閒事？想讓我走可以，但你的女兒必須跟我回去！」老頭無言以對，只好叫女兒跟他走，打開後門送他們離開，父女倆卻在霍桓兩腳踏出門外後就把門封死了。霍桓回頭一看，只見峭壁危岩，沒有縫隙，自己孤身一人，不知該往何處。看天上明月高懸，星斗稀疏，他惆悵了許久，由悲傷轉爲怨恨，對著石壁大吼，沒有人回應。霍桓很生氣，從腰中拿出小鑱，用力挖鑿起石壁，邊挖邊罵，轉眼間已挖了三、四尺深。隱約聽到石壁後面有人聲道：「眞是孽障啊！」霍桓鑿得更快。忽然洞底兩扇門豁然打開，青娥被一把推出來，老頭在後面說：「走吧！走吧！」石壁再度合上。青娥埋怨道：「既想要我做你媳婦，哪能這樣對待岳父的？是哪裡的道士給你這件兇器，苦苦糾纏著我！」霍桓得到青娥已經心滿意足，不再說什麼，只擔心道路艱阻難以返家。青娥折了兩根樹枝，兩人各自跨上一根，樹枝隨即變成馬匹一路奔馳，不久便回到家中，這時霍桓已經失蹤七天了。

起先，霍桓與僕人走散後，僕人四處找不著他，於是回家稟告霍母。霍母派人搜遍山谷，也沒有兒子的蹤影，正在憂慮恐慌時聽說兒子回來，歡天喜地出來迎接，抬頭看見兒媳婦又差點嚇死。霍桓略述事情經過，霍母更加高興，青娥擔心自己嚇壞鄰里，請求婆婆搬家。霍母答應了，由於霍家在外縣置有房產，挑選個黃道吉日便舉家搬遷了，人們都不知道原因。霍桓與青娥又一起生活了十八年，生了一個女兒，嫁給本縣一個姓李的人家。後來霍母歸天，青娥對霍桓說：「我家的茅草田裡，曾有一隻野雞在那裡孵了八顆蛋，可以把婆婆埋在那裡，你們父子倆一同將棺材運回去安葬婆婆。兒子已經成家立業，可以留在那裡守墳，不用再回來。」霍桓按她說的去做，把母親安葬後獨自回來。過了一多月，孟仙回來探望父母，父母卻消失無蹤，詢問家中僕人，卻說；「去給老夫人送葬還沒回來。」孟仙心裡有數，只能感歎唏噓。

孟仙文才出眾，名聲大噪，卻總是落榜，四十歲了還沒考中，後來以拔貢身分到京城赴試，在考場上遇見一個年約十七、八歲的少年，神采飛揚，俊逸不凡。孟仙很喜歡他，看他的考卷上寫順天廩生霍仲仙，孟仙不由得吃驚地瞪大雙眼，把自己的姓名告訴那名少年。仲仙也感到奇怪，問起孟仙的家鄉，孟仙把事情告訴他，仲仙高興地說：「小弟赴京趕考時，父親囑咐道，若在考場中遇到山西一個姓霍的人，就是同族，要與他和睦相處，如今果然如此。可是我們的名字怎麼如此相近呢？」孟仙問了仲仙的高祖、曾祖及父母姓名後，驚訝地說：「這是我的父親啊！」仲仙認為年齡差距太大，孟仙說：「我們的父母都是仙人，怎麼能以相貌來評斷年齡呢。」告知了事情始末，仲仙這才相信。

考完試，兩人喚僕人駕車，兄弟倆一同回家。剛進家門，僕人便出門相迎，稟報昨天夜裡老太爺和老夫人突然不見了，兄弟倆大吃一驚。仲仙進屋去問媳婦，媳婦說：「昨天晚上還在一起喝酒，婆婆說：『你們夫婦年輕不懂事，明天大哥來了，我就沒有牽掛了。』今天早晨進屋一看，已經不見蹤影了。」兄弟倆聽了傷心得跺腳，仲仙還想追出去尋找。孟仙認爲這是徒勞而已，沒有跟著去。仲仙後來考中舉人，由於祖墳在山西，就跟隨哥哥一起回老家去。他希望父母仍在人世，不死心地四處打聽他們下落，卻始終杳無音訊。

記下奇聞異事的作者如是說：「鑽洞闖入別人閨房，與女子同眠共枕，這人也太過癡情；鑿開牆壁責備岳父，行爲也太放浪了。仙人再三爲他撮合與青娥的姻緣，只是要嘉獎他的孝行。他的妻子作爲仙人卻在塵世嫁人生子，這樣過了一輩子，又有什麼不能夠的？然而，三十年當中三番兩次拋棄孩子，這又是出於什麼樣的原因呢？這種行爲也太匪夷所思了！」

鏡聽

益都[1]鄭氏兄弟，皆文學士。大鄭早知名[2]，父母嘗過愛之，又因子並及其婦；二鄭落拓，不甚為父母所懽[3]，遂惡次婦，至不齒禮[4]：冷暖相形，頗存芥蒂。次婦每謂二鄭：「等男子耳，何遂不能為妻子爭氣？」遂擯[5]弗與同宿。於是二鄭感憤，勤心銳思，亦遂知名。◆父母稍稍優顧之，然終殺[6]於兄。次婦望夫綦[7]切，是歲大比，竊於除夜以鏡聽[8]卜。有二人初起，相推為戲，云：「汝也涼涼去！」婦歸，凶吉不可解，亦置之。闈[9]後，兄弟皆歸。時暑氣猶盛，兩婦在廚下炊飯餉[10]耕，其熱正苦。忽有報騎[11]登門，報大鄭捷。母入廚喚大婦曰：「大男中式[12]矣！汝可涼涼去。」次婦忿惻，泣且炊。俄又有報二鄭捷者。次婦力擲餅杖[13]而起，曰：「儂[14]也涼涼去！」此時中情所激，不覺出之於口；既而思之，始知鏡聽之驗也。

異史氏曰：「貧窮則父母不子[15]，有以也哉！庭幃[16]之中，固非憤激[17]之地；然二鄭婦激發男兒，亦與怨望無賴者殊不同科。投杖而起，真千古之快事也！」

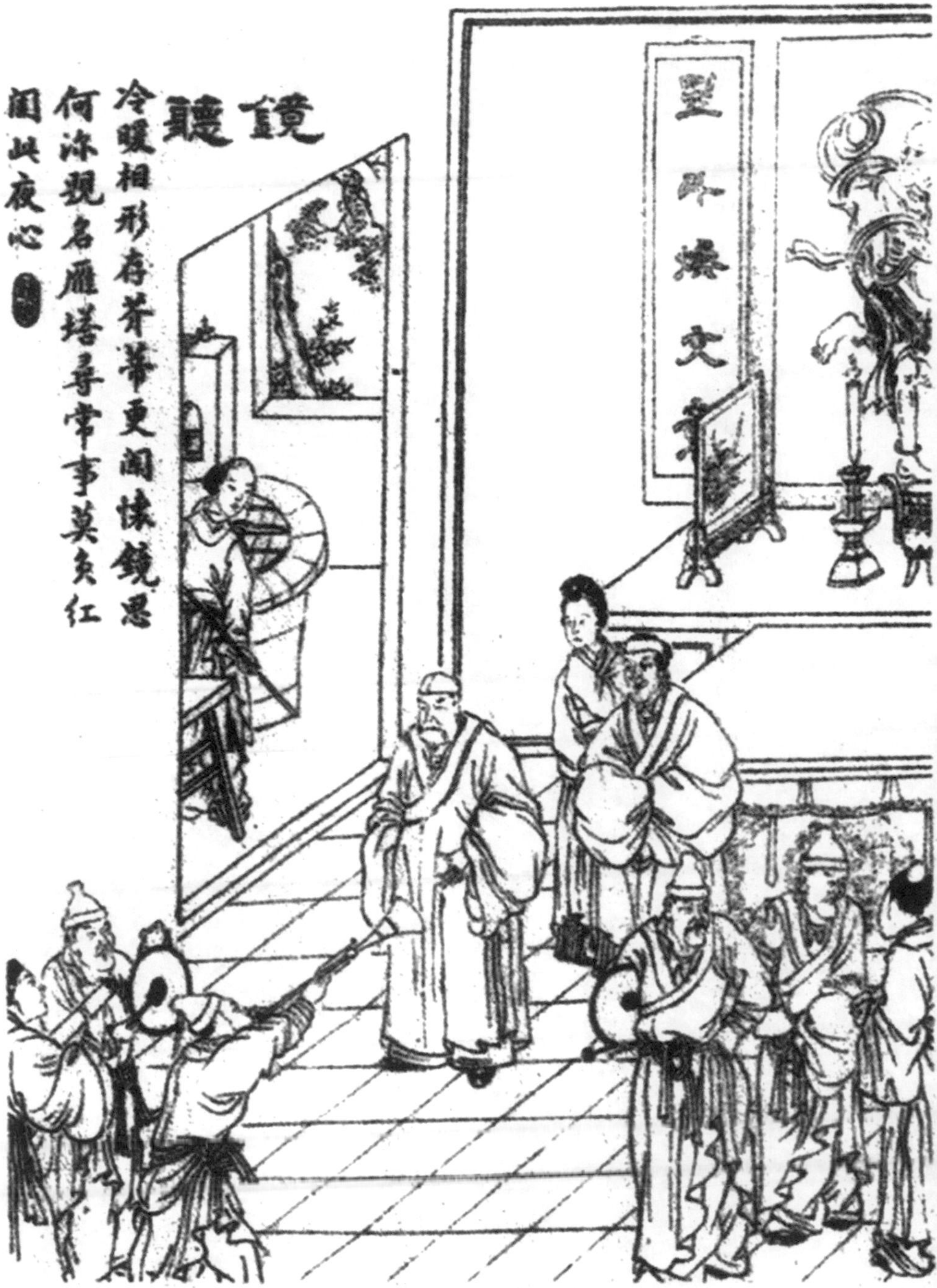
鏡聽
冷暖相形存芥蒂更闌抱鏡思
何殊覲名雁塔尋常事莫負紅
閨此夜心

1 益都：古代縣名。今山東省青州市。

2 早知名：指考中秀才。

3 懽：同今「歡」字，是歡的異體字。

4 不齒禮：不同等對待，即不把二兒媳當作媳婦看待。齒，並列。

5 擯：讀作「殯」。排斥。

6 殺：讀作「曬」。等差。引申為不如。

7 綦：讀作「其」，極度、非常。

8 鏡聽：古代占卜的一種方式。古人於歲首及歲末卜吉凶，將灶門灑掃乾淨後置香燈，以水注滿一只鍋子並放入一把杓，拜祝後撥杓使其旋轉，跟隨杓柄指的方向抱一面鏡子出門，密聽外人言談，聽得的第一句即是所得預兆，稱為「鏡聽」。

9 闈：科舉考試的考場，即鄉試。

10 餉：送食物給人。

11 報騎：即報馬。騎馬報告上榜喜訊的人。

12 中式：考中科舉。

13 餅杖：擀麵棍。

14 儂：我。

15 貧窮則父母不子：人在貧窮時，連父母都不把他當兒子看。語出《戰國策・秦策》：「貧窮則父母不子，富貴則親戚畏懼。」蘇秦還沒發跡時，父母、妻子、嫂嫂都看不起他；等到他發達顯貴，位極人臣，妻嫂碰到他又不敢正眼瞧他，得跪在地上迎接他。

16 庭幃：指家庭。

17 憤激：此指發脾氣。

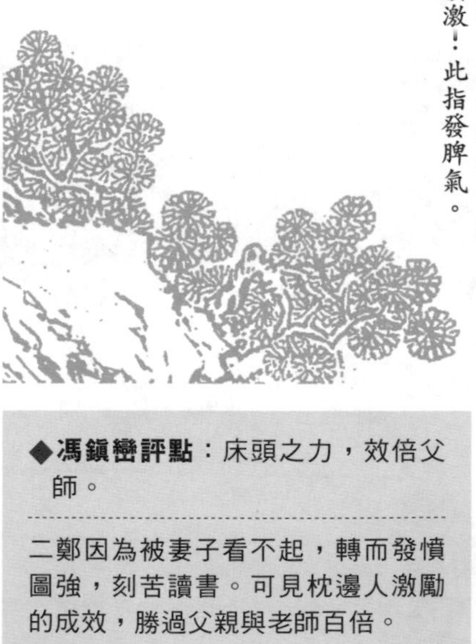

◆**馮鎮巒評點**：床頭之力，效倍父師。

二鄭因為被妻子看不起，轉而發憤圖強，刻苦讀書。可見枕邊人激勵的成效，勝過父親與老師百倍。

白話翻譯

益都有鄭氏兄弟，都是讀書人。大鄭很早就考中秀才，父母偏寵他，因此對大兒媳也疼愛；二鄭科場失意，父母不太喜歡他，於是也厭惡二兒媳，甚至不把她當作兒媳看。一冷一熱，相形之下，妯娌之間也就產生心結。二鄭媳婦常對丈夫說：「都是男人，爲什麼就不能爲妻子爭口氣呢？」且拒絕和丈夫睡在一起。從此二鄭發憤努力，專心致志地勤學苦讀，也終於有了名氣，父母對他的態度稍微好些，但終究比不上對大鄭的偏愛。二鄭媳婦非常盼望丈夫能夠揚眉吐氣，這一年正逢鄉試，除夕晚上，她偷偷用鏡聽的方法爲丈夫占卜，出門後聽見有兩人剛剛站起來，互相推鬧嬉戲，說：「你也涼快涼快去！」二鄭媳婦回到家裡，無法判斷吉凶，於是放任不管。

考試結束，兄弟二人返家，當時天氣仍很炎熱，兩個媳婦在廚房裡爲耕種的人做飯，妯娌兩人熱得很難受。忽然有個騎馬的人登門來報喜訊，說大鄭考中了舉人，鄭母趕緊跑進廚房喊大兒媳說：「老大考中了，你可以到一旁休息，涼快涼快去！」二鄭媳婦又氣憤又難過，一邊掉淚一邊做飯。不久，又有人來報喜二鄭也考中舉人，二鄭媳婦聽說了，用力扔掉擀麵杖，起來說道：「我也涼快涼快去！」一時情緒激動，不自覺說出來這句話，過後再一想，才知道正好應驗了占卜的結果。

記下奇聞異事的作者如是說：「人在貧窮不得志時，就連親生父母也不把他當兒子看待，這話說得有理啊！夫妻之間的相處本就不是可以亂發脾氣的地方，但二鄭媳婦用分居的方法激勵丈夫發憤圖強，也與那種百般埋怨而無計可施的人截然不同。鄭二媳婦聽到捷報，在廚房裡扔下擀麵杖奮然站起的情景，眞是千古之快事啊！」

牛瘟

陳華封，蒙山[1]人。以盛暑煩熱，枕籍[2]野樹下。忽一人奔波而來，首著圍領，疾趨樹陰，掬[3]石而坐，揮扇不停，汗下如流瀋[4]。陳起座，笑曰：「若除圍領，不扇可涼。」客曰：「脫之易，再著難也。」就與傾談，頗極蘊藉。既而曰：「此時無他想，但得冰浸良醞[5]，一道冷芳，度下十二重樓[6]，暑氣可消一半。」陳笑曰：「此願易遂，僕當為君償之。」因握手曰：「寒舍伊邇[7]，請即迂步[8]。」客笑而從之。至家，出藏酒於石洞，其涼震齒。客大悅，一舉十觥[9]。日已就暮，天忽雨；於是張燈於室，客乃解除領巾，相與磅礴[10]。語次，見客腦後，時漏燈光，疑之。無何，客酩酊[11]，眠榻上。陳移燈竊窺之，見耳後有巨穴，琖[12]大；數道厚膜，間鬲如櫺[13]；櫺外耎[14]革垂蔽，中似空空。駭極，潛抽髻簪，撥膜覘[15]之，有一物，狀類小牛，隨手飛出，破窗而去。益駭，不敢復撥。方欲轉步，而客已醒。驚曰：「子窺見吾隱矣！放牛瘟[16]出，將為奈何？」陳拜詰[17]其故。客曰：「今已若此，尚復何諱。實相告：我六畜瘟神耳。適所縱者牛瘟，恐百里內十無種矣。」陳故以養牛為業，聞之大恐，拜求術解。客曰：「余且不免於罪，其何術之能解？惟苦參散[18]最效，其廣傳此方，勿存私念可也。」言已，謝別出門。又掬土堆壁龕[19]中，曰：「每用一合[20]亦效。」拱不復見。居無何，牛果病，瘟疫大作。陳欲專利，祕其方，不肯傳；惟傳其弟。弟試之神驗。而陳自剉[21]啖牛，殊罔[22]所效，有牛兩百蹄躈[23]，倒斃殆盡；遺老牝牛四五頭，亦逡巡[24]就死。中心懊惱，無所用力。忽憶龕中掬土，念未必效，姑妄投之。經夜，牛乃盡起。始悟藥之不靈，乃神罰其私也。後數年，牝牛繁育，漸復其故。

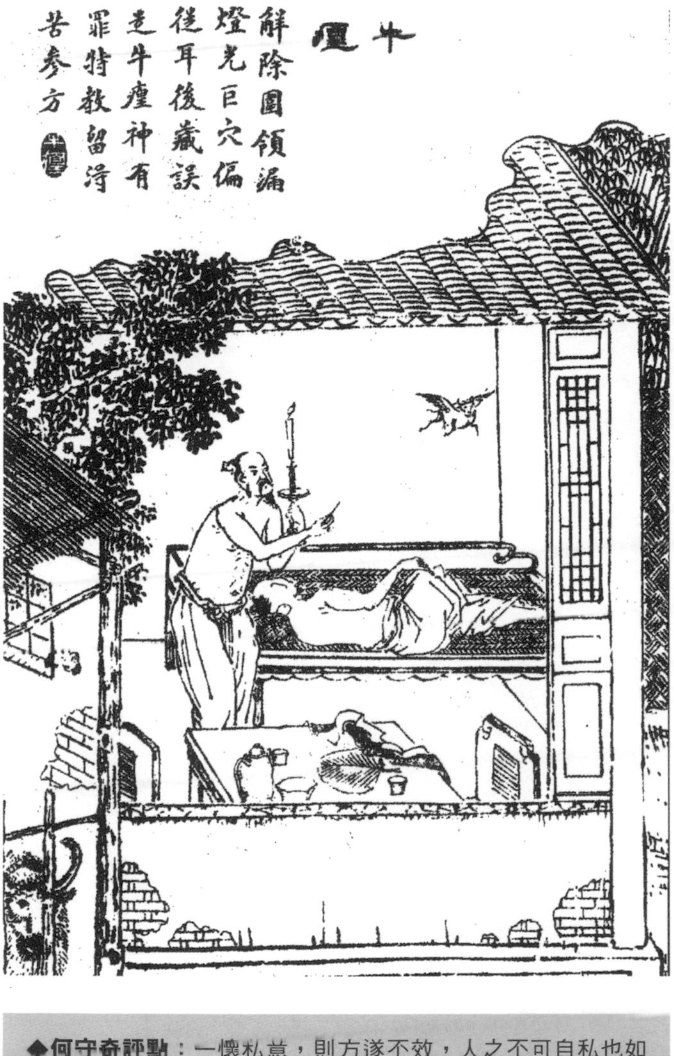

◆**何守奇評點**：一懷私意，則方遂不效，人之不可自私也如此。

心中一起貪念，藥方就不靈驗，人確然不可如此自私。

1 蒙山：山名。在山東省蒙陰、費、平邑三縣交界處。
2 枕籍：同「枕藉」。縱橫相枕而臥。枕，讀作「鎮」，躺下。
3 搁：捧。
4 瀋：汁。形容汗如雨下。
5 良醞：佳釀，美酒。醞，讀作「韻」。
6 十二重樓：指喉嚨。
7 伊邇：不遠。
8 迂步：請人移步的敬語。
9 觥：讀作「工」，用兕（讀作「四」）牛角做成的酒器。
10 磅礴：此處讀作「盤伯」。兩腿打開隨意坐下，形容無拘無束的樣子。
11 酩酊：讀作「茗頂」。飲酒大醉的樣子。
12 琖：讀作「展」，玉製的酒杯。
13 間鬲如檽：間隔如窗檽。鬲，通「隔」。隔開。檽，讀作「淩」，窗戶框上或欄杆上雕花的格子。
14 耎：讀作「軟」，通「軟」。

15 覘：讀作「沾」，觀看、察視。
16 牛瘇．即牛瘟。家畜的一種急性傳染病。瘇讀作「黃」，是「癀」的異體字。
17 詰：讀作「傑」，問。
18 苦參散：中醫方劑的一種。由苦參等中藥調配而成的方劑，所治病症在不同醫書上有不同記載，但並未言明能夠治癒牛瘟。可能是作者捏造之說。
19 龕：讀作「勘」。供奉神、佛像或祖先牌位的石室或櫥櫃。
20 一合．容量單位。十合為一升。「合」作量詞時讀作「葛」。
21 剉：讀作「挫」。切，剁。
22 罔：沒有。通「無」。
23 牛兩白蹄躈：四十頭牛。蹄躈，古時計算四足牲口的單位，四隻蹄、一張嘴，總數合為五即是一頭牲口。躈，讀作「翹」，肛門。又作「噭」，指嘴巴。
24 逡巡：此指很短的時間。逡，讀作「群」的一聲。

白話翻譯

陳華封是蒙山人。某日，因爲天氣炎熱，在一棵大樹下躺著乘涼。忽然一個人奔跑過來，頭上纏著圍巾，迅速跑到樹蔭下，搬了一塊石頭來坐。他不停地搖扇子，臉上汗如雨下，陳華封坐起來，笑著說：「如果把圍巾解下，不用搧風也很涼快。」那人說：「脫下容易，再纏上可就難了。」兩人聊起天來，陳華封發現對方談吐文雅，那人接著說：「我此時別無他想，只想要有一壺冰鎮的美酒佳釀。一道清冷芳香順著喉管蜿蜒而下，炎熱的暑氣就可消去一半。」陳華封笑道：「這個願望很容易達成，我當遂您心願。」握起客人的手說：「我家就在附近，請移駕屈尊。」那人笑著跟他走了。

到了陳華封家，他從石洞中拿出藏酒，酒冰涼得牙齒直打顫。那人十分高興，一口氣喝了十杯。這時已近傍晚，卻忽然下起雨，陳華封在屋裡點起燈，客人也解下圍巾，二人開懷暢飲。說話間，陳華封看見那人腦後不時漏出燈光，心裡疑惑。那人不久後酩酊大醉，躺在床上睡覺。陳華封拿過燈來偷偷照看，見他耳朵後邊有一個洞，像酒杯口那麼大，裡面還有好幾道厚膜間隔，像窗櫺一樣，櫺外有軟皮垂蓋，中間好像空空的。陳華封非常震驚，悄悄地從頭上拔下簪子，撥開厚膜一觀。裡面有一物，形狀像小牛，順著他的手飛了出來，衝破窗戶飛走了。陳華封更加害怕，不敢再撥動，剛想轉身走，那人已經醒來，吃驚地說：「你看見我的秘密了！把牛瘟放了出去，這可如何是好？」陳華封向他跪拜，詢問緣故。那人說：「事已至此，也無須隱瞞。實話告訴你：我是六畜的瘟神。剛才你放走的是牛瘟，恐怕方圓百里內的牛就要死絕了。」陳華封本以養牛為業，聽了非常害怕，向瘟神懇求解救辦法。瘟神說：「我都逃不了罪責，哪有什麼辦法解救？只有苦參散最有效果，你只要廣傳這個方子，不要心存私念即可。」說完，拜謝了陳華封，告辭出門前，又捧了一把土堆在牆壁神龕中，說：「每次用一合便有效。」瘟神再度拱個手就不見了。

過了不久，牛果然生病，瘟疫蔓延開來。陳華封想自己把治病方子私藏起來，不肯告訴別人，只告訴他的弟弟。弟弟試驗後很有效，然而陳華封自己按照方子給牛吃藥卻一點效力也沒有。他有四十頭牛都快死光了，只剩下四、五頭老母牛，也是奄奄一息了。他心中懊惱，無計可施，忽然想起神龕中的那捧土，心想也未必有效，姑且一試。過了一夜，牛全部甦醒活了過來。他這才領悟到，藥之所以不靈，是瘟神對他心存私念的懲罰。幾年以後，母牛繁育，牛群總算漸漸恢復到原來的景況。

金姑夫

會稽[1]有梅姑祠。神故馬姓，族居東莞[2]，未嫁而夫早死，遂矢志不醮[3]，三旬而卒。族人祠之，謂之梅姑。丙申[4]，上虞[5]金生，赴試經此，入廟徘徊，頗涉冥想。至夜，夢青衣來，傳梅姑命招之。從去。入祠，梅姑立候簷下，笑曰：「蒙君寵顧，實切依戀。不嫌陋拙，願以身為姬侍。」金唯唯。梅姑送之曰：「君且去。設座[6]成，當相迓[7]耳。」醒而惡之。是夜，居人夢梅姑曰：「上虞金生，今為吾壻，宜塑其像。」詰旦[8]，村人語夢悉同。族長恐玷[9]其貞，以故不從。未幾，一家俱病。大懼，為肖像於左。既成，金生告妻子曰：「梅姑迎我矣。」衣冠[10]而死。妻痛恨，詣祠指女像穢罵；又升座批頰[11]數四，乃去。今馬氏呼為金姑夫。

異史氏曰：「不嫁而守，不可謂不貞矣。為鬼數百年，而始易其操，抑何其無恥也？大抵貞魂烈魄，未必即依於土偶[12]；其廟貌[13]有靈，驚世而駭俗者，皆鬼狐憑[14]之耳。」

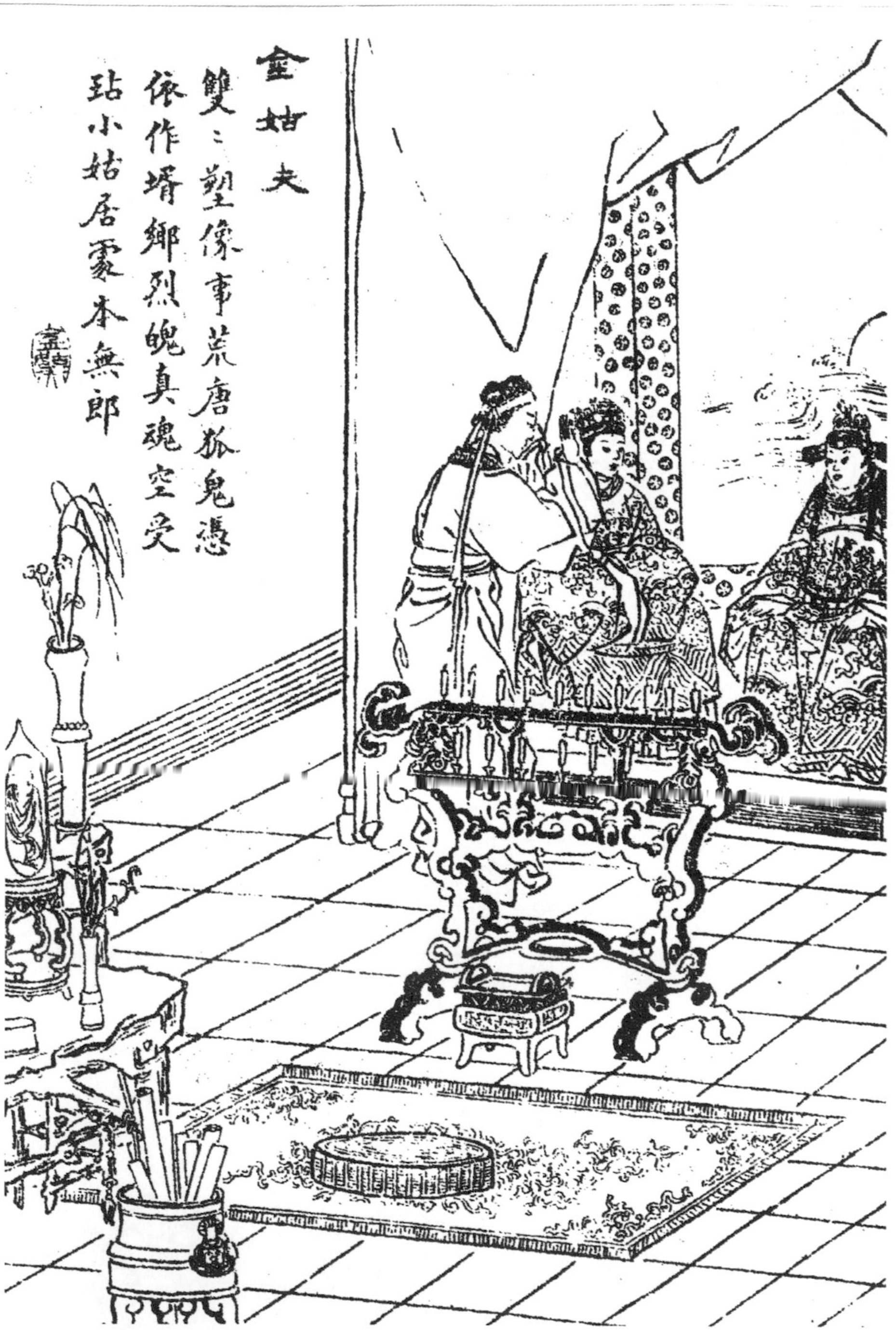
金姑夫
雙〻塑像事荒唐狐鬼憑
依作婿鄉烈魄真魂空受
玷小姑居處本無郎

1會稽：古代縣名。今浙江省紹興市。
2東莞：莞，讀作「館」。位於廣東省廣州市東南，東江下游的一縣。
3醮：讀作「叫」，女子結婚後改嫁。
4丙申：清順治十三年（西元一六五六年）。
5上虞：古代縣名。明、清時屬紹興府。
6設座：廟中的神座。
7迓：讀作「訝」，迎接。
8詰旦：翌日早晨。
9玷：辱。
10衣冠：動詞，穿衣戴帽。意謂穿戴整齊。
11批頰：打耳光。
12土偶：泥塑的人偶，指神像。
13廟貌：宗廟中供奉的祖先像。此處指神像。
14憑：依倚，引申為假借。

◆何守奇評點：族長之見甚是，惜守之不堅。讚得之。

族長的看法甚為正確，可惜梅姑無法守節到底。贊同族長做法。

白話翻譯

會稽有個梅姑祠，供奉的神祇姓馬，族人原先世居東莞。梅姑原已論及婚嫁，但是還沒過門丈夫就死了，於是她決定不改嫁，三十歲就過世了。族人建祠紀念她，命名為梅姑祠。

順治十三年，上虞一位姓金的書生，赴考途經此處，進入廟裡觀看。他看著梅姑塑像，腦中浮出許多幻想，夜裡夢見一個小丫鬟前來，說是梅姑請他前往。他跟著小丫鬟走，到了祠內，見梅姑站在屋簷下等候，對他笑道：「承蒙閣下眷顧，十分感激，我也很仰慕你。如不嫌我愚笨醜陋，願以身相許。」金生唯唯諾諾，梅姑送他離去，道：「你暫且先離開，等你的神像塑造好了，自當前往相迎。」金生醒後，心裡覺得很不舒服。

當天晚上，居民們夢見梅姑說：「上虞金秀才，現在是我的夫君，應該給他塑個神像。」第二天清晨，村民們談到夜晚做的夢，全是相同的內容。族長擔心壞了梅姑名聲，所以沒給金生塑像。不久，族長一家人全生病，令他十分害怕，馬上在梅姑左側塑了一個書生像。塑像落成後，金姓書生告訴妻子：「梅姑來接我了。」穿戴整齊後就死了。金妻痛心疾首，來到梅姑祠指著梅姑的塑像臭罵一頓，又攀上像座打了梅姑好幾個耳光才離開。直到今天，馬家的人依舊稱金生爲金姑夫。

記下奇聞異事的作者如是說：「梅姑未出嫁就爲未婚夫守節，不能說是不貞。當了幾百年的鬼，忽然又改嫁他人，是何等無恥啊！話說回來，貞潔剛烈的魂魄不一定會依附於神像，神像若是顯靈，做出一些驚世駭俗的舉動，那都是鬼狐冒名頂替作怪才是。」

梓潼令◆

常進士大忠，太原[1]人。候選在都[2]，前一夜，夢文昌投刺[3]。拔籤[4]，得梓潼令[5]，奇之。後丁艱[6]歸，服闋[7]候補，又夢如前，默思豈復任梓潼乎？已而果然。

1 太原：今山西省省會。

2 候選在都：凡具有官員任用資格者，均須赴京城聽候委派。都，京城。

3 文昌：文昌帝君，又稱梓潼帝君。道教尊為主宰功名、祿位之神。又稱文曲星或文星。投刺：投遞名帖，此指登門拜訪。刺，拜帖。古代在竹簡上刻寫姓名，作為拜見的名帖。

4 拔籤：猶言揭曉。此指揭曉被委任分派的職務。

5 梓潼令：梓潼知縣。梓潼，古代縣名。今四川省梓潼縣。

6 丁艱：遭遇父母的喪事，替父母守喪，在家而不出仕做官。也稱丁憂。

7 服闋：三年守喪期滿除去喪服。闋，讀作「卻」。

◆**何守奇評點**：文昌投刺，其令必賢，已可想見常公為人。

梓潼帝君遞名帖登門拜訪，這位縣令想必很賢能，可以想見常大忠的為人定有值得嘉許之處。

白話翻譯

進士常大忠是太原人，某年，他在京城候選官職。發佈調派命令的前一晚，他夢見梓潼帝君投遞名帖前來拜見。第二天揭曉，常大忠奉調梓潼縣令一職，他深感奇怪。後來，他返鄉守喪，喪期滿後回到京城，等候分派新的職務，夜裡又做了同樣的夢。他心想：難道又是去梓潼任知縣嗎？等到命令下來，果然如此。

鬼津

李某晝臥，見一婦人自牆中出，蓬首如筐[1]，髮垂蔽面；至牀前，始以手自分，露面出，肥黑絕醜。某大懼，欲奔。婦猝然登牀，力抱其首，便與接脣，以舌度津[2]，冷如冰塊，浸浸[3]入喉。欲不嚥而氣不得息，嚥之稠黏塞喉。才一呼吸，而口中又滿，氣急復嚥之。如此良久，氣閉不可復忍。聞門外有人行聲，婦始釋手去。由此腹脹喘滿，數十日不食。或教以參蘆湯[4]探吐之，吐出物如卵清[5]，病乃瘥[6]。

1 筐：竹編的籃子，外觀呈方形，用以盛裝物品。
2 津：口水。
3 浸浸：逐漸。
4 參蘆湯：中醫方劑。即參蘆散的湯劑。將人參和蘆根研為粉末，以水調下一、二錢，或加竹瀝一同服用。可治痰涎壅盛、不易咳出。
5 卵清：蛋白。
6 瘥：讀作「叙的四聲」。病癒。

白話翻譯

李某人午睡時，看見一個婦人從牆裡面走出來，頭髮散亂，腦袋像個竹籃一樣用長髮遮住臉。它走到床前，用手把頭髮分開，露出來的臉又肥又黑，簡直醜極了。李某人很害怕，正想逃跑，婦人突然跳到床上，用力抱住他的頭，便與他接吻，並用舌頭把唾液送進他嘴裡。鬼的唾液冷得像冰塊，一點一點漸漸流向喉嚨，李某不想吞下去，可是又喘不過氣來。嚥下去頓感又稠又黏地塞住喉嚨，才喘一口氣，嘴裡又被灌滿，直到喘不過氣再又嚥下去。就這樣持續了很久，憋得他再也不能忍受，這時聽到門外傳來腳步聲，婦人才鬆手離去。從此以後，李某的肚子脹得鼓鼓的，不停喘氣，好幾天沒法吃東西。有人告訴他喝點參蘆湯試試，看看能否吐出來。他喝下藥後吐出的東西全像蛋白一樣，病情才總算有所好轉。

仙人島

王勉，字黽齋，靈山[1]人。有才思，屢冠文場[2]，心氣頗高，善誚罵[3]，多所陵折[4]。偶遇一道士，視之曰：「子相極貴，然被輕薄孽[5]折除[6]幾盡矣。以子智慧，若反身修道，尚可登仙籍。」王嗤曰：「福澤誠不可知，然世上豈有仙人？」道士曰：「子何見之卑？無他求，即我便是仙耳。」王益笑其誣，道士曰：「我何足異？能從我去，真仙數十，可立見之。」問在何處，曰：「咫尺耳。」遂以杖夾股間，即以一頭授生，令如己狀，囑合眼，呵曰起，覺杖粗如五斗囊，凌空翕飛[7]，潛捫之，鱗甲齒齒[8]焉。駭懼，不敢復動。移時，又呵曰止，即抽杖去，落巨宅中，重樓延閣[9]，類帝王居。有臺高丈餘，臺上殿十一楹，宏麗無比。道士曳客上，即命僮子設筵招賓，殿上列數十筵，鋪張炫目，道士易盛服以伺。少頃，諸客自空中來，所騎或龍，或虎，或鸞鳳，不一其類。又各攜樂器，有女子，有丈夫，皆赤其兩足。中獨一麗者，跨彩鳳，宮樣妝束，有侍兒代抱樂具，長五尺以來，非琴非瑟，不知何名。

酒既行，珍肴雜錯，入口甘芳，並異常饈。王默然寂坐，惟目注麗者，心愛其人，而又欲聞其樂，竊恐其終不一彈也。酒闌，一叟倡言曰：「蒙崔真人雅召，今日可云盛會，自宜盡歡。請以器之同者，共隊為曲[10]。」於是各合配旅[11]，絲竹之聲，響徹雲漢，獨有跨鳳者，樂伎[12]無偶。羣聲既歇，侍兒始啟繡囊，橫陳几上。女乃舒玉腕，如搊[13]箏狀，其亮數倍於琴，烈足開胸，柔可蕩魄。彈半炊許⑭，合殿寂然，無有欬⑮者。既闋⑯，鏗爾⑰一聲，如擊清磬，共贊曰：「雲和夫人⑱絕調哉！」大衆皆起告別，鶴唳龍吟，一時並散。道士設寶榻錦衾，備生寢處。王初睹麗人，心情已動，聞樂之後，涉想⑲尤勞，念己才調⑳，自合芥拾青紫㉑，富貴後何求弗得，頃刻百緒，亂如蓬麻。道士似已知之，謂曰：「子前身與我同學，後緣意念不堅，遂墮塵網。僕不自外於君，實欲拔出惡濁，不料迷晦已深，夢夢㉒不可提悟。今當送君行，未必無復見之期，然作天仙，須再劫㉓矣。」遂指階下長石，令閉目坐，堅囑無視。已，乃以鞭驅石，石飛起，風聲灌耳，不知所行幾許。忽念下方景界，未審何似，隱將兩眸微開一線，則見大海茫茫，渾無邊際，大懼，即復合，而身已隨石俱墮，砰然一聲，汩沒㉔若鷗，幸夙近海，略諳泅浮㉕。聞人鼓掌曰：「美哉跌乎！」危殆方急，一女子援登舟上，且曰：「吉利吉利，秀才中溼㉖矣！」視之，年可十七八，顏色豔麗。王出水寒慄，求火燎衣。女子言：「從我之家，當為處置，苟適意，勿相忘。」王曰：「是何言哉？我中原㉗才子，偶遭狼狽，過此圖以身報，何但不忘。」女子以棹㉘催艇，疾如風雨，俄已近岸，於艙中攜所采蓮花一握，導與俱去。

半里許，入村，見朱戶南開，進歷數重門，女子先馳入。少間一丈夫出，是四十許人，揖王升階，命侍者取冠袍襪履，為王更易，既詢邦族。王曰：「某非相欺，才名略可聽聞，崔真人切切眷愛，招昇天闕。自分功名反掌，以故不願棲隱。」丈夫起敬曰：「此名仙人島，遠絕人世。文若姓桓，世居幽僻，何幸得覲名流。」因而殷懃㉙置酒。又從容而言曰：「僕有二女，長者芳雲，年十六矣，只今未遭良匹。欲以奉侍高人，如何？」王意必采蓮人，離席稱謝。桓命於鄉黨中招二三齒德[30]來，顧左右，立喚女郎。無何，異香濃射，美姝十餘輩，擁芳雲出，光豔明媚，若芙蕖之映朝日。拜已，即坐，羣姝列侍，則采蓮人亦在焉。酒數行，一垂髫女自內出，僅十餘齡，而姿態秀曼，笑依芳雲肘下，秋波流動。桓曰：「女子不在閨中，出作何務？」乃顧客曰：「此綠雲，即僕幼女，頗慧，能記典墳[31]矣。」

因令對客吟詩，遂誦竹枝詞[32]三章，嬌婉可聽，便令傍姊隅坐。桓因謂：「王郎天才，宿構[33]必富，可使鄙人得聞教否？」王慨然誦近體[34]一作，顧盼自雄[35]，中二句云：「一身剩有鬚眉在，小飲能令塊磊[36]消。」鄰叟再三誦之，芳雲低告曰：「上句是孫行者[37]離火雲洞，下句是豬八戒過子母河也。」一座鼓掌大笑。桓請其他，王述水鳥詩云：「瀦頭鳴格磔」[38]，忽忘下句，甫一沈吟，芳雲向妹呫呫[39]耳語，遂掩口而笑。綠雲告父曰：「渠為姊夫續下句矣。云狗腚響弸巴[40]。」合席粲然，王有慚[41]色。桓顧芳雲，怒之以目，王色稍定。桓復請其文藝[42]，王意世外人必不知八股業，乃炫其冠軍之作，題為孝哉閔子騫[43]二句，破[44]云：「聖人贊大賢之孝。」綠雲顧父曰：「聖人無字門人者，孝哉一句，即是人言。」王聞之，意興索然。桓笑曰：「童子何知？不在此，只論文耳。」王乃復誦，每數句，姊妹必相耳語，似有月旦[45]之辭，但嚅囁不可辨。王誦至佳處，兼述文宗[46]評語，云「字字痛切」。綠雲告父曰：「姊云：宜刪切字。」眾都不解。桓恐其語嫚[47]，不敢研詰。王誦畢，又述總評，有云：「羯鼓[48]一撾[49]，則萬花齊落。」芳雲又掩口語妹，兩人皆笑不可仰。綠雲又告曰：「姊云：羯鼓當是四撾。」眾又不解。綠雲啟口欲言，芳雲忍笑訶之曰：「婢子敢言，打煞矣！」眾大疑，互有猜論，綠雲不能忍，乃曰：「去切字言痛，則不通。鼓四撾，其云『不通又不通』[50]也。」眾大笑，桓怒訶之，因而自起泛卮[51]，謝不遑。王初以才名自詡，目中實無千古，至此神氣沮喪，徒有汗淫[52]。桓諛而慰之，曰：「適有一言，請席中屬對[53]焉。王子身邊，無有一點不似玉。」眾未措對，綠雲應聲曰：「黿翁頭上，再着半夕即成龜。」芳雲失笑，呵手扭脅肉數四，綠雲解脫而走，回顧曰：「何預汝事！汝罵之頻頻，不以為非，寧他人一句便不許耶？」桓咄之，始笑而去。

鄰叟辭別，諸婢導夫妻入內寢，燈燭屏榻，陳設情備。又視洞房中，牙籤[54]滿架，靡書不有，略致問難，響答無窮，王至此，始覺望洋堪羞[55]。女喚明璫，則采蓮者趨應，由是始識其名。屢受誚辱，自恐不見重於閨門，幸芳雲語言雖虐，而房幃之內，猶相愛好。王安居無事，輒吟哦，女曰：「妾有良言，不知肯嘉納否？」問何言，曰：「縱此不作詩，亦藏拙之一道也。」◆王大慚，遂絕筆。久之，與明璫漸狎，告芳雲曰：「明璫與小生有拯命之德，願少假以辭色。」芳雲許之。每作房中之戲，招與共事，兩情益篤，時色授而手語[56]之。芳雲微覺，責詞疊加，王惟喋喋，強自解免。一夕對酌，王以為寂，勸招明璫。芳雲不許，王曰：「卿無書不讀，何不記『獨樂樂』[57]數語？」芳雲曰：「我言君不通，今益驗矣。句讀[58]尚不知耶？『獨要，乃樂於人要；問樂，孰要乎？曰不。』」一笑而罷。

適芳雲姊妹赴鄰女之約，王得間，急引明璫，綢繆[59]備至。當晚，覺小腹微痛，痛已，而前陰盡縮。大懼，以告芳雲。雲笑曰：「必明璫之恩報矣！」王不敢隱，實供之。芳雲曰：「自作之殃，實無可以方略[60]。既非痛癢，聽之可也。」數日不瘳[61]，憂悶寡歡。芳雲知其意，亦不問訊，但凝視之，秋水盈盈，朗若曙星。王曰：「卿所謂胸中正，則眸子瞭焉。」芳雲笑曰：「君所謂胸中不正，則瞭子眸[62]焉』。」蓋沒有之沒，俗讀似眸，故以此戲之也。王失笑，哀求方劑，曰：「君不聽良言，前此未必不疑妾為妒，不知此婢原不可近。曩實相愛，而君若東風之吹馬耳[63]，故唾棄不相憐。無已，為若治之，然醫師必審患處。」乃探衣而咒曰：「黃鳥黃鳥[64]，無止於楚！」王不覺大笑，笑已而瘳。

踰數月，王以親老子幼，每切懷思，以意告女。女曰：「歸即不難，但會合無日耳。」王涕下交頤[65]，哀與同歸，女籌思再三，始許之。桓翁張筵祖餞，綠雲提籃入曰：「姊姊遠別，莫可持贈。恐至海南，無以為家，夙夜代營宮室，勿嫌草創。」芳雲拜而受之，近而諦視，則用細草製為樓閣，大如橼[66]，小如橘，約二十餘座，每座梁棟榱題[67]，歷歷可數；其中供帳[68]牀榻，類麻粒焉。王兒戲視之，而心竊歎其工。芳雲曰：「實與君言，我等皆是地仙[69]，因有夙分[70]，遂得陪從。本不欲踐紅塵，徒以君有老父，故不忍違。待父天年，須復還也。」王敬諾。桓問陸耶舟耶？王以風濤險，願陸，出則車馬已候於門。謝別言邁，行蹤騖駛[71]，俄至海岸，王心慮其無途。芳雲出素練一疋，望南拋去，化為長堤，其闊數丈，瞬息馳過，堤亦漸收。至一處，湖水所經，四望遼邈。芳雲止勿行，上車，取籃中草具，偕明璫數輩，布置如法，轉眼化為巨第，並入解裝，與島中居無少差殊，洞房內几榻宛然。時已昏暮，因止宿焉。早旦，命王迎養72。王命騎趨詣故里，至則居宅已屬他姓，問之里人，始知母及妻皆已物故73，惟老父尚存。子善博，田產並盡，祖孫莫可棲止，暫僦74居於西村。王初歸時，尚有功名之念，不恝75於懷，及聞此況，沈痛大悲，自念，富貴縱可攜取，與空花何異。驅馬至西村，見父衣服滓敝76，衰老堪憐，相見，各哭失聲。問不肖子，則賭未歸，王乃載父而還。芳雲朝拜已，燂湯77請浴，進以錦裳，寢以香舍，又遙致故老，與之談讌78，享奉過於世家。子一日尋至其處，王絕之，不聽入，但予以廿金，使人傳語曰：「可持此買婦，以圖生業。再來，則鞭撻立斃矣。」子泣而去。王自歸，不甚與人通禮，然故人偶至，必延接盤桓，撝抑79過於平日。獨有黃子介夙與同門學，亦名士之坎坷者，王留之甚久，時與密語，賂遺甚厚。居三四年，王翁卒，王萬錢卜兆，營葬盡禮。時子已娶婦，婦束男子嚴，子賭亦少間矣。是日臨喪，始得拜識姑嫜，芳雲一見，許其能家，賜三百金為田產之費。翼日，黃及子同往省視，則舍宇全渺，不知所在。

異史氏曰：「佳麗所在，人且於地獄中求之，況享壽無窮乎？地仙許攜姝麗，恐帝闕下虛無人矣。輕薄減其祿籍80，理固宜然，豈仙人遂不之恥哉？彼婦之口，抑何其虐也！」

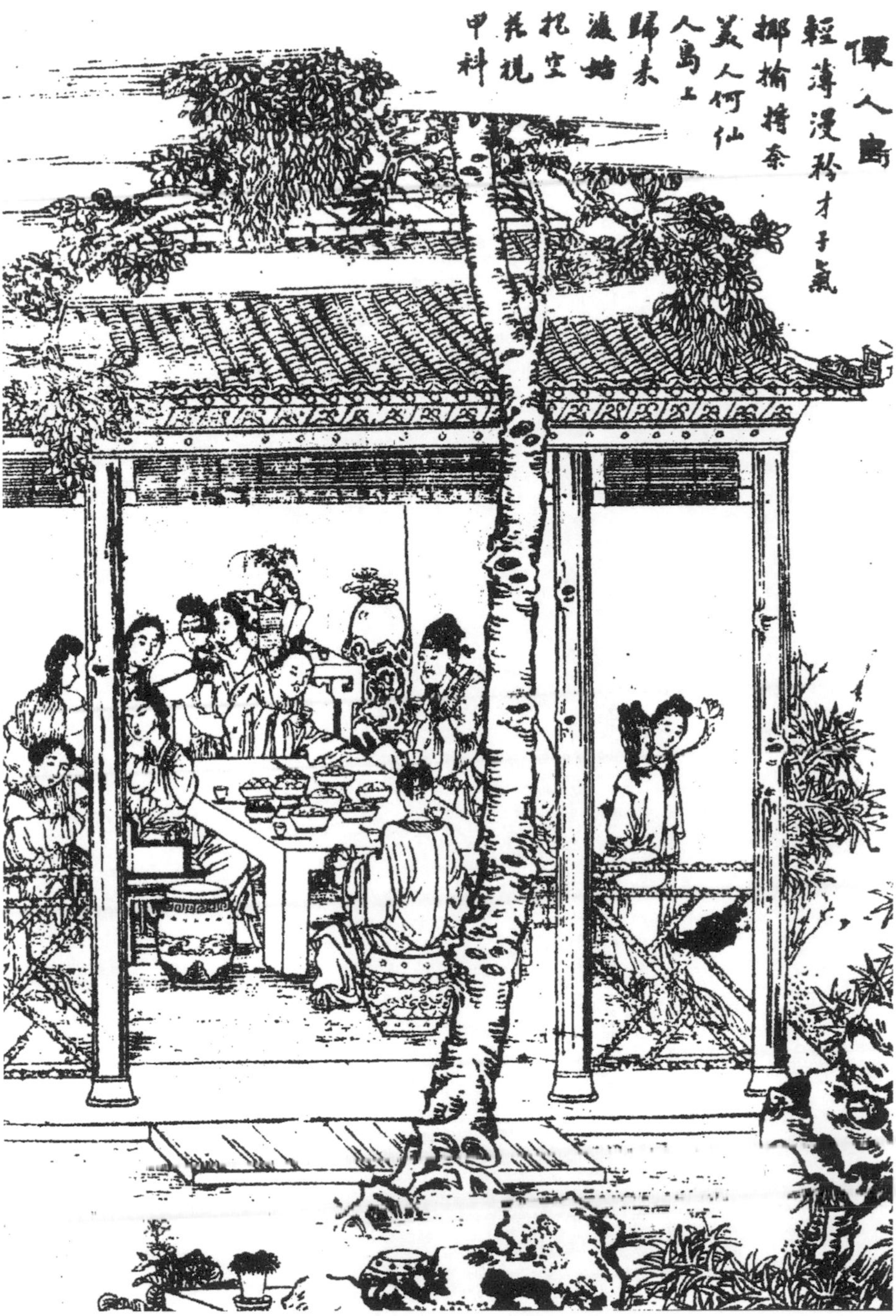
僊人島
輕薄漫矜才子氣
揶揄猶奈
美人何仙
人島上
歸來
後始
把空
花視
甲科

1 靈山：今山東省膠南縣東北。
2 文場：古代科舉考試的考場。
3 誚罵：責備辱罵。誚，讀作「俏」。
4 陵折：欺凌折辱。陵，通「凌」。
5 輕薄孽：為人輕浮的罪孽。
6 折除：抵銷。
7 翕飛：一收縮一鼓脹地往前飛。翕，讀作「系」。
8 齒齒：像牙齒一樣，有次序地排列。
9 延閣：古代皇宮藏書之處，亦指綿延的樓閣。
10 共隊為曲：排列成一個隊伍共同演奏音樂。隊，布置、排列。
11 各合配旅：演奏樂器相同的人，就分配在一起互相配合演奏。旅，次序。
12 伎：通「技」。才藝，專門的本領。
13 搊：讀作「抽」。用手指撥弄樂器。
14 半炊許：大約煮半頓飯的時間。
15 欬：讀作「慨」。咳嗽。
16 既闋：一曲演奏完畢。闋，讀作「確」。
17 鏗爾：擬聲詞。形容弦樂器終止時發出的聲響。
18 雲和夫人：是作者杜撰的擅於彈琴的仙女名字。雲和，山名，出產製琴的木材，故此處作為琴的代稱。
19 涉想：思念，想像。
20 才調：表現於外的才能或才思。一般指文才。
21 芥拾青紫：意謂高官厚祿，有如探囊取物。青紫，綁在官印上的青綬、紫綬。比喻高官貴爵。芥，小草，借指可輕鬆獲得之物。

22 夢夢：昏亂不明。
23 再劫：遭逢兩次劫數。劫，梵語音譯「劫波」(kalpa)的簡略稱呼。指一個非常久的時間單位。佛教認為世界經過若干萬年就會毀滅一次，再重新開始稱為「一劫」。
24 汩沒：沉沒。
25 泅浮：游泳。
26 中涵：為「中試」的諧音。中試，科舉考試上榜。此處有嘲諷意味。
27 中原：指中國黃河下游一帶，包括河南大部分地區、山東的西部，河北、山西的南部及陝西的東部。
28 棹，讀作「照」。船槳。
29 殷勤：即殷勤。慇，待人誠懇周到，通「勤」。
30 齒德：年長又有節操品德的人。齒，年齡。
31 典墳：三墳五典。引申為可資憑藉的經典。
32 竹枝詞：本是流行於四川一帶的曲調，唐朝時劉禹錫以巴渝一帶的民歌為基礎，加以修改剪裁，流傳於世。形式多為七言絕句，語言通俗，內容多為歌詠當地風俗或男女愛情。
33 宿構：寫文章前預先構思。此指舊作。
34 近體：指近體詩。成形大約於唐代，相對於古體詩而言，對詩歌的句數、字數、平仄、對仗、用韻等，都有嚴格的限制。
35 顧盼自雄：左顧右盼，自以為無人能出其右。顧盼，形容得意忘形。
36 塊磊：比喻人心中積存的鬱結不平之氣。

37孫行者：即孫悟空。明代吳承恩所著小說《西遊記》中的人物，是一隻神通廣大的猴子，保護唐三藏去西天取經。

38瀦頭鳴格磔：此以諧音開玩笑。瀦頭是豬頭的諧音。瀦，讀作「豬」，水流聚集停滯之處。格磔，讀作「格哲」，鷓鴣鳥叫。

39呫呫：讀作「撤撤」，低聲細語。

40狗腚響弸巴：放狗屁。腚，讀作「定」，臀部屁股。弸巴，狀聲詞。弸，讀作「朋」。

41慙：讀作「殘」。同今「慚」字，是慚的異體字。

42文藝：此指八股文。

43閔子騫：名損，字子騫（西元前五三六～前四八七年），春秋魯國人。孔子弟子，以孝順友愛聞名，和顏淵以德行並稱。《論語．先進》：「子曰：『孝哉閔子騫，人不間於其父母昆弟之言。』」

44破：破題，為八股文寫作程序之一。起首兩句必須點出題旨，剖析全題。

45月旦：品評人物。

46文宗：清朝時期提督學政的別稱，掌管教育行政及各省學校生員的升降考核。又名學道、學政等，一般指的是主考官員。

47語嫚：言辭輕慢。嫚，讀作「慢」。

48羯鼓：一種打擊樂器。也作「鞨鼓」，是古代龜茲樂、天竺樂、高昌樂、疏勒樂的樂器之一，源出羯族，所以稱羯鼓。外型像小鼓，兩面蒙皮，皆可敲打，又稱為「兩杖鼓」。

49撾：讀作「抓」，敲打。

50痛則不通：原指人身上有病痛，是血脈不通暢的緣故。此處藉以嘲諷文章不通順。

51泛卮：斟滿酒杯。卮，讀作「之」，圓形的酒器。

52汗淫：汗水直流的樣子。

53屬對：文辭中以兩句聯綴而成對偶。

54牙籤：象牙製成的書籤，用來指書信。

55望洋堪羞：認為自己的見聞淺薄，為此感到羞愧。

56色授而手語：以眼色和手勢示意。

57獨樂樂：獨自享受聽音樂的快樂。語出《孟子．梁惠王下》：「獨樂樂與人樂樂孰樂。」

58句讀：古人指文句語意停止與停頓的地方。文章中語意表達充分的稱為「句」，語意還沒完結而稍事停頓的地方稱為「讀」（讀作「豆」）。書面上用圈和點來標記。

59綢繆：纏綿、親密。此指男女交歡。

60方略：辦法。

61瘳：讀作「抽」。痊癒。

62瞭子：男性生殖器。

63若東風之吹馬耳：對事情漠不關心，不把事情放在心上。

64黃鳥：借喻為男子的陰莖。楚，樹名，即牡荊，此處兼有「痛楚」之意。

65涕下交頤：哭泣時，鼻涕與眼淚流得滿臉都是，形容哭得極為悲傷。

66櫞：讀作「緣」。一種植物名稱。芸香科柑桔屬，常綠小喬木。原產於印度，葉長橢圓形，淡綠色。果實也呈橢圓形，可供觀賞、食用及入藥。
67 榱題：榱，讀作「崔」。屋椽兩端的地方。
68 供帳：陳設日用器具。語出《漢書．成帝紀》。
69 地仙：住在人間的仙人被方士稱作地仙。葛洪《抱樸子．論仙》：「中士游于名山，謂之地仙。」
70 夙分：前世的緣分。
71 騖馳：急速奔馳。騖，疾。
72 迎養：迎接並供養父母。
73 物故：指死亡。
74 僦：讀作「舊」。租。
75 恝：讀作「夾」，棄置，亦即毫不在意、不加理會。
76 滓敝：污穢破敗。
77 燀湯：燒熱水。燀，讀作「前」。燒熱。
78 談讌：宴飲談話。讌，讀作「彥」。
79 撝抑：謙遜，謙抑。撝，讀作「輝」，謙退。
80 祿籍：登記俸祿與官位的簿冊。此指福氣與官位。

◆馮鎮巒評點：奉勸世人，孽勿自作。

奉勸世人不要自作孽，此處意指王勉不要在人前作詩獻醜，以免自取其辱。

白話翻譯

王勉，字黽齋，住在靈山，很有文才，科舉屢中第一。他自視很高，常常看不起人，言詞十分機敏尖銳，很多人都被他笑話過。有一天，他偶遇一個道士，對他說：「你的面相應當顯貴，可惜你的言談輕浮，抵銷了你本應得的爵祿。以你的才華，若捨棄功名轉而修道，或許有成仙的機會。」王勉譏笑說：「誰將來有多大的福份，你又如何得知？我只知世上並未有神仙。」道士說：「你的見識太淺薄了。仙人何須千里跋涉去找，便近在眼前。」王勉笑得更大聲了。道士說：「我只是個小仙，你若隨我來，定能讓你見識眞正的仙人。」王勉問：「上哪兒去？」道士說：「不遠。」他將手中木杖夾在腿間，把另一頭交給王生，叫他有樣學樣騎上來，囑咐他閉上眼，叫聲「起！」王生頓覺木杖變粗得像能裝五斗米的布袋，騰空飛起。他偷偷摸一下，摸到刺手的鱗甲，登時嚇破膽子不敢亂動。一會兒，道士又叫一聲「住！」把木杖抽走，兩人降落到一座大宅院裡。院中亭台樓閣、雕梁畫棟，宛如皇宮，有個一丈餘高的臺子，臺上有座大殿，前後豎立了十一根柱子，非常宏偉壯觀。道士將他拉上去，吩咐童子設宴款待，殿內擺了幾十桌筵席。道士換上好衣服等候。不久，許多客人從天上而來，有騎龍的、跨風的、騎虎的，各種不一，皆有攜帶樂器，男女皆有，也有打赤腳的。其中有個美麗的婦人，騎著彩鳳，打扮像似宮人，有個童子替她抱著樂器。樂器五尺餘長，非琴非瑟，不知何名。

酒宴開始，滿桌都是佳餚，嘗起來又香又甜，不同於尋常食物。王勉靜坐默然無語，只盯著那名美婦看，暗自傾慕起她，怕她不彈琴獻藝。等酒喝得差不多了，一位老者提議：「多虧崔眞人相邀，今日盛會，合該喝個盡興才是！請眾人以各自的樂器分類，合奏一曲吧！」在場仙人於是各自找夥伴配合演奏起來，天籟之音響徹雲霄，只有那個騎彩鳳的美婦沒有找人合奏。等大家演奏完畢，隨侍她的童子才打開裝樂器的袋子放到桌案上，女仙伸出白皙的手腕，像撥箏一樣開始演奏。聲音比琴響亮得多，演奏到雄壯處令聽者胸襟開闊，婉約動人的地方更是勾人心魄。演奏了約半頓飯工夫，整個大殿裡靜無人聲，連咳嗽聲音也沒有。一曲奏畢，「噹」一聲止住，清脆一如鼓磬。眾人都稱讚道：「雲和夫人眞是絕技啊！」大家各自起身告別，一時龍吟鳳鳴四起，仙人們都散了，道士安排好上等床鋪被褥，供王勉休息。

王勉初見雲和夫人時就已經心動，聽了她的演奏更加魂牽夢縈，自忖以他的文采，要做個大官倒也不難，富貴以後又怕有什麼得不到的？一時感到心緒紛亂。道士猜到他的心事，說：「你前世與我一同學道，後來因意志不堅，才墜入塵世。我不是要勉強你，實在是想將你從混亂塵世中救起。誰知你泥足深陷，懵懂無知，難以喚醒。現在我就送你離開，將來未必能再見，若想成仙，看來還得遭受劫難。」說完，就指著石階下一個長形石塊，叫王勉閉眼坐在上頭，囑咐他不能睜開眼睛。說完，道士用鞭子抽打石頭一下，石頭立刻騰空飛起，王勉只覺耳邊有風聲呼嘯而過，不知飛了多遠。他想知道眼前是什麼景色，便偷偷瞇著眼看了一下，只見茫茫大海，無邊無際，他嚇得趕緊閉上眼，卻已經連人帶石頭從空中墜落。「撲通」一聲，像海鷗潛水般一下栽進水裡，幸虧他從前住在海邊，會游泳。這時，聽見有人拍手說：「這一跤摔得眞是妙啊！」正在危急時，一名女子將他一把拉上船，並說：「這是好事情，秀才『中濕』啦！」王勉一瞧，這名女子約十六、七歲，生得很標緻。王勉冷得直發抖，求她生火讓他烤火。女子說：「跟我回家，我就替你生火。以後如果平步青雲，可別忘了我。」王勉說：「你說這是什麼話！我是中原大才子，偶然如此狼狽，以後該用一生報答你，豈止是銘記你的恩情而已！」女子搖槳划船，船行如風，不久便靠岸，她從船艙中拿出一束採來的蓮花，領著他向前走。

他們走了半里路，進入一個村莊。見到有一扇朝南的紅漆大門，進去後又經過幾道門，女子先進去。不久，出來一個四十來歲的男人，作揖請王勉進屋，又吩咐僕人快拿衣帽鞋襪讓王生替換。等他整理完畢後就問起他的家世，王勉說：「我從不說謊騙人，我很有名氣，你隨便打聽便知眞假。崔眞人與我一見如故，還邀我去了趟天宮，我自認求取功名易如反掌，所以不願歸隱。」那名男子立刻肅然起敬，說：「此處名喚仙人島，與塵世隔絕。敝姓桓，名文若，祖上數代都居住於此，沒想到有名士到訪，令寒舍蓬蓽生輝。」他殷勤擺宴席款待王勉，又說：「我有兩個女兒，大的叫芳雲，十六歲，至今尚未定親，想把她許配給您，不知意下如何？」王勉以爲他說的就是那個採蓮花的姑娘，立刻起身表示感謝。男子命人在鄰居中請幾位德高望重的人來作陪，又讓僕人去喚女兒回來。頃刻間，一陣香氣迎面襲來，十幾個美女簇擁芳雲出來了。女子妝扮得明媚光豔，宛如朝霞中的蓮花，她拜見了客人，隨後坐下。十幾位美女中就有那個採蓮的少女。酒過三巡，又出來一個年約十幾歲的女孩，姿態清秀，笑著依偎在芳雲手臂旁，一雙水汪汪的大眼睛盯著王生瞧。桓文若說：「女兒家不在閨房裡，出來做什麼？」又對客人說：「這位是綠雲，我的小女兒。自幼就很聰明，能背誦《三墳》、《五典》呢！」

桓文若要她吟詩給客人聽，綠雲即刻朗誦三首〈竹枝詞〉，聲音稚嫩婉轉很悅耳。桓文若命她挨著姐姐坐下，又對王生說：「像王郎這樣的大才子，一定寫過很多佳作，能否朗誦一、兩篇好讓大家聆賞啊？」王勉於是朗誦一首近體詩，完畢自豪地左顧右盼。其中有這麼兩句：「一身剩有鬚眉在，小飲能令塊磊消。」鄰家老者再三吟誦詩句，芳雲悄聲說：「上句是孫悟空離火雲洞，下句是豬八戒過子母河。」滿座聽了都拍手大笑。桓文若又請王勉吟誦別的詩作，王勉再吟誦一首水鳥詩：「瀦頭鳴格磔」，忽然想不起下句，正字思忖，芳雲就對妹妹耳語了幾句，捂嘴笑起來。綠雲對父親說：「姊姊替姊夫接了下一句，是『狗腚響弸巴』。」在座眾人笑得合不攏嘴。王勉感到羞愧，桓文若氣憤地瞪了眼芳雲，王勉才不至於這麼尷尬。桓文若又請他介紹所寫文章。王勉心想，這些人與世隔絕，必定不懂八股文，朗讀起他科舉考試獲得榜首的文章，題目是：「孝哉閔子騫。」王勉的文章破題第一句是：「聖人贊大賢之孝……」綠雲瞥向父親，說：「孔子怎麼會讚美自己的學生呢？『孝哉』這句應該是別人說的。」王勉聽了，略感失落。桓文若笑道：「小孩子懂什麼！別挑剔這個，且評文采如何吧。」王勉又接著背誦，每朗誦幾句，姊妹倆就交頭接耳，似乎在品評他的文章，只是聽不清楚她們說些什麼。王勉朗誦到得意之處，連考官評語也一併朗誦。有句評：「字字痛切。」綠雲對父親說：「姊姊說，該把『切』字刪去。」大家都不明白緣故。桓文若怕她又說出讓王勉難堪的話，不敢繼續問。王勉把文章背完，又談起考官的總評語，其中一句是：「揭鼓一撾，則萬花齊落。」芳雲又捂起嘴跟妹妹交頭接耳，兩人笑得前俯後仰。綠雲又對父親說：「姊姊說，羯鼓應該撾四下。」眾人聽不明白。綠雲本想解釋，芳雲忍住笑，嚇唬她說：「小妮子若敢說，看我不打死你！」大家更是一頭霧水，紛紛猜測這句話是什麼意思。綠雲忍不住，終於說了出來：「字字痛切，刪去『切』字，就是『字字痛』也就是『不通』；再敲四下鼓，鼓聲不是『不通不通』嗎？」眾人聽了大笑起來，桓文若生氣地責罵她們，趕緊親自起身斟酒，替女兒向王勉陪個不是。王勉起初還想炫耀自己的名聲，目中無人；到這時，氣焰消減了幾分，只剩冷汗直流了。桓文若又誇讚他兩句，想給他個台階下，說：「我剛想起一句，請你即興對個下句：『王子身邊，無有一點不似玉。』」眾人還沒反應過來，綠雲應聲接道：「黽翁頭上，再著半夕即成龜。」芳雲失聲笑出來，伸出手直扭了綠雲好幾下。綠雲脫身跑掉，回頭向姊姊說：「關你什麼事？你罵了你夫婿無數次，我才罵一句就不行了？」桓文若喝斥她，她才笑著走了。

鄰家長輩們告辭回去。婢女們領王勉夫妻進內室休息。內室裡屏風床鋪等家具陳設精美齊全，燈火通明，再看洞房布置，滿架子的函套書籍，應有盡有。問起芳雲稍微生僻的問題，沒有一個答不上的。到此時，王勉才認清自己才疏學淺，覺得慚愧。芳雲喊聲「明璫」，採蓮女跑了過來，王勉到這時才知道她的名字。剛才被她譏諷了一番，恐怕妻子看不起自己文采，幸好芳雲雖然嘴上批評，對丈夫仍十分溫柔體貼，王勉也就放下心來。他閒來無事就會吟誦幾句詩文，芳雲便說：「我想勸諫夫君　句，不知你是否聽得入耳。」王晃問：「你想說什麼？」芳雲說：「從此別再作詩了，否則容易暴露你的短處。」王勉聽了，慚愧得無地自容，從此不再寫文章。

相處的日子久了，王勉和明璫逐漸親暱，他對芳雲說：「明璫對我有救命之恩，希望你能對她好點。」芳雲立刻答應了。有時夫妻倆在臥室嬉戲，也叫上明璫一起。兩人的感情加溫，漸漸就到了互相使眼色、打手勢暗示的程度，芳雲覺察後責備王勉。王晃唯唯諾諾聽著妻子訓示，卻只是隨便應付過去。這天晚上，王勉與芳雲互相吟誦，覺得寂寞，建議把明璫也叫來，芳雲不准。王勉說：「你讀了那麼多書，怎就不記得『獨樂樂』這幾句？」芳雲說：「我說你文句不通，這不更加印證我的評語。你連句讀也不懂啊？『獨要，乃樂於人要；問樂，孰要乎？曰：不。』」夫妻倆一笑置之。

正好芳雲姐妹要赴鄰家女子的約會，王勉有了空閒，趕快把明璫叫來，兩人顛鸞倒鳳了一番。當晚，王勉隱約覺得小腹疼痛，疼痛過後，陰莖忽然萎縮了。他很恐慌地把這件事告訴芳雲，芳雲笑道：「你一定是報了明璫的救命之恩了！」王勉不敢騙她，便說了實話。芳雲說：「這是你自找的，我也沒辦法，反正不痛不癢的，就別管了。」幾天都沒痊癒，王勉心中鬱悶，芳雲知道他的心事，也不吭氣，只是用一雙水汪汪的大眼看他。王勉說：「你正應了一句古話：『胸中正，則眸子瞭焉。』芳雲笑道：「你也應了一句話：『胸中不正，則瞭子眸焉。』」原來「沒」的方言讀作「眸」，她故意用諧音戲弄他。王勉也笑了，向芳雲哀求治癒之法。芳雲說：「你不聽我勸告，要是換作從前，你還會說我是個妒婦呢。你是不知道，明璫原本就不能與人行房，我以前苦口婆心地勸誡，是出自愛你之心，可你卻把我一片好意當成了耳邊風，我才故意讓你吃一次苦頭。唉！沒辦法，只好幫你治療了。可是我必須察看病況。」她說完，把手伸進王勉衣服裡，口中喃喃有詞：「黃鳥黃鳥，無止于楚！」王勉聽她的禱詞很有趣，不覺開懷大笑，笑過之後病就痊癒了。

幾個月後，王勉經常思念年邁的雙親，以及年幼的孩子。他把心事告訴芳雲，芳雲說：「想回家也不難，可是再見面就不知何年何月了。」王勉聽了，淚流滿面，懇求芳雲與他一同回家。芳雲再三考慮，才答應他的請求。桓文若設宴替他們餞行，綠雲提了個籃子進來說：「姊姊要遠行，妹妹沒有什麼東西可送的。怕你無處可住，連夜替你蓋了棟房，可別嫌粗鄙。」芳雲施禮接過，湊近一看，是用細草蓋成的樓閣，與柳丁差不多大，最大的就像顆橘子。大約有二十來座，每座房舍的梁柱，根根分明，裡面的家具擺設都只如芝麻般大。王勉以為是小孩子玩具，心裡也讚歎她手藝靈巧。芳雲說：「實話告訴你，我們是地仙，因為與你有宿世緣份，才與你結為夫妻。本來我不願與你同去凡間，只是因為你的父親健在，不忍心違背你的意思。等你的父親過世後，仍然必須回到此處。」王勉恭敬地答允了。桓文若問：「你們是走水路，還是走陸路？」王勉溺過一次水，心有餘悸，想改走陸路。出了門，車馬已在門口了。

王勉向桓文若辭行後踏上歸途，騎在馬上飛奔疾馳，很快就到了海岸邊。王勉正愁無路可走，芳雲拿出一匹白綢緞，往南一抖，立刻變成了一條長堤，有一丈多寬，瞬間就走過去，長堤也慢慢消失。又來到一處，看見一望無際的海水，芳雲讓車馬停駛，自己下了車，從籃子中取出以草蓋成的房舍，與明璫等婢女按一定的布置擺好，一轉眼就變成一處大宅院。眾人一齊進門卸下行李，跟島上房屋並無二致，連家具也和先前一樣。這時，天色已晚，他們就在此住下。

第二天早晨，芳雲讓王勉把父母接過來撫養。王勉派人騎馬到老家報信，到了才知原先的房屋已經賣掉了，他向鄰里打聽，說是母親和妻子也都過世了，只有老父親還在世。王勉的兒子則喜歡上賭博，把家產都輸光了，祖孫倆連住屋都沒有，暫時住在西村。

王勉剛回到人世時，還想著考取功名，並不在意這些事，直到瞭解詳細情況，感到十分難過，他心想富貴雖好，然而與夢中花、水中鏡有何兩樣？騎馬來到西村，見老父親穿得又髒又破，衰老許多，父子倆抱頭痛哭，問起兒子，說是去賭博還沒回來。王勉就騎著馬把父親接了回來。芳雲拜見了公公，燒了熱水讓公公沐浴，並且送來綢緞衣服，讓他住在熏香的臥室裡。又送信請來公公的朋友陪他說話解悶，老人家的生活從此絲毫不遜於富貴之家。

有一天，王勉的兒子找上門來，王勉不讓他進家門，只給他二十兩銀子，並派人告訴他：「用這些錢娶個媳婦過日子吧。要是再敢來，就用鞭子抽死你！」兒子哭著就走了。

王勉自從回到人間，很少與人往來，偶有老友前來拜訪，必定留對方住上幾天好生款待，說話比原先謙虛多了。其中有個叫黃子介的人，是王勉的同窗，也是個落第的名士，王勉留他住了好幾日，常說些體己話，送的錢財也很多。住了三、四年，王父去世後，王勉花了一萬兩銀子請人照看墳地，厚葬父親。兒子這時也已成家，媳婦管得嚴，兒子就很少出去賭了。在爺爺的喪禮上，兒媳終於有機會拜見公婆。芳雲一見，認定她能持家，又給她三百兩銀子作爲買田產的資本。

第二天，黃子介帶了王勉的兒子一同前去拜見，王勉住的房舍竟已消失無蹤，不知搬去哪裡了。

記下奇聞異事的作者如是說：「只要有絕色美女之處，即便是在地獄，也會有人去追求，何況是在人間與美女共度一生，共享歡樂！如果人世間的神仙都有美女相伴，恐怕天庭就空無一人了。王勉因爲性格輕浮而被削減名位俸祿，這是理所應當，難道神仙就不受此等約束嗎？王勉夫人那張利嘴，批評起人來也太刻薄了！」

閻羅薨

巡撫[1]某公父，先為南服總督[2]，殂謝[3]已久。公一夜夢父來，顏色慘慄[4]，告曰：「我生平無多孽愆[5]，祇有鎮[6]師一旅[7]，不應調而悞[8]調之，途逢海寇，全軍盡覆；今訟[9]於閻君，刑獄酷毒，實可畏凜。閻羅非他，明日有經歷[10]解糧至，魏姓者是也。當代哀之，勿忘！」醒而異之，意未深信。既寐，又夢父讓之曰：「父罹厄難，尚弗鏤心[11]，猶妖夢置之耶？」公大異之。明日，留心審閱，果有魏經歷，轉運初至，即刻傳入，使兩人捺[12]坐，而後起拜，如朝參禮[13]。拜已，長跽漣洏[14]而告以故。魏不自任，公伏地不起。魏乃云：「然，其有之。但陰曹之法，非若陽世懵懵[15]，可以上下其手[16]，即恐不能為力。」公哀之益切。魏不得已，諾之。公又求其速理。魏籌迴[17]慮無靜所。公請為糞除賓廨[18]，許之。公乃起。又求一往竊聽，魏不可。強之再四，囑曰：「去即勿聲。且冥刑雖慘，與世不同，暫置若死，其實非死。如有所見，無庸駭怪。」至夜，潛伏廨側，見階下囚人，斷頭折臂者，紛雜無數。墀[19]中置火鐺油鑊[20]，數人熾薪其下。俄見魏冠帶出，升座，氣象威猛，迥與曩殊。羣鬼一時都伏，齊鳴冤苦。魏曰：「汝等命戕[21]於寇，冤自有主，何得妄告官長？」眾鬼譁言曰：「例不應調，乃被妄檄[22]前來，遂遭凶害，誰貽之冤[23]？」魏又曲為解脫，眾鬼嗥[24]冤，其聲訩動[25]。魏乃喚鬼役：「可將某官赴油鼎，略入一煠[26]，於理亦當。」察其意，似欲借此以洩眾忿。即有牛首阿旁[27]，執公父至，即以利叉刺入油鼎。公見之，中心慘怛[28]，痛不可忍，不覺失聲一號，庭中寂然，萬形俱滅矣。公歎吒而歸。及明，視魏，則已死於廨中。松江㉙張禹定言之。以非佳名，故諱其人。

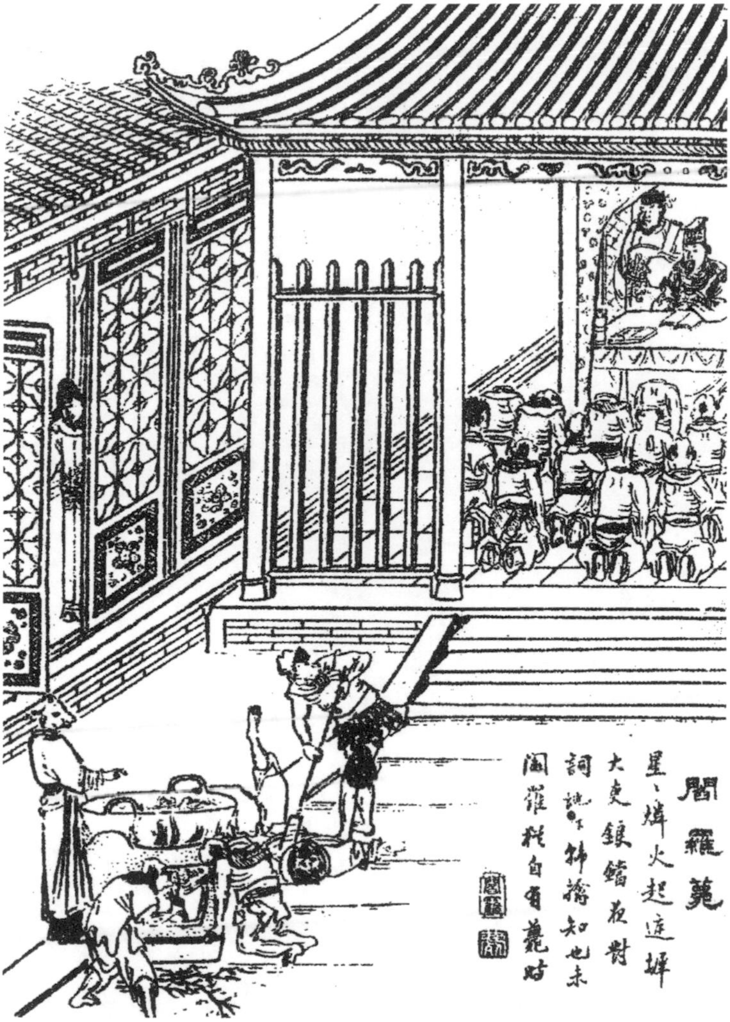

◆**何守奇評點**：父子位至督撫，可謂貴顯極矣。父又無他罪愆，祇以誤調鎮師，遂不免陰罰，為人上者，不可不慎。不知此折臂斷頭諸侯，合是命該如此否？更煩閻羅老子一細查之。

父子官至總督巡撫，可謂地位非常顯貴。父親又沒有其他的罪責，只是錯誤調派部隊，就難逃陰間的法律制裁，在上位者，不可不引以為戒。不知其他斷了手臂與斷頭的犯人，是否命中注定該受此磨難？還要勞煩閻羅王一一仔細審查。

1巡撫：古代官名。明代始設，職責為代天子巡視天下。清朝以後，巡撫則轉為省級地方政府的長官，總攬一省的軍事、吏治、刑獄、民政等。

2南服：猶言南方。總督：古代官名。始置於明代，管理一省內的文武庶政，亦或兼管數省。可視為地方最高行政長官，也稱為「制軍」。

3殂謝：亡故、辭世。

4慘慄：悲痛至極。

5愆：讀作「千」，過錯、過失、罪行。

6鎮：清初綠營兵制，以總兵官為鎮。

7旅：軍隊的編制單位。古人以五百人為一旅。

8悮：錯誤。同今「誤」字，是誤的異體字。

9訟：雙方打官司以爭辯是非。

10經歷：古代官名。執掌出納文移。從金代至清代皆曾設置。

11鏤心：刻骨銘心。

12捺：讀作「納」。用手重按、按壓。

13如朝參禮：如同官員上朝參拜天子的禮節。

14長跽：長跪。跽，讀作「季」，古代跪禮的一種，臀部不著腳跟，且直身挺腰。漣洏，讀作「連而」。涕淚交流的樣子。

15懞懞：懞，讀作「盟」。同今「懵」字，是懵的異體字。懞懞，即懵懵，模糊不明貌，此指法令不嚴明。

16上下其手：徇私枉法，鑽法律漏洞。

17籌迴：再三思考。

18賓廨：招待賓客的官舍。

19墀：讀作「持」，臺階上的平地。

20火鐺油鑊：油鍋。若人生前為惡，死後來到陰間，將以此刑其懲罰。鐺，讀作「稱」，類似今日的平底鍋。鑊，讀作「獲」，古代烹煮食物用的大鍋。

21戕：殺害、傷害。讀作「強」。

22檄：讀作「息」。此處作動詞用，徵調。

23誰貽之冤：吾等死得冤枉，是拜誰所賜？貽，贈送。

24嗥：讀作「豪」，吼叫號哭。

25訩動：喧嚷擾亂。訩，讀作「凶」，恐懼、躁動不安。

26煠：讀作「札」。一種烹飪方法，將食物置入熱湯或熱油中，待沸即出，稱為「煠」。

27牛首阿旁：指地獄中牛頭人身的鬼神，俗稱「牛頭馬面」的「牛頭」。

28恒：悲痛、憂傷。讀作「達」。

29松江：古代府名。今上海市松江區。

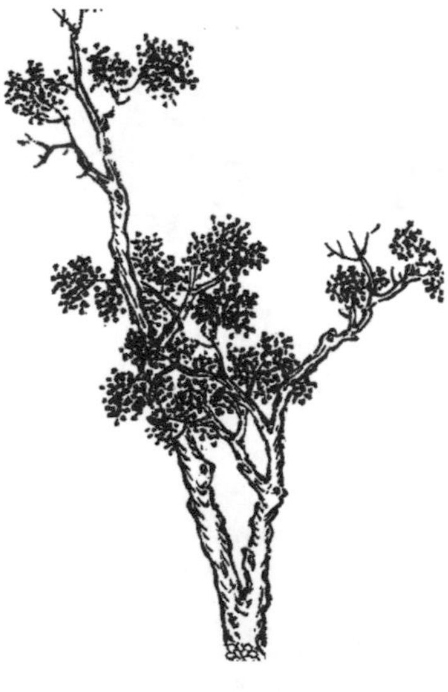

白話翻譯

有位巡撫的父親，原本在南方任職總督，已經去世很久。一天晚上，巡撫夢見父親前來託夢，神情十分悲傷恐懼，對他說：「我生前沒做過什麼罪大惡極的事，只有總兵旗下的一旅邊防部隊，不應調遣而被我誤派，途中遇上海盜後全軍覆沒。現今他們告到閻王那裡了，陰司的刑罰殘酷歹毒，實在叫人害怕。閻王不是別人，明天有位經歷會押送糧草至此，姓魏的人便是。你要替我向他求情，萬勿忘卻！」巡撫醒來，覺得很奇怪，半信半疑。剛又睡下，夢見父親再度前來，責罵他說：「爲父慘遭劫難，你不放在心上，還要把它當作惡夢，置之不理嗎？」巡撫醒來，覺得此事太過詭異。

第二天，巡撫仔細審閱公文，果然有個姓魏的經歷，轉運糧草剛到不久，巡撫立刻傳他進入官衙，叫兩個衙役把他按在座位上，然後按照謁見天子的大禮向他跪拜。跪拜完畢，他長跪在地上，淚流滿面地把夢中情狀向魏經歷說了一遍。魏經歷起初不承認自己走無常當閻王，巡撫趴在地上不肯起來。魏經歷才說：「是有此事。但是陰間的法律不像人間那樣有漏洞可鑽，便於徇私枉法，請恕下官無能爲力。」巡撫不斷哀求，魏經歷無可奈何，這才答允。巡撫又請求他迅速審理此案。魏經歷再三思考，顧慮到現下沒有個安靜地方可以處理此事。巡撫表示可以把接待賓客的館舍打掃出來使用，魏經歷也答應了。巡撫這才起身，又請求審理時前往聽審，魏經歷不同意。巡撫再三要求，魏經歷才答應，囑咐他說：「到了那裡不要出聲。陰間刑罰雖然殘酷，卻與陽世不同。人犯被處置好像是死了，其實不是眞正的死亡。如果你看見了什麼，千萬不要大驚小怪。」

到了晚上，巡撫躲在賓舍旁，看見公堂臺階下的犯人，有斷頭的，有折臂的，各式各樣，不勝枚舉。階上平台放著一個大油鍋，數人在油鍋下添柴加火。不久，看見魏經歷身穿官服走出，在最上端的位置坐下，神氣威猛，和白天所見判若兩人。眾鬼全部趴在地上，同聲喊叫冤枉。魏經歷說：「你們都是命喪海盜之手，冤有頭債有主，爲何誣告官長？」眾鬼大聲喊叫：「按規定不應調遣，我們是被誤調後，才遭到殺害，我們會冤死，是拜誰所賜？」魏經歷又多方爲巡撫父親開脫。眾鬼大聲鳴冤，聲音震耳欲聾。魏經歷便喚鬼卒前來，吩咐道：「可將某官放到油鍋，稍微炸一下，也是合情合理的。」看魏經歷的用意，似乎想借此平息一下眾鬼的怨憤即可。當下就有牛頭鬼卒把巡撫的父親捉來，用鋼叉刺穿他的身體，丟入油鍋中。巡撫見此情景，心中十分悲痛，無法忍受，不覺叫喊出聲。霎時，整個院落寂然無聲，眼前的一切都消失無蹤，巡撫驚歎而返。天明之後，巡撫去看望魏經歷，發現他已經死在賓舍裡。

此事由松江張禹定轉述，因爲不是什麼光彩的事，就不提巡撫一家的名字了。

顛道人

顛道人，不知姓名，寓蒙山[1]寺。歌哭[2]不常，人莫之測，或見其煑[3]石為飯者。會重陽，有邑貴載酒登臨[4]，輿蓋[5]而往，宴畢過寺，甫及門，則道士赤足著破衲[6]，自張黃蓋[7]，作警蹕[8]聲而出，意近玩弄。邑貴乃慚怒，揮僕輩逐罵之。道人笑而卻走。逐急棄蓋；共毀裂之，片片化為鷹隼[9]，四散羣飛。衆始駭，蓋柄轉成巨蟒，赤鱗耀目。衆譁欲奔，有同遊者止之曰：「此不過翳[10]眼之幻術耳，烏能噬人！」遂操刃直前。蟒張吻[11]怒逆，呑客嚥之。衆駭，擁貴人急奔，息於三里之外。使數人逡巡[12]往探，漸入寺，則人蟒俱無。方將返報，聞老槐內喘急如驢，駭甚。初不敢前；潛蹤[13]移近之，見樹朽中空，有竅如盤。試一攀窺，則鬬[14]蟒者倒植[15]其中，而孔大僅容兩手，無術可以出之。急以刀劈樹，比樹開而人已死。踰時少蘇，舁[16]歸。道士不知所之[17]矣。

異史氏曰：「張蓋游山，厭氣[18]浹於骨髓[19]。仙人遊戲三昧[20]，一何[21]可笑！予鄉殷生文屏，畢司農[22]之妹夫也，為人玩世不恭。章丘有周生者，以寒賤起家，出必駕肩[23]而行。亦與司農有瓜葛之舊[24]。值太夫人壽，殷料其必來，先候於道，著豬皮靴[25]，公服持手本[26]。俟周輿[27]至，鞠躬道左，唱曰：「淄川生員，接章丘生員！」周慚，下輿，略致數語而別。少間，同聚於司農之堂，冠裳[28]滿座，視其服色，無不竊笑；殷傲睨[29]自若。既而筵終出門，各命輿馬。殷亦大聲呼：「殷老爺獨龍車30何在？」有二健僕，橫扁杖於前，騰身跨之。致聲拜謝，飛馳而去。殷亦仙人之亞31也。」

1 蒙山：位於山東省蒙陰、平邑與費三縣交界處。
2 歌哭：指日常生活作息。
3 煑：同今「煮」字，是煮的異體字。烹煮食物。
4 登臨：此指登山遊覽。
5 輿蓋：乘轎打傘。蓋，指權貴外出作為儀仗的大傘。
6 衲：讀作「納」，道士或僧侶的袍服。
7 黃蓋：黃色的車蓋，為皇帝專用。
8 警蹕：古代帝王出入時，在前清道阻止行人的人。也作「儆蹕」。蹕，作「必」。
9 鷹隼：泛指猛禽。鷹，泛指鷲鷹目的猛禽類，性情兇猛，善於捕捉野兔、小鳥。隼，性情敏銳，飛行速度快，獵戶經常飼養來作為獵捕小型獵物之用，一稱「鶻鴒」（讀作「胡玲」）。
10 翳：讀作「易」，此處做動詞用，遮蔽。
11 吻：嘴唇。
12 逡巡：徘徊。逡，讀作「群」的一聲。
13 潛蹤：藏匿蹤跡。
14 鬬：同今「鬥」字，是鬥的異體字。
15 倒植：頭下腳上豎立。
16 舁：讀作「魚」，抬、扛舉。
17 之：往。
18 厭氣：令人厭惡的神態。
19 浹於骨髓：滲透入肌膚、骨髓。比喻深刻地感受、融為一體。浹，讀作「夾」，滲透。
20 遊戲三昧：佛菩薩能定心以救渡眾生為遊戲，故稱遊戲三昧。現今則用來指稱世人了解遊戲的神妙。
21 一何：何等。
22 畢司農：淄川人，名自嚴，號白陽。明神宗萬曆十六年（西元一五八八年）中舉人，四年後中進士。官至戶部尚書，俗稱戶部尚書為大司農，故稱。
23 駕肩：坐轎子。肩，肩輿，即轎子。
24 瓜葛之舊：輾轉相連的遠親或社會關係。
25 豬皮靴：穿著帶毛豬皮靴，有嘲諷意味。
26 公服持手本：身穿生員的制服，手持拜見上官或門生見座師所用的名帖。
27 輿：轎子。
28 冠裳：猶言衣冠。官吏、縉紳的代稱。
29 傲睨：態度傲慢，目空一切。
30 獨龍車：即單輪車。前後兩個人把駕，車旁兩人扶拐，最前方有驢拖拉。
31 亞：指同一類型的人物。

◆何守奇評點：須識殷生與道士不同處。

需要將殷文屏和瘋癲和尚的不同之處分別開來。

顛道人
游戲神仙自不群
笑看輿蓋日紛紛
諸奴莫倚豪門勢
槐國中空待植君

白話翻譯

有一位瘋癲的和尚，姓名不詳，住在蒙山上一間寺廟裡。日常作息異於常人，別人都搞不懂他在做什麼，有人甚至看見他烹煮石頭當飯吃。適逢重陽佳節，當地有位縉紳帶著酒菜，打算去蒙山登高望遠，他坐轎撐傘地前往，飲宴過後途經寺廟就順道進去參拜。剛到門口，就看見那個瘋和尚打著赤腳，身穿一襲破爛袈裟地學起做官的派頭，自己張了把黃傘，口中不斷吆喝，叫人迴避讓路，用意正是嘲笑那位縉紳。縉紳越看越氣，命僕人上前責罵，要把人攆走。和尚邊笑邊逃，家丁在後頭追得急了，和尚就把黃傘丟掉；家丁把黃傘撕碎了，碎片都變成一隻隻老鷹四散飛翔。眾人這才害怕起來，傘的木柄又變成一條大蟒蛇，一身鮮紅鱗片，在陽光下閃閃發光。大家尖叫轉身要逃跑，有個遊伴攔住他們說：「這不過是障眼法罷了，哪裡會咬人？」拿起刀上前，朝大蟒蛇砍去。大蟒蛇張開嘴，兇猛地迎上前，把那位遊伴一口吞了下去。

眾人更加驚慌，簇擁著縉紳慌張逃命，一直跑到三、四里外才停下來休息，又派幾個人回去探察。一隊人躡手躡腳進入寺中，和尚和蟒蛇都不見了，正想回去稟報，聽到一棵老槐樹內有喘氣聲，喘得像頭驢子一樣，他們更感害怕。起初不敢上前，後來才小心地靠近觀看，發現樹幹早已腐朽，裡面是空心的，表面則有個像盤子那麼大的洞。他們嘗試攀登上樹去窺視，看到那名和巨蟒搏鬥的人頭下腳上地插在裡面，樹洞又僅能容納兩隻手伸進去而已，沒有辦法把那人弄出來。他們連忙拿刀砍樹，等到把樹劈開，那人已經不省人事，過了一會兒才甦醒過來。幾個人把他抬回去，那個和尚也不知到哪兒去了。

記下奇聞異事的作者如是說：「坐轎撐傘，招搖遊山，俗不可耐。神仙對這幫人戲耍嘲弄，又是何等引人發噱！我家鄉有位叫殷文屛的秀才，是戶部尚書畢大人的妹夫，爲人不拘小節。章丘則有位周生，出身寒賤，每逢外出必坐轎擺闊，他也與畢尚書有些交情。有一次，正好畢大人替母親過生日，殷文屛料到周生一定會前來道賀，於是先在路旁等候，穿了一雙豬皮靴子、一身官服，手持拜帖。等到周生的轎子到了，他就在路旁鞠躬致敬，喊道：『淄川生員迎接章丘生員！』周生頗感慚愧，下轎後與殷文屛說了幾句話便離去。不久，兩人又在畢大人家的大廳碰面。舉座賓客皆是達官貴人，一看殷文屛的穿著，都偷偷笑話他，而殷文屛不把他們當一回事。到了席散出門的時分，客人們都在招呼車轎，殷文屛也大聲喊道：『殷老爺的獨龍車在哪裡？』馬上有兩名健壯的僕人抬起一根扁擔走到他面前，他一躍跨了上去，向主人道聲謝後飛馳而去。殷文屛和蒙山上的瘋癲和尚可也算是同一類型的人吶。」

胡四娘

程孝思，劍南[1]人。少惠能文。父母俱早喪，家赤貧，無衣食業，求傭為胡銀臺[2]司筆札[3]。胡公試使文，大悅之，曰：「此不長貧，可妻也。」銀臺有三子四女，皆襁中論親於大家；止有少女四娘，孽[4]出，母早亡，笄年[5]未字，遂贅程。或非笑之，以為惛髦之亂命[6]，而公弗之顧也。除館館生[7]，供備豐隆。群公子鄙不與同食，僕婢咸揶揄焉。生默默不較短長，研讀甚苦。眾從旁厭[8]譏之，程讀弗輟；群又以鳴鉦鍠聒[9]其側，程攜卷去，讀於閨中。初，四娘之未字也，有神巫知人貴賤，徧[10]觀之，都無諛詞[11]；惟四娘至，乃曰：「此真貴人也！」及贅程，諸姊妹皆呼之「貴人」以嘲笑之；而四娘端重寡言，若罔聞之。漸至婢媼，亦率相呼。四娘有婢名桂兒，意頗不平，大言曰：「何知吾家郎君，便不作貴官耶？」二姊聞而嗤之曰：「程郎如作貴官，當抉我眸子去！」桂兒怒而言曰：「到爾時，恐不捨得眸子也！」二姊婢春香曰：「二娘食言，我以兩睛代之。」桂兒益恚[12]，擊掌為誓曰：「管教兩丁[13]盲也！」二姊忿其語侵[14]，立批[15]之。桂兒號譁。夫人聞知，即亦無所可否，但微哂焉。桂兒譟訴四娘，四娘方績[16]，不怒亦不言，績自若。

會公初度[17]，諸壻[18]皆至，壽儀充庭。大婦嘲四娘曰：「汝家祝儀[19]何物？」二婦曰：「兩肩荷一口！」四娘坦然，殊無慙怍[20]。人見其事事類癡，愈益狎[21]之。獨有公愛妾李氏，三姊所自出也，恆禮重四娘，往往相顧恤。每謂三娘曰：「四娘內慧外朴，聰明渾而不露，諸婢子皆在其包羅[22]中而不自知。況程郎晝夜攻苦，夫豈久為人下者？汝勿效尤，宜善之，他日好相見也。」故三娘每歸寧，輒加意相懽[23]。是年，程以公力得入邑庠[24]。明年，學使[25]科試士，而公適薨[26]，程縗哀如子[27]，未得與試。既離苫塊[28]，四娘贈以金，使趨入「遺才」[29]籍。囑曰：「曩[30]久居，所不被呵[31]逐者，徒以有老父在；今萬分不可矣！倘能吐氣，庶回時尚有家耳。」臨別，李氏、三娘賂遺優厚。程入闈[32]，砥志研思，以求必售。無何，放榜，竟被黜[33]。願乖[34]氣結，難於旋里，幸囊資小泰，攜卷入都。時妻黨多任京秩[35]，恐見誚訕[36]，乃易舊名，詭託里居，求潛身於大人之門。

東海[37]李蘭臺[38]見而器之，收諸幕中，資以膏火[39]，為之納貢，使應順天[40]舉；連戰皆捷，授庶吉士[41]。自乃實言其故。李公假千金，先使紀綱[42]赴劍南，為之治第。時胡大郎以父亡空匱，貨其沃墅[43]，因購焉。既成，然後貸輿馬往迎四娘。先是，程擢第後，有郵報[44]者，舉宅皆惡聞之；又審其名字不符，叱去之。適三郎完婚，戚眷登堂為餪[45]，姊妹諸姑[46]咸在，獨四娘不見招於兄嫂，忽一人馳入，呈程寄四娘函信；兄弟發視，相顧失色。筵中諸眷客始請見四娘。姊妹惴惴[47]，惟恐四娘啣恨不至。無何，翩然竟來。申賀者，捉坐者，寒暄者，喧雜滿屋。耳有聽，聽四娘；目有視，視四娘；口有道，道四娘也：而四娘凝重如故。眾見其靡所短長[48]，稍就安帖[49]，於是爭把琖[50]酌四娘。方宴笑間，門外啼號甚急。羣致怪問。俄見春香奔入，面血沾染。共詰[51]之，哭不能對。二娘訶之，始泣曰：

「桂兒逼索眼睛，非解脫，幾扶去矣！」二娘大慚，汗粉交下。四娘漠然[52]；合坐寂無一語，各始告別。四娘盛妝，獨拜李夫人及三姊，出門登車而去。眾始知買墅者即程也。

四娘初至墅，什物多闕[53]。夫人及諸郎各以婢僕器具相贈遺，四娘一無所受，惟李夫人贈一婢，受之。居無何，程假歸展墓[54]，車馬扈從如雲。詣岳家，禮公柩，次參李夫人。諸郎衣冠[55]既竟，已升輿矣。胡公歿，羣公子日競貲財[56]，柩弗顧。數年，靈寢漏敗，漸將以華屋作山丘[57]矣。程睹之悲，竟不謀於諸郎，刻期營葬，事事盡禮。殯日，冠蓋相屬，里中咸嘉歎焉。程十餘年歷秩清顯[58]，凡遇鄉黨[59]厄急，罔不極力。二郎適以人命被逮，直指巡方[60]者，為程同譜，風規甚烈。大郎浼[61]婦翁王觀察函致之，殊無裁答，益懼。欲往求妹，而自覺無顏，乃持李夫人手書往。至都，不敢遽進，覘程入朝，而後詣之。冀四娘念手足之義，而忘睚眦[62]之嫌。閽人[63]既通，即有舊媼出，導入廳事，具酒饌，亦頗草草。食畢，四娘出，顏溫霽[64]，問：「大哥人事大忙，萬里何暇枉顧？」大郎五體投地，泣述所來。四娘扶而笑曰：「大哥好男子，此何大事，直[65]復爾爾？妹子一女流，幾曾見嗚嗚向人？」大郎乃出李夫人書。四娘曰：「諸兄家娘子，都是天人[66]，各求父兄，即可了矣，何至奔波到此？」大郎無詞，但顧哀之。四娘作色曰：「我以為跋涉來省妹子，乃以大訟求貴人耶！」拂袖逕入。大郎慚憤而出。歸家詳述，大小無不詬詈[67]；李夫人亦謂其忍[68]。逾數日，二郎釋放寧家，眾大喜，方笑四娘之徒取怨謗也。俄而四娘遣价[69]候李夫人。喚入，僕陳金幣，言：「夫人為二舅事，遣發甚急，未遑字覆。聊寄微儀，以代函信。」眾始知二郎之歸，乃程力也。後三娘家漸貧，程施報逾於常格。又以李夫人無子，迎養若母焉。

◆**何守奇評點**：世俗悠悠，固不足道。使非胡、李二公獨具隻眼，幾令英雄埋沒死矣。卒之刻自振奮，致身青雲，並令室人吐氣，可不謂豪傑之士哉！彼俗眼無瞳，如二姊者，正未勘多抉耳。

世態炎涼，不足為道，若非胡、李兩位大人獨具慧眼，人才就要被埋沒了。程孝思終能刻苦發奮，以至步入仕途，平步青雲，更讓妻子揚眉吐氣，真可謂一代豪傑啊！那些瞧不起他們的眼光短淺之輩，真可謂有眼無珠，如胡家二姊那樣的人，眼珠子可就要多得挖不完了。

1 劍南：古代地名。管轄境內今四川省大部、雲南省瀾滄江、哀牢山以東、貴州省北端、甘肅省文縣一帶。明清設置成都府，即今四川省成都市。

2 銀臺：官名。宋代門下省設有銀臺司，職掌受理天下狀奏案牘，因司署設在銀臺門內故名。明、清兩代設通政司，相當於與銀臺。

3 筆札：公文、書信。

4 孽：小妾所生的孩子。

5 笄年：滿十五歲。

6 惛髦之亂命：年紀大神智不清，頭腦昏亂所做的決定。惛髦，同「惛眊」。讀作「昏冒」。年紀大，頭腦不清醒。形容人年歲漸大而衰老的樣子。亂命，原指人臨終前神志昏亂所留下的遺言，此指頭腦昏亂所做的決定。

7 除館：清掃一間房屋出來。館，當名詞用，房屋。館生，讓人留下住宿，此處的「館」作動詞用，安頓、居住。

8 厭：欺壓。

9 鳴鉦鍠聒：敲鑼打鼓，製造噪音。鉦，讀作「爭」，一種銅製的打擊樂器，也是行軍用、收兵時所用的樂器之一。鍠，讀作「皇」，鐘鼓敲擊之聲，此指打擊樂器所發出的聲響。

10 徧：同今「遍」字，是遍的異體字。

11 諛詞：阿諛奉承的話。

12 恚：讀作「惠」，惱怒、生氣。

13 兩丁：兩人。丁，成年男子，此指人數。

14 語侵：言語冒犯、頂撞。

15 批：打耳光。

16 績：搓麻成線，引申為紡織。

17 初度：慶生。

18 壻：女婿。同今「婿」字，是婿的異體字。

19 祝儀：祝壽的賀禮。

20 慙怍：慚愧。

21 狎：輕視怠慢。

22 包羅：包涵、容忍。

23 懽：同今「歡」字，是歡的異體字。

24 邑庠：古代科舉制度下對縣學的稱呼。庠，讀作「翔」，學校。

25 學使：官名，指提督學政，掌管教育行政及各省學校生員的升降考核，又名文宗、學道、學政等。

26 薨：讀作「轟」，古代諸侯或有爵位的官員逝世。

27 縗哀如子：為人服喪，穿戴喪服，像親生兒子那樣為父母過世感到悲痛。縗，讀作「崔」，通「衰」。古代服三年父母之喪所穿喪服，以粗麻布做成，不緝邊縫。

28 苫塊：讀作「山」。古代服喪時睡在乾草上，頭枕土塊，此指服喪。

29 遺才：古代秀才參加鄉試，並未經過學道的科考錄送，而是由臨時添補核准的考生。

30 曩：讀作「囊」的三聲，以前、昔日之意。

31 訶：大聲喝斥、責罵，通「呵」。

32 入闈：進入科舉考試的考場。

33 被黜：未被錄取，指未能獲得參加鄉試的資格。

34 願乖：事情未能順遂自己的心意。乖，違反、違背。

35妻黨多任京秩：妻子的親戚多在京城擔任官職。
36誚訕：嘲笑、譏諷。
37東海：古代縣名。今江蘇省東海縣。
38蘭臺：漢代宮中藏書之處。西漢由御史中丞掌管，東漢置蘭臺令史，改由其職掌圖籍秘書。此處借指御史。
39膏火：油火、燈火。比喻讀書的費用。
40順天：指順天府。明代府名，今北京市。
41庶吉士：明、清兩代官名。隸屬翰林院，選進士文學優等及擅長書法者擔任。
42紀綱：此指供人差遣的僕役或管家。
43沃墅：富麗堂皇的別墅。
44郵報：郵寄書信，傳遞訊息。
45餪：讀作「暖」，娘家送給初嫁女兒的食物。
46諸姑：眾女眷，指胡家媳婦和女兒們。
47惴惴：憂懼不安的樣子。
48靡所短長：無所計較。
49安帖：安穩、踏實。
50琖：讀作「展」，玉製的酒杯。
51詰：讀作「傑」，問。
52漠然：一副事不關己的模樣，態度冷漠。
53什物多闕：日常生活所用器具大多缺乏。什物，日常用品。闕，同「缺」。
54展墓：掃墓祭拜祖先。
55衣冠：做動詞用，穿戴衣帽。
56競貲財：爭奪遺產。競，爭奪。貲，通「資」，指財物、錢財。

57華屋作山丘：豪華的宅院變成荒野孤墳。山丘，墳墓。
58歷秩清顯：歷任官職，清廉不貪腐。
59鄉黨：鄉里、鄉親。
60巡方：此指受命審查此案的官員。
61浼：讀作「每」，拜託、請求。
62睚眦：讀作「崖自」。怒目瞪視，借指很小的仇怨。
63閽人：守門人。
64溫齊：溫和。
65直：通「值」。值得。
66天人：原指天仙，才能或容貌出眾之人。此指有權勢之人。
67詈：讀作「立」，咒罵、責罵。
68忍：狠心。
69价：讀作「介」，古代供人差遣的僕人。

白話翻譯

程孝思，四川成都人，年幼聰穎，能下筆成文。父母在他很小時便過世，家中很貧困，他沒有工作，無法自給自足，只好求通政使胡大人聘用他負責文書方面的工作。胡大人要他試寫一篇文章，看過以後很滿意，說：「此人不會永遠貧窮下去，可以把女兒嫁給他。」胡大人共有三子四女，都是嬰兒時就與大戶人家訂親；只有小女兒四娘是庶出，母親早亡，滿十五歲尚未訂親，胡大人就招程孝思做女婿，把四娘許配給他。有人嘲笑胡大人，認爲他老眼昏花，頭腦不清醒才做這種決定，胡大人不理會這些流言蜚語，清掃出一間屋子，讓程孝思住下，提供他一切生活所需的用品。胡家公子們都瞧不起他，不願與他同桌吃飯，僕人們也常捉弄他，程孝思默默承受不予計較，認眞讀書。眾人在一旁譏諷他，他也不放棄用功苦讀；眾人故意在他旁邊敲鑼打鼓，製造噪音干擾他，程孝思就抱著書卷，到四娘房裡去讀書。

早先，四娘還沒出嫁時，有個神巫能預知人的貧富貴賤，把胡大人的家眷都看了一遍，沒有一句奉承的話，直到四娘前來，才說：「她才是命中注定顯貴的人。」等到招贅程孝思，眾姊妹都叫她「貴人」，以此嘲笑她；但四娘性格端莊少言語，就當做沒聽見。後來慢慢地連丫鬟、老媽子都跟著喊她貴人，四娘有個丫鬟名喚桂兒，替她打抱不平，大聲說：「你們怎知我家姑爺就不會做大官？」二姊聽了，不以爲然地說：「程公子如果做了大官，我就把眼珠子挖出來。」桂兒惱怒道：「到那時，你恐怕捨不得那雙眼珠了！」二姊的丫鬟春香說：「二小姐如果食言，我用我的雙眼代替！」桂兒更加火大，與春香擊掌盟誓，說：「包管你們兩人都成了盲人！」二姊憤怒桂兒言語頂撞，打了她一個耳光。桂兒又哭又鬧，胡夫人聽說此事後，也不偏袒誰，只微微一笑。桂兒吵嚷著向四娘哭訴，四娘正在織布，既不惱火也不說話，只是織著自己的布。

當胡大人過生日，女婿們都前來賀壽，壽禮堆了滿院子。大媳婦嘲笑四娘說：「你家送什麼壽禮給爹？」二媳婦說：「兩個肩膀扛一張嘴。」四娘神色自若，沒有羞愧的神色。大家見她事事裝聾作啞，更加輕蔑她。只有胡大人的寵妾李氏，是三姊的生母，總是敬重禮遇四娘，往往對她照顧有加。她常對三娘說：「四娘內心澄靜雪亮，外表質樸，聰明內斂涵藏而不表現出來，她處處對那些女人包容忍讓，她們還不知道。更何況程公子日夜苦讀，豈會久居人下？你不要學其他人欺負四娘，應該善待她，將來見面也不會尷尬。」所以三娘每次回娘家，總是和四娘相處得很和睦。

這年，程孝思靠胡大人的關係得以進入縣學。第二年，學使案臨，主持科舉考試，胡大人卻在此時過世了，程孝思披麻戴孝，悲痛有如胡大人的親生兒子，因此未能前往應試。待服喪期滿，四娘拿錢給他，要他循「遺才」的門路補考，並囑咐他：「以前你在我家住了這麼久，之所以沒被趕走，是因爲有老父的關係，現在是不可能了！倘若你能揚眉吐氣，回來時還能有個家。」臨行前，李氏、三娘也送了很多盤纏給他。程孝思進了考場，專心研究考題，仔細思考答案，希望得到主考官青睞。不久後放榜了，他卻名落孫山。事與願違使他垂頭喪氣，無顏返家，幸好盤纏還有不少，便攜著行囊進京。當時，胡家親戚們多在京城擔任要職，程孝思恐怕被他們譏笑，於是改了名字，隨便報個籍貫，打算在大官家找個差事來做。

有位姓李的御史，是東海人，一見之後很器重他，聘他爲幕僚，並資助讀書所需費用，替他捐錢讓他得以進入國子監，參加順天府的鄉試。程孝思考了幾場都順利上榜，被任命爲翰林院庶吉士。他這才對李大人實話實說，李公又借給他一千兩銀子，先派了個管家去四川幫忙購置宅第。這時，胡家大公子因父親亡故，家裡缺錢，要賣一棟別墅，管家就把它買下來，置辦好了便派馬車去接四娘。

原先，程孝思登第之後，有人來通報喜訊，全家都不願聽；又查驗名字不對，就將信使喝斥而去。正好胡家三公子成親，新娘子家的親戚來送食物給女兒。胡家姊妹和眾位嫂嫂都在，惟獨四娘沒被兄嫂邀請。忽然有人跑進來，呈上程孝思寄給四娘的信；兄弟們打開觀視，神情黯淡，酒宴中的親戚賓客才請四娘前來。姊妹們都憂懼不安，惟恐四娘心懷怨恨不來。不久，四娘步履輕盈而來，有人向她祝賀，有人拉著她坐在身邊，有人向她寒暄，屋裡頓時鬧哄哄，聽到的是四娘，看到的是四娘，口中談論的都是四娘。然而四娘仍像往常一樣端莊沉穩，大家見她不計較過去是非恩怨，才放下心來，爭相向四娘敬酒。大家正在有說有笑，門外傳來一陣哭喊，大家覺得很奇怪。不久見春香跑進來，血流滿面，眾人紛紛問是怎麼一回事，春香只顧哭泣也答不上來。二小姐罵她，她才哭著說：「桂兒逼我把眼珠子摳出來，要不是逃得快，眼珠子就要被她挖走了！」二姊十分慚愧，汗水摻著脂粉交相流下。四娘依舊不動聲色，滿座沒人敢說一句話，直至各自告辭。四娘盛妝打扮，只向李夫人和三姊拜別，出門上車離去。大家才知道買別墅的就是程孝思。

四娘剛搬進別墅，什麼東西都缺乏。胡夫人和諸位公子各自以僕人、丫鬟、家具和日用品相贈，四娘一律不收，只收了李夫人所贈的一個丫鬟。不久，程孝思告假回鄉掃墓，車馬隨從如雲。他造訪岳父家，祭拜過胡大人的靈柩，再參拜李夫人。等胡家幾位公子穿戴整齊要拜見他，他已上轎離去了。胡大人死後，胡家幾位公子只顧爭奪家產，靈柩一直停放也無人理會，就這麼過了幾年，停靈的屋內漏雨破敗，華堂就要變成荒塚。程孝思見了悲從中來，不和胡家兄弟們商量，自己定了下葬的日子，做足禮數。等到出殯那天，車馬接連不斷，鄰里鄉親都讚歎不已。

程孝思歷任朝中要職十餘年，爲官清廉，只要遇到鄉親們有危難，無不盡力。胡家二公子因牽涉命案被逮捕入獄，奉命指派到四川的巡按御史是程孝思當年的同窗，執法非常嚴苛。胡家大公子懇求岳父王觀察寫信給他，卻無回音。大公子很是害怕，想去求四娘，又覺得沒臉見她，便拿李夫人寫的親筆信函前往。來到京城，大公子不敢貿然登門拜訪，看見程孝思上朝了才上門求見，希望四娘念在手足情誼的份上，忘記過去的不愉快。守門人通報後，一位昔日的老媽子出來，領著他進入大廳，陳設酒菜，菜色普通。用餐完畢，四娘出來，和顏悅色地問：「大哥貴人事忙，怎麼不辭千里抽空前來看望小妹？」大公子伏地跪拜，哭泣說了事情始末。四娘攙扶他起身，笑道：「大哥是個頂天立地的男子漢，這算什麼大事，值得如此大禮？就如小妹一介女流，什麼時候在人前哭泣過？」大公子就拿出李夫人的親筆信。四娘說：「諸位嫂嫂的娘家，都是有權有勢的人，你請她們各自求自己的父兄，此事就能圓滿，何須跑到我這裡？」大公子無言以對，只是不斷哀求。四娘嚴肅地說：「我以爲你不辭千里是爲了來看望小妹，原來是爲了打官司，來求我這個貴人！」一拂袖直接走進屋內。大公子又慚愧又惱怒，回家把這件事跟家人講了，一家大小無不痛罵四娘，連李夫人也說四娘太狠心。過了幾天，胡家二公子被釋放回家，大家都很歡喜，還譏笑四娘不肯做人情，白白被眾人埋怨。不久，四娘派遣僕人來慰問李夫人，李夫人把那人喊進來，僕人呈上銀子，說：「我家夫人爲了二舅爺的案子，忙著派人處理，無暇回信。讓我送上這點薄禮，以代書信。」大家這才知道，二公子平安無事回來，是程孝思出的力。後來，三小姐家中漸漸貧困，程孝思回報超過常情。又因李夫人膝下無子，就把她接回家，像母親一樣地侍奉。

僧術

黃生，故家子[1]。才情頗贍[2]，夙志高騫[3]。村外蘭若[4]，有居僧某，素與分深[5]。既而僧雲遊，去十餘年復歸。見黃，歎曰：「謂君騰達已久，今尚白紵[6]耶？想福命固薄耳。請為君賄冥中主者。能置十千否？」答言：「不能。」僧曰：「請勉辦其半，餘當代假之。三日為約。」黃諾之，竭力典質如數。三日，僧果以五千來付黃。黃家舊有汲水井，深不竭，云通河海。僧命束置井邊，戒曰：「約[7]我到寺，即推墮井中。候半炊時，有一錢泛起，當拜之。」乃去。黃不解何術；轉念效否未定，而十千可惜。乃匿其九，而以一千投之。少間，巨泡突起，鏗然而破，即有一錢浮出，大如車輪。黃大駭。既拜，又取四千投焉。落下，擊觸有聲，為大錢所隔，不得沉。日暮，僧至，譙讓[8]之曰：「胡不盡投？」黃云：「已盡投矣。」僧曰：「冥中使者止將一千去，何乃妄言？」黃實告之。僧歎曰：「鄙吝者必非大器。此子之命合以明經[9]終；不然，甲科[10]立致矣。」黃大悔，求再禳[11]之。僧固辭而去。黃視井中錢猶浮，以綆[12]釣上，大錢乃沉。是歲，黃以副榜准貢[13]，卒如僧言。

異史氏曰：「豈冥中亦開捐納[14]之科耶？十千而得一第[15]，直[16]亦廉矣。然一千准貢，猶昂貴耳。明經不第[17]，何值一錢！」

僧術
苞苴竟可達幽冥
白足何人術亦靈
可惜塵心猶未化
千錢衹許浮明經

1 故家子：世代在朝為官的人家。
2 贍：充足、富足。
3 高騫：高飛。此指追求名利。騫，飛起。
4 蘭若：此指寺院。
5 分深：感情深厚。
6 白紵：白衣。借指庶民。
7 約：估計。
8 誚讓：責罵、譴責。誚，讀作「俏」。
9 明經：明清兩代對貢生的尊稱。
10 甲科：明清以後通稱進士為「甲科」。
11 禳：讀作「攘」。祭祀鬼神，消災解厄。
12 綆：讀作「梗」。汲水所用的繩子。
13 副榜准貢：清代鄉試有副榜，中試者得入國子監，稱為副貢生。
14 捐納：古代捐資納粟以謀取官位。
15 一第：名詞。指科第。
16 直：通「值」。金錢。
17 第：做動詞用。意謂考中舉人或進士。

◆**何守奇評點**：鄙吝者必非大器，是矣。然科甲者究不能無鄙吝，此又何說？

小氣吝嗇的人難成大器，這就是個很好的例子。但是那些進士及第的人，也不乏小氣吝嗇的，這又該如何解釋呢？

白話翻譯

黃生是官宦世家的子弟，富有才情，志向很高。他居住的村外有座寺院，裡面住著一位僧人，與他一向交情深厚。後來僧人外出雲遊，去了十多年才回來。他看見黃生，感慨地說：「我以爲你早就飛黃騰達，怎麼到現在還是一個平民百姓？看來你命中的福緣很薄，就讓我幫你賄賂陰間執掌此事的主宰。你有辦法湊到一萬錢嗎？」黃生答：「不能。」僧人說：「請你盡量湊到半數，其餘的我來替你借，就相約三日後再見吧。」黃生答允，回家後抵押家當，勉強湊夠了五千錢。

三天後，僧人果然拿來五千錢交給黃生。黃家原本有一口水井，井水很深，取之不竭，據傳井底與河海相通。僧人要黃生把錢捆好放在井邊，並且囑咐他：「你估計我已到寺裡後，就把錢全部丟進井中。等到半頓飯光景，井中會有一個大錢浮起來，你就敬拜它。」說完就走了。黃生不明白這是什麼法術，轉念一想，靈不靈驗還是未知數，如果把一萬錢都投進井中，未免太可惜，於是藏起九千錢，只投進了一千錢。不久，井中突然冒出一個大水泡，鏗的一聲破了。接著一個錢浮起來，像車輪一般大。黃生害怕極了，趕快跪拜，又取出四千錢投進去。落井後發出碰擊聲，原來是被大錢隔擋著，沉不下去。

傍晚時，僧人回來了，責備起黃生：「爲什麼不把錢全投進去？」黃生說：「已經都投進去了。」僧人說：「陰間的使者只拿了一千錢去，爲什麼要說謊？」黃生把實情相告，僧人歎口氣說：「吝嗇的人成不了大器。你命中註定到老也就是個貢生。否則別說是舉人，連進士都到手了。」黃生非常後悔，求僧人再幫他作一次法，僧人堅決推辭。黃生看見投進井中的四千錢還浮著，便用井繩把它釣上來，大錢就沉下去了。這一年，黃生果然只考上副榜貢生，最終也如僧人所說的那樣。

記下奇聞異事的作者如是說：「莫非陰間也有捐官的陋習嗎？一萬錢買個進士，實在太便宜了。但是一千錢才給個副榜貢生，又有些貴了。貢生如考不中進士，根本一文不值呀！」

祿數

某顯者[1]多為不道[2]；夫人每以果報[3]勸諫之，殊不聽信。適有方士[4]，能知人祿數[5]，詣之。方士熟視曰：「君再食米二十石，麵四十石，天祿乃終。」歸語夫人。計一人終年僅食麵二石，尚有二十餘年天祿，豈不善所能絕耶？橫[6]如故。逾年，忽病「除中」[7]，食甚多而旋飢，一晝夜十餘餐。未及周歲，死矣。◆

1 顯者：達官顯貴。
2 不道：為非作歹。
3 果報：佛家所謂因果報應，認為所做之事無論善或惡，都必須承受此善果或惡果。此處指的是惡果。
4 方士：此指相士。
5 祿數：壽命。
6 橫：放肆，暴虐。
7 除中：一種疾病名稱。語出《傷寒論》。此病在到了最嚴重的地步時，原本不能飲食的病人會突然間暴飲暴食，稱之為「除中」。

◆**但明倫評點**：祿數固有一定，然以多為不道，不信果報之顯者，而使終其天祿以死，未免便宜。

一個人能活多久雖然是註定好的，但以這位達官貴人的例子來說，他多行不善，又不相信因果報應之說，卻能夠按照他註定的壽命而終，未免太便宜他了。

白話翻譯

有位達官貴人向來爲非作歹，他的夫人經常以因果報應來規勸他，但他根本不相信。後來他聽說有個相士能預知人的壽命，於是前往拜訪。相士仔細看了他的相貌然後說：「你再吃二十石米，四十石麵，壽命就終結了。」他回家後告訴夫人，計算了一下，發覺一個人一年至多只能吃兩石麵，因此他還有二十年壽命，如此看來，做壞事又怎麼會折壽呢？於是橫徵暴斂，依然故我。過了一年，他忽然得了「除中」的疾病，食量大增，一餐後總是沒多久就餓了，一天能吃十幾頓飯，不到一年就死了。

柳生

周生，順天[1]宦裔也。與柳生善。柳得異人之傳，精袁許之術[2]。嘗謂周曰：「子功名無分；萬鍾之貲[3]，尚可以人謀。然尊閫[4]薄相，恐不能佐君成業。」未幾，婦果亡。家室蕭條，不可聊賴。因詣柳，將以卜姻。入客舍，坐良久，柳歸內不出。呼之再三，始出，曰：「我日為君物色佳偶，今始得之。適在內作小術，求月老繫赤繩耳。」周喜問之。答曰：「甫有一人攜囊出，遇之否？」曰：「遇之。襤褸若丐。」曰：「此君岳翁，宜敬禮之。」周曰：「緣相交好，遂謀隱密，何相戲之甚也！僕即式微，猶是世裔，何至下昏於市儈[5]？」柳曰：「不然。犁牛尚有子[6]，何害？」周問：「曾見其女耶？」答曰：「未也。我素與無舊，姓名亦問訊知之。」周笑曰：「尚未知犁牛，何知其子？」柳曰：「我以數信之。其人兇而賤，然當生厚福之女。但強合之必有大厄，容復禳[7]之。」周既歸，未肯以其言為信，諸方覓之，迄無一成。

一日，柳生忽至，曰：「有一客，我已代折簡[8]矣。」問：「為誰？」曰：「且勿問，宜速作黍[9]。」周不喻其故，如命治具。俄客至，蓋傅姓營卒[10]也。心內不合[11]，陽浮道與之[12]；而柳生承應甚恭。少間，酒肴既陳，雜惡草具[13]進。柳起告客：「公子嚮慕已久，每託某代訪，曩[14]夕始得晤。又聞不日遠征，立刻相邀，可謂倉卒主人[15]矣。」飲間，傅憂馬病，不可騎。柳亦俛首[16]為之籌思。既而客去，柳讓周曰：「千金不能買此友，何乃視之漠漠[17]？」借馬騎歸，因假周命，登門持贈傳。周既知，稍稍不快，已無如何。

過歲，將如江西，投臬司[18]幕。詣柳問卜。柳言：「大吉！」周笑曰：「我意無他，但薄有所獵，當購佳婦，幾幸[19]前言之不驗也，能否？」柳云：「並如君願。」及至江西，值大寇叛亂，三年不得歸。後稍平，選日遵路[20]，中途為土寇所掠，同難七八人，皆劫其金貲，釋令去；惟周被擄至巢。盜首詰[21]其家世，因曰：「我有息女[22]，欲奉箕帚[23]，當即無辭。」周不答，盜怒，立命梟斬[24]。周懼，思不如暫從其請，因從容[25]而棄之。遂告曰：「小生所以踟躕者，以文弱不能從戎，恐益為丈人累耳。如使夫婦得相將俱去，恩莫厚焉。」盜曰：「我方憂女子累人，此何不可從也。」引入內，妝女出見，年可十八九，蓋天人也。當夕合巹[26]，深過所望。細審姓氏，乃知其父，即當年荷囊人也。因述柳言，為之感歎。

過三四日，將送之行，忽大軍掩至，全家皆就執縛。有將官三員監視，已將婦翁斬訖，尋次及周。周自分已無生理，一員審視曰：「此非周某耶？」蓋傅卒已以軍功授副將軍矣。謂僚曰：「此吾鄉世家名士，安得為賊。」解其縛，問所從來。周詭曰：「適從江臬[27]娶婦而歸，不意途陷盜窟，幸蒙拯救，德戴二天！但室人離散，求借洪威，更賜瓦全[28]。」傅命列諸俘，令其自認，得之。餉以酒食，助以資斧[29]，曰：「曩受解驂[30]之惠，旦夕不忘。但搶攘[31]間不遑修禮，請以馬二匹、金五十兩，助君北旋。」又遣二騎持信矢[32]護送之。途中，女告周曰：「癡父不聽忠告，母氏死之。知有今日久矣；所以偷生旦暮者，以少時曾為相者所許[33]，冀他日能收親骨耳。某所窖藏巨金，可以發贖父骨；餘者攜歸，尚足謀生產。」囑騎者候於路，兩人至舊處，廬舍已燼，於灰火中，取佩刀掘尺許，果得金；盡裝入槖[34]，乃返。以百金賂騎者，使瘞[35]翁尸；又引拜母家，始行。至直隸[36]界，厚賜騎者而去。

周久不歸，家人謂其已死，恣意侵冒，粟帛器具，蕩無存者。及聞主人歸，大懼，鬨然盡逃；祇有一嫗，一婢，一老奴在焉。周以出死得生，不復追問。及訪柳，則不知所適矣。女持家逾於男子，擇醇篤[37]者授以貲本，而均其息。每諸商會計於簷下，女垂簾聽之；盤中誤下一珠，輒指其訛。內外無敢欺。數年，夥商盈百，家數十巨萬矣。乃遣人移親骨，厚葬之。

異史氏曰：「月老可以賄囑，無怪媒妁之同於牙儈[38]矣。乃盜也有是女耶？培塿無松柏[39]，此鄙人之論耳。婦人女子猶失之，況以相天下士哉！」

1 順天：順天府。明代府名，今北京市。
2 袁許之術：即相術。袁許，指袁天綱和許負。兩人皆精通相術，後用以泛指相術家。許負，漢代一名善於相面的老婦人。
3 萬鍾之貲：萬貫家財。萬鍾，用以形容數量很多。鍾，容量六斛四斗。貲，通「資」，指財物、錢財。
4 尊閫：對別人妻子的敬稱。閫，讀作「捆」。
5 市儈：促成買賣雙方交易成功，從人謀取利潤的人。後用來指稱唯利是圖的生意人。
6 犁牛尚有子：劣等的牛尚且能生出優秀的後代。犁牛，雜種牛，屬於較劣等的牛。典出《論語．雍也》：「子謂仲弓曰：『犁牛之子騂且角，雖欲勿用，山川其舍諸？』」劣等牛的孩子，犄角卻生得周正，縱使因其父親低劣而不用於祭祀，天地山川又豈能捨棄牠？比喻雖然出身低微，卻不妨礙孩子的優秀。騂角（騂，讀作「星」），後用以比喻優秀的後代。
7 禳：讀作「攘」。祭祀鬼神，消災解厄。
8 折簡：形制較簡短的請帖。
9 作黍：準備酒菜宴客。
10 營卒：士兵。

11 心內不合：不合心意，與心中所預期的不符合。
12 陽浮道與之：說一些場面話應付。陽，假裝、表面。通「佯」。浮道，浮誇不實的話語。與，應付、敷衍。
13 惡草具：粗鄙、低劣的食物。
14 曩夕：昨晚。曩，讀作「囊」的三聲，以前、昔日之意。此指昨天。
15 倉卒主人：指設宴款待的一方，宴席準備得不夠充份，食物不夠豐盛。
16 俛首：低頭。俛，同今「俯」字，是俯的異體字。
17 視之漠漠：態度冷漠，不熱絡。
18 臬司：古代官名。執掌一省司法的官員，也稱廉訪使或按察使。
19 幾幸：企求、盼望。幾，通「冀」。
20 遵路：沿著陸路行走。
21 詰：讀作「傑」，問。
22 息女：親生閨女。
23 奉箕箒：打理家務。此指嫁予為妻。
24 梟斬：斬首、砍頭。
25 從容：待到一切安頓下來，事過境遷以後。
26 合巹：指成婚。古時，成親的夫婦要對飲合巹酒。巹，讀作「錦」。
27 江臬：江西省臬司。
28 瓦全：此指夫妻團聚。
29 資斧：錢財與物品。泛指旅費。
30 解驂：解馬以贖人。後引申為慷慨解囊，救人於危難之中。驂，讀作「餐」，馬匹。
31 搶攘：紛亂的樣子。此指兵災、兵禍所造成的流離失所。
32 信矢：作為發號施令的箭矢，簡稱令箭。此指作為通行的證明、依憑。
33 許：稱讚，嘉許。
34 橐：讀作「陀」，袋子。
35 瘞：讀作「意」，用土掩埋、埋葬。
36 直隸：古代省名。今河北省。
37 醇篤：忠厚老實。
38 牙儈：同「市儈」，參見「市儈」註釋。
39 培塿無松柏：小土丘長不出松柏。此處意指品行低劣的父母生不出優秀的後代。培塿，讀作「剖簍」。小土丘。

◆**何守奇評點**：不求月老繫此婦，無從得巨金；繫此婦不令交傅，又不能脫於厄。展轉相引，要知柳生苦心。

不賄賂月老替周生與此女牽紅線，就得不到那筆意外的龐大財富；牽了紅線，不讓周生結交傅將軍，則又無法脫困。如此曲折引導，足見柳生用心良苦。

柳生
婚媾偏從
匹寇來充
囊且喜富
貲財人間
恩怨知何
限惜少神
通與挽回

白話翻譯

周生是順天府的官家子弟，與柳生交好。柳生得過奇人眞傳，精通相面之術，曾對周生說：「你命中與仕途無緣；萬貫家財，倒可以去爭取一番。然而尊夫人面相福薄，恐怕不能助你成就家業。」不久，周生的妻子果然死了。家中冷清，周生頓失依靠，於是去拜訪柳生，讓他爲自己的姻緣占算一番。進入客廳坐了許久，柳生在內室就是不出來，再三呼喚後才露面道：「我每天都替你物色合適的配偶，今天終於找到。剛才正在內室施法，求月老給你們牽上紅線。」周生高興地問是誰家姑娘。柳生答：「剛才有一個人拿著袋子走出去，你可曾遇到？」周生說：「遇到了，衣衫襤褸像個乞丐。」柳生說：「此人就是你的岳父，你要尊敬他。」周生說：「我倆交情深厚，我才把終身大事與你商議，爲何這樣捉弄我呢！我就算再不濟，仍是個世家子弟，怎會自降身分與市井小民通婚呢？」柳生說：「非也。劣質的牛都能生出優秀的後代，又有何妨呢？」周生問：「你見過他的女兒嗎？」柳生答：「尚未。我與他素無交情，姓名也是方才問過得知。」周生笑道：「你對這個做父親的尚且一無所知，又怎知他的女兒是好是壞？」柳生說：「我是根據他的命術推算出來的。這個人又兇惡又卑賤，但是命中註定生一個有福氣的女兒。不過勉強撮合你們必有大難，讓我再作法術爲你祈求。」周生回去後，沒把他的話放在心上，四處尋覓佳偶，一無所成。

一天，柳生忽然前來，說：「有位客人，我已經代你發出請帖，邀他前來作客。」周生問：「是誰？」柳生說：「先別問，最好快點準備筵席。」周生不明就裡，照他的話準備酒菜。不久，客人到了，原來是軍營裡一個姓傅的士兵，並不符合周生的預期，他就只說些場面話敷衍對方，柳生對他卻很恭敬。不久，酒菜上桌，卻把低劣的食物也摻在裡面端上來。柳生起身對客人說：「周公子仰慕您已久，時常託我去拜訪您，昨晚才見上一面，又聽說不久您要到遠方打仗，立刻就投帖相邀。無奈因此沒充分時間準備酒菜，實在是怠慢了。」飲宴間，姓傅的士兵說起他的馬生病了，不堪騎乘，柳生低頭替他籌謀起來。不久，客人走了，他埋怨起周生說：「千金也買不來這位朋友，你的態度怎麼這樣冷漠呢？」說完，向周生借了匹馬騎回家，又假藉周生名義，到傅某家登門拜訪，把馬送給他。周生得知此事後，心有不悅，卻無可奈何。

一年後，周生欲前往江西，投奔一位當按察使的友人，在當地衙門當幕僚。行前拜訪柳生占算吉凶。柳生說：「大吉。」周生笑道：「我沒其他打算，只想賺點錢，娶個好媳婦，希望你從前說的話不靈驗，能夠如願嗎？」柳生說：「一切都如你所願。」周生到了江西，遇上強盜造反，三年無法回家。後來，匪寇作亂稍稍平定，便擇日上路，中途被土匪所擄，一起遭難的有七、八人，錢財被劫匪洗劫一空後就被釋放，只有周生被擄到劫匪的巢穴。首領問他的家世後說：「我有個親生閨女，想要把她嫁給你為妻，請勿推辭。」周生沒回答，劫匪首領大怒，立刻命人將他斬首。周生害怕起來，想道不如暫且答應，以後慢慢再找機會擺脫他女兒。於是說：「我之所以猶豫，是因我身虛體弱，無法隨軍打仗，恐怕拖累岳父。如果能讓我們夫婦結伴離去，就感恩戴德了。」首領說：「我正愁姑娘家拖累人，這有什麼好拒絕的。」引周生進入內室，將女兒打扮一番讓她出來相見。女子年約十七、八歲，宛如仙女下凡，當晚就成婚。新娘遠超出周生期許，細問她的家世姓名，才知道她的父親就是當年遇到的背著一只袋子的人，他將柳生的預言轉告妻子，兩人都相當驚嘆。

過了三、四天，劫匪首領正要送周生夫妻倆離去，忽然官府軍隊殺了過來，全家都被捉住。三名將官監視下，已將周生的岳父斬首，眼看就要輪到周生，他自忖已無生還之理時，一個官員打量他道：「這不是周某人嗎？」原來那個姓傅的士兵已憑藉軍功晉升為副將軍，他對同僚說：「此人是我家鄉有名的世家子弟，怎可能是土匪。」替他解開繩子，問他從何處來。周生扯了個謊說：「剛從江西按察使那兒娶了個老婆回家，沒想到中途身陷匪窩，幸蒙搭救，恩同再造！但妻子離散，求借將軍的威嚴聲望，讓我們夫妻得以團聚。」傅將軍命所有女性俘虜站成一排，讓周生自己辨認，最終找到妻子。傅將軍備妥酒菜款待，又資助旅費，說：「以前承蒙您贈馬之恩，一直銘記於心。然兵荒馬亂無暇準備賀禮，就送您兩匹馬、五十兩銀子，助您返回北方。」又派兩名騎兵拿著令箭沿途護送。途中，妻子告訴周生：「我的爹爹執迷不悟，不聽我勸，母親因此而亡。我早知遲早有這天，之所以苟且偷生，是因為幼時曾有個算命的說我福厚。希望有一天能替父親收埋屍骨，有個地方埋藏了大量錢財，可以挖出來贖回家父遺體；其餘的帶回家去，足夠置產度日。」周生囑咐騎兵在路旁等候，夫妻倆回到土匪窩，只見房屋都燒成灰燼了。兩人拿出佩刀，在灰燼中挖了一尺多深，果然找到錢財，裝進袋子後回到原先之處。周妻拿出一百兩銀子賄賂騎兵，讓他們收埋岳父的屍首，又領周生去祭拜母墳，這才踏上歸途。到了河北省境內，重賞護送的騎兵，他們就此告辭離去。

周生久未回家，家中僕人都以爲他死去多時，任意侵吞家產，糧食、布匹、家具，無一留存。聽說主人回來，眾人都很害怕，一哄而散，只剩下一個老媽子、一個丫鬟和一個老僕留守家中。周生死裡逃生，便沒有追究，想去拜訪柳生，卻不知所蹤。周妻打理起家務更勝男人，她選擇忠厚老實的人，出資讓他們作生意，賺了錢再均分利潤。每次周生與眾人核對帳目，周妻都垂簾旁聽，錯打一個算珠，她都能指出錯誤，內外僕人沒人敢欺騙她。數年後，合夥經商者超過百人，家產達到數十萬。於是派人給父母遷墳，予以厚葬。

記下奇聞異事的作者如是說：「月下老人可以賄賂收買，難怪媒人和市井仲介並無二致。一個土匪也能生出如此賢慧能幹的女兒嗎？小土丘長不出松柏來，這是沒有見識之人的淺見，以此觀點來檢視婦人女子，都會有看走眼的時候，更何況是品評天下之士呢！」

冤獄

朱生，陽穀[1]人。少年佻㒓[2]，喜詼謔。因喪偶，往求媒媼。遇其鄰人之妻，睨之美。戲謂媼曰：「適睹尊鄰，雅少麗，若為我求凰，渠[3]可也。」媼亦戲曰：「請殺其男子，我為若圖之。」朱笑曰：「諾。」更月餘，鄰人出討負[4]，被殺於野。邑令[5]拘鄰保，血膚取實，究無端緒；惟媒媼述相謔之詞，以此疑朱。捕至，百口不承。令又疑鄰婦與私，搒掠[6]之，五毒[7]參至。婦不能堪，誣伏[8]。又訊朱。朱曰：「細嫩不任苦刑，所言皆妄。既是冤死，而又加以不節之名，縱鬼神無知，予心何忍乎？我實供之可矣：欲殺夫而娶其婦，皆我之為，婦實不知之也。」問：「何憑？」答言：「血衣可證。」及使人搜諸其家，竟不可得。又掠之，死而復蘇者再。朱乃云：「此母不忍出證據死我[9]耳，待自取之。」因押歸告母曰：「予我衣，死也；即不予，亦死也；均之死，故遲也不如其速也。」母泣，入室移時，取衣出，付之。令審其迹[10]確，擬斬。再駁再審，無異詞。經年餘，決有日矣。令方慮囚[11]，忽一人直上公堂，努目[12]視令而大罵曰：「如此憒憒[13]，何足臨民！」隸役數十輩，將共執之。其人振臂一揮，頹然並仆[14]。令懼，欲逃，其人大言曰：「我關帝前周將軍[15]也！昏官若動，即便誅卻！」◆令戰懼悚聽。其人曰：「殺人者乃宮標也，於朱某何與？」言已，倒地，氣若絕。少頃而醒，面無人色。及問其人，則宮標也。搒之，盡服其罪。蓋宮素不逞[16]，知其討負而歸，意腰橐[17]必富，及殺之，竟無所得。聞朱誣服，竊自幸。是日身入公門，殊不自知。令問朱血衣所自來，朱亦不知之。喚其母鞫[18]之，則割臂所染；驗其左臂，刀痕猶未平也。令亦愕然。後以此被參揭[19]免官，罰贖羈[20]留而死。年餘，鄰母欲嫁其婦；婦感朱義，遂嫁之。

異史氏曰：「訟獄[21]乃居官之首務，培陰騭[22]，滅天理，皆在於此，不可不慎也。躁急污暴，固乖天和[23]；淹滯因循[24]，亦傷民命。一人興訟，則數農違時[25]；一案既成，則十家蕩產：豈故之細哉！余嘗謂為官者，不濫受詞訟，即是盛德。且非重大之情，不必羈候[26]；若無疑難之事，何用徘徊？即或鄉里愚民，山村豪氣[27]，偶因鵝鴨之爭[28]，致起雀角之忿[29]，此不過借官宰之一言，以為平定而已，無用全人，祇須兩造[30]，笞杖立加，葛藤[31]悉斷。所謂神明[32]之宰非耶？每見今之聽訟者矣：一票既出，若故忘之。攝牒者[33]入手[34]未盈，不令消見官之票；承刑者[35]潤筆[36]不飽，不肯懸聽審之牌。矇蔽因循，動經歲月，不及登長吏[37]之庭，而皮骨已將盡矣！而儼然而民上也者，偃息在牀[38]，漠若無事。寧知水火獄[39]中，有無數冤魂，伸頸延息，以望拔救耶！然在奸民之凶頑，固無足惜；而在良民株累[40]，亦復何堪？況且無辜之干連[41]，往往奸民少而良民多；而良民之受害，且更倍於奸民。何以故？奸民難虐，而良民易欺也。皂隸[42]之所毆罵，胥徒[43]之所需索，皆相良者而施之暴。自入公門，如蹈湯火。早結 日之案，則早安一日之生，有何大事，而顧奄奄堂上若死人，似恐谿壑之不遽飽，而故假之以歲時也者！雖非酷暴，而其實厥罪維均[44]矣。嘗見一詞[45]之中，其急要不可少者，不過三數人；其餘皆無辜之赤子，妄被羅織[46]者也。或平昔以睚眦開嫌[47]，或當前以懷璧致罪，故興訟者以其全力謀正案，而以其餘毒復小仇。帶一名於紙尾，遂成附骨之疽[48]；受萬罪於公門，竟屬切膚之痛。人跪亦跪，狀若烏集；人出亦出，還同猱[49]繫。而究之官問不及，吏詰[50]不至，其實一無所用，祇足以破產傾家，飽蠹役之貪囊，鬻[51]子典妻，洩小人之私憤而已。深願為官者，每投到時，略一審詰：當逐逐之，不當逐芟[52]之。不過一濡毫、一動腕之間耳，便保全多少身家，培養多少元氣。從政者曾不一念及於此，又何必桁楊[53]刀鋸能殺人哉！」

1 陽穀：古代縣名。今山東省陽穀縣。
2 佻撻：讀作「挑踏」。輕薄放蕩。
3 渠：他，指第三人稱。
4 討負：又作責負。即討債。
5 邑令：知縣、縣令，等同現今的縣長。
6 搒掠：嚴刑拷打。搒，讀作「蹦」。
7 五毒：泛指酷刑。
8 誣伏：無罪而自承有罪。
9 死我：置我於死地。
10 慮囚：又作「錄囚」。詳細審核囚犯的罪狀。
11 努目：嗔目，因發怒而睜大雙眼。
12 迹：蹤跡、行跡、痕跡。同今「跡」字，是跡的異體字。
13 憒憒：讀作「愧愧」，糊塗、懵懂。
14 仆：讀作「撲」，倒臥、跌倒而趴在地上。
15 周將軍：周倉。其名不見正史，相傳為三國蜀漢關羽部下將領。關羽被吳軍所殺，周倉也自殺殉職。明神宗時封為武烈侯，各地關廟多有周倉塑像。
16 不逞：不得志、不滿意。後引申胡作非為，作奸犯科。
17 橐：讀作「陀」，袋子。
18 鞫：讀作「局」，審問、審判。
19 參揭：對違法失職的官員提出控訴。
20 贖鍰：罰款贖罪。
21 訟獄：訴訟案件。此指審理案件。
22 陰騭：又稱「陰德」、「陰功」。暗中行善，施德於人。騭，讀作「至」。
23 乖天和：違背天理。乖，違背。天和，天地祥和之氣。
24 淹滯因循：拖延敷衍。
25 違時：延誤耕作的時機。
26 羈候：拘留候審。
27 豪氣：此指性情粗鄙暴烈之人。
28 鵝鴨之爭：為了鵝鴨這種小事引起糾紛，比喻雞毛蒜皮的紛爭。

29 雀角之忿：比喻因小事而打官司。

30 兩造：指訴訟雙方，即原告與被告。

31 葛藤：比喻糾纏牽扯的關係。

32 神明：形容官吏明斷是非、明察秋毫。

33 攝牒者：持公文逮捕犯人的捕快。牒，讀作「蝶」，官府發布的公文或證明文書。

34 入手：收受賄賂。

35 承刑者：承辦安排訴訟案件的官吏。

36 潤筆：幫人寫字的酬勞。此指賄賂。

37 長吏：此指縣吏，負責審理案件的官員。

38 偃息在牀：在家舒服享受優渥的物質生活。

39 水火獄：比喻如同地獄般水深火熱的生活環境。

40 株累：受到犯罪之人的牽連。

41 干連：牽連。

42 皂隸：古代衙役多穿黑衣，代稱官府衙役。

43 胥徒：官府的衙役。

44 厥罪維均：前兩者所犯的罪行是一樣的。

45 一詞：一張狀紙。

46 羅織：編排、構陷罪名。

47 睚眥開嫌：為了一點怨恨而得罪別人。睚眥，怒目瞪視，借指很小的仇怨。

48 附骨之疽：附著在骨頭上的毒瘡，比喻難以擺脫的痛苦。

49 猱：讀作「撓」。猿猴。

50 詰：讀作「傑」，問。

51 鬻：讀作「玉」。賣。

52 芟：讀作「刪」。刪除、除去，此指釋放與訟案無關的無辜人等。

53 桁楊：古代加在頸項或腳脛的刑具。桁，讀作「航」。

◆**馮鎮巒評點**：靈異極矣，爽快何如。周將軍既為昏官理案，又為昏官獲凶，省他許多氣力，宜祀之，特恐將軍無許多氣力。

這件事十分詭異，大快人心。周將軍既然幫昏官審理案件，又幫昏官緝拿兇手到案，省下他許多力氣，應當受人香火供奉，只恐怕周將軍沒有足夠的力氣可以幫天下昏官審案。

白話翻譯

朱生是陽穀人，年紀輕輕，性情輕浮，喜歡開玩笑。他因妻子過世而去找媒婆，偶遇媒婆鄰居的妻子，斜眼一瞧發現長得很美。朱生與媒婆說笑道：「剛才看見你的鄰居，實在標緻。你想要爲我做媒，她就很不錯。」媒婆也開玩笑說：「那請你把她的丈夫殺了，我就替你謀劃。」朱生笑回：「好。」一個多月後，媒婆的鄰居外出討債，在郊外被人所殺。縣老爺下令把被害者的鄰居全部逮捕，嚴刑逼供，然而始終毫無頭緒。只有媒婆說出了和朱生的玩笑話，於是縣太爺懷疑到朱生身上，朱生被抓來後堅決否認。縣太爺又懷疑他與被害者的妻子私通，遂對她嚴刑拷打，各種刑罰都加在她身上，直到承受不住，假言承認。縣太爺又審訊朱生，朱生道：「她一個婦人，細皮嫩肉不堪拷打，所說都是假的。她既要蒙冤致死，又何必再加上個不貞的罪名？縱然能瞞天過海，我於心何忍？我從實招來就是了。我想殺死鄰人而娶他的妻子，此事皆我所爲，這個婦人實不知情。」縣太爺問：「有何證據？」朱生答：「血衣爲證。」縣太爺就派人到朱家搜查，竟沒搜出血衣，又拷打朱生，把他打得死去活來。朱生才說：「這是家母不忍心拿出證據置我於死地，請等我自己去取來。」於是衙役押著朱生回家，他告訴母親：「把血衣給我，我必死無疑；不給我，我也會死。反正都是死，晚點還不如早點來得好。」朱母哭泣，進到房裡許久，取了血衣出來，交給兒子。縣太爺驗明血跡確鑿，判他斬首之刑。上級兩次駁回，兩次複審，朱生供詞與先前一樣。

過了一年，刑期將至，縣太爺正在審問囚犯，忽然一個人走上公堂，怒目瞪視縣太爺，大罵道：「如此昏庸，怎麼能夠治理百姓！」衙役數十人一齊擁上，要將他拿下。只見他舉起手臂一揮，一眾衙役全倒在地上。縣太爺害怕得想逃跑，那人大聲說：「我是關聖帝君跟前的周將軍！你這昏官若敢輕舉妄動，我當場誅殺！」縣太爺嚇得渾身發抖，戰戰兢兢聆聽訓示，那人說：「殺人的是宮標，跟朱生有何干係？」說完就倒在地上，像斷氣了一樣，不久後醒過來，面如死灰。問他是誰，竟然就是宮標，一拷問便全部招認。原來，宮標一向品行不端，得知死者討債回來，料他腰包必有很多錢，就將他殺害，卻一毛錢也得不到。打聽到朱生被屈打成招後，暗自竊喜逃過一劫，這天卻不知不覺就走進衙門裡。縣太爺問朱生血衣從何而來，朱生說他不知道，叫來朱生母親審問，真相是她割傷自己的手臂，將血染上去的，檢查她的左臂還能看見刀疤。縣太爺也很驚愕。後來，縣太爺因為這件冤案遭到彈劾，後被判削去官職，罰款贖罪，在羈留期間就過世了。一年後，死者的母親要讓兒媳改嫁，婦人感激朱生仗義，便嫁給了他。

記下奇聞異事的作者如是說：「審理訴訟案件是當官的首要職務，累積陰德，或者泯滅良心，都在這過程之中，不可不慎。貪功躁進、貪污暴虐，固然是違背天理；拖泥帶水、因循苟且，也會對百姓造成傷害。一個人打官司，就有許多農民延誤耕種；一樁案件判定，就有十家耗盡財產。豈能輕忽！我常說當官的人，不隨便接受訴訟案件，就已是無量功德。而況，若非重大案件，不必羈押候審；若非懸疑難解之事，何必猶豫不決？即便是市井小民，鄉野村夫，偶因雞毛蒜皮的小事起爭執，氣不過而一狀告進官府，不過是想借縣官一句話，爲他們排解糾紛而已。無須把相關人士全都羈拿到案，只需原告與被告兩方傳到，打他們一頓，糾纏的恩怨當下了結，所謂英明的縣令不就該如此嗎？

「我常常看到現今那些審理案子的官員：一張拘票發出後，就好像故意把它給忘了。手持拘捕文書的衙門差役，沒拿到足夠賄賂，就不會撤銷而官受訊的單子；負責安排審判事項的官吏，收到的賄賂不夠，就不肯掛上升堂聽審的牌子。如此欺上瞞下，拖延不決，動輒就是經年累月，還等不到公堂審判，家產就快要耗盡。而那些儼然以百姓之上的父母官身分自居之人，生活養尊處優，一副什麼事都沒有，漠不關心的模樣。怎知在水深火熱的人間煉獄中，有無數冤魂伸著脖子苟延殘喘，希望這些官吏拯救他們。當然對於那些作奸犯科的歹徒來說，是不足憐惜；但對於良民所受的株連牽累，又情何以堪？況且那些被無辜牽連的，往往是惡徒少，而善良百姓多；善良人民所受的傷害，更是那些歹徒的好幾倍。這是爲什麼呢？歹徒難以壓制，而善良百姓容易欺負。衙役毆打辱罵，官差們的勒索，都是針對善良百姓來欺壓。一旦進入官府大門，就如赴湯蹈火。早一天結案，就能早一天結束苦痛，不過是審理官司，算得上是什麼大事呢？而看公堂上的官吏卻像死人一樣，像似怕自己如山林深谷的貪欲無法滿足，故意遷延時間來達成壓榨百姓的目的！雖不算十分殘酷暴虐，但他們所造的罪孽與殘暴的酷吏也相差無幾。

「我曾見一張狀紙裡，牽連其中的重要關係人，不過三個；其餘都是無辜百姓，被羅織罪名牽連其中。這些無辜者當中，有的因爲以前一些恩怨結仇，有的因爲錢財過多惹人眼紅而獲罪，所以告狀的人絞盡腦汁死咬案件不放，要些狠毒手段來報以前的小仇。在狀紙末端附上的名字，成爲揮之不去的毒瘡；在公堂上受盡折磨，竟成切膚之痛。別人跪下，他也得跪下，就像聚集在樹上的鳥群；別人出去，他也得出去，如同被繩子拴住的猴子。但到了最後，縣官並沒有傳他問訊，各級官吏也沒有審問，對於斷案一點用處也沒有，這樣卻足以令人傾家蕩產，供衙役們中飽私囊；典妻賣子，讓小人發洩私憤而已。我深深希望當官的人，每當訴訟關係人押解到衙門時，要略微審問，該駁回的駁回，不該駁回的就把無關人名刪除。不過是蘸一下筆墨、動一下手腕的工夫，卻保全了許多百姓的性命，培養許多社會的元氣。從政者從來沒想過這一點，又何必一定要用枷鎖刑具才能殺人呢？」

鬼令

教諭[1]展先生，洒脫有名士風[2]。然酒狂，不持儀節。每醉歸，輒馳馬殿階[3]。◆階上多古柏。一日，縱馬入，觸樹頭裂，自言：「子路[4]怒我無禮，擊腦破矣！」中夜遂卒。邑中某乙者，負販其鄉，夜宿古剎。更靜人稀，忽見四五人攜酒入飲，展亦在焉。酒數行[5]，或以字為令曰：「田字不透風，十字在當中；十字推上去，古字贏一鍾[6]。」一人曰：「回字不透風，口字在當中；口字推上去，呂字贏一鍾。」一人曰：「囹[7]字不透風，令字在當中；令字推上去，含字贏一鍾。」又一人曰：「困字不透風，木字在當中；木字推上去，杏字贏一鍾。」末至展，凝思不得。眾笑曰：「既不能令，須當受命[8]。」飛一觥[9]來。展云：「我得之矣：日字不透風，一字在當中；……」眾又笑曰：「推作何物？」展吸盡曰：「一字推上去，一口一大鍾！」相與大笑，未幾出門去。某不知展死，竊疑其罷官歸也。及歸問之，則展死已久，始悟所遇者鬼耳。

鬼令
古剎何
人夜舉
杯不行
射覆不
猜枚諧謔
拆字翻新
令風雅居
然有捷才

1教諭：古代官名。始於宋朝，負責教育生員。
2名士風：指魏、晉時代的名士作派，形容人不拘小節、自由散漫，唾棄禮法，任性而為。
3殿階：孔廟殿前的臺階。
4子路：孔子弟子。姓仲，名由，字子路，一字季路。個性好勇、事親至孝。
5數行：數巡。遍敬在座賓客酒一巡，稱一行。
6鍾：盛酒的器具。
7圄：即囹圄。讀作「玲雨」，牢獄。
8受命：此指罰喝酒。
9飛一觥：敬一杯酒。觥，讀作「工」，用兕（讀作「四」）牛角做成的酒器。

◆**但明倫評點**：殿階馳馬，酒徒耳，妄人耳，名教中罪人耳，惡得為名士？

在孔廟前的臺階上縱馬奔馳，是酒徒的行徑，狂妄中人的作派，名教中的一大罪人，哪裡能配得上名士這個稱呼？

白話翻譯

在本縣擔任教諭的展先生，性情灑脫，頗有名士不拘小節的作派，但他也經常發酒瘋，不守禮節。每當外出喝酒回來，總會騎馬奔上孔廟殿前的臺階。臺階兩側種植很多古柏，這一天，他又縱馬馳入，撞到柏樹，頭破血流，自言自語道：「子路氣我無禮，打破了我的腦袋！」半夜就死了。縣城內有個某乙，到展先生家鄉做買賣，晚上投宿古廟。夜深人靜時，忽然看到四、五個人，帶著酒菜到廟裡喝酒，展先生也在其中。酒過三巡，有人提議玩文字遊戲作爲酒令，一人說：「田字不透風，十字在當中；十字推上去，古字贏一鍾。」另一人說：「回字不透風，口字在當中；口字推上去，呂字贏一鍾。」又一人說：「囹字不透風，令字在當中；令字推上去，含字贏一鍾。」又一人說：「困字不透風，木字在當中；木字推上去，杏字贏一鍾。」最後輪到展先生，他想了很久也沒想出來，大家笑道：「既然接不上，那就要罰喝酒！」遞上一杯酒給他。展先生說：「我想到了：『日字不透風，一字在當中；……』」大家又笑著說：「推作什麼字？」展先生端起酒杯，一飲而盡：「一字推上去，一口一大鍾！」眾人捧腹大笑，沒多久後一齊出門離去。某乙不知展先生早已去世，以為他是罷官返鄉。等回到鄉里詢問，才知道展先生死去多時，某乙登時恍然大悟，那晚所遇見的竟然是鬼。

甄后

洛城[1]劉仲堪，少鈍而淫[2]於典籍，恆杜門攻苦，不與世通。一日，方讀，忽聞異香滿室；少間，珮聲甚繁。驚顧之，有美人入，簪珥[3]光采；從者皆宮妝。劉驚伏地下，美人扶之曰：「子何前倨而後恭[4]也？」劉益惶恐曰：「何處天仙，未曾拜識。前此幾時有侮？」美人笑曰：「相別幾何，遂爾懵懵[5]，危坐磨磚者[6]，非子也耶？」乃展錦薦[7]，設瑤漿，捉坐對飲，與論今古事，博洽非常。劉茫茫不知所對。美人曰：「我止赴瑤池[8]一回宴耳；子歷幾生，聰明頓盡矣！」遂命侍者以湯沃[9]水晶膏進之。劉受飲訖，忽覺心神澄徹。既而曛黑[10]，從者盡去，息燭解襦，曲盡歡好。

未曙，諸姬已復集。美人起，妝容如故，鬢髮修整，不再理也。劉依依苦詰[11]姓字。答曰：「告郎不妨，恐益君疑耳。妾，甄氏[12]；君，公幹後身。當日以妾故罹罪，心實不忍，今日之會，亦聊以報情癡也。」問：「魏文[13]安在？」曰：「丕，不過賊父之庸子耳。妾偶從遊嬉富貴者數載，過即不復置念。彼曩[14]以阿瞞[15]故，久滯幽冥，今未聞知。反是陳思[16]為帝典籍，時一見之。」旋見龍輿[17]止於庭中，乃以玉脂合贈劉，作別登車，雲推而去。

劉自是文思大進。然追念美人，凝思若癡，歷數月，漸近羸殆[18]。母不知其故，憂之。家一老嫗，忽謂劉曰：「郎君意頗有思否？」劉以言隱中情，告之。嫗曰：「郎試作尺一書，我能郵致之。」劉驚喜曰：「子有異術，向日昧於物色[19]。果能之，不敢忘也。」乃折柬為函，付嫗便去。半夜而返曰：「幸不悞[20]事。初至門，門者以我為妖，欲加縛縶[21]。我遂出郎君書，乃將去。少頃喚入，夫人亦欷歔，自言不能復會，便欲裁答。我言：『郎君羸憊，非一字所能瘳[22]。』夫人沉思久，乃釋筆云：『煩先報劉郎：當即送一佳婦去。』瀕行，又囑：『適所言，乃百年計；但無泄，便可永久矣。』」劉喜伺之。明日，果一老姥率女郎，詣母所，容色絕世。自言：「陳氏；女其所出，名司香，願求作婦。」母愛之；議聘，更不索貲[23]，坐待成禮而去。惟劉心知其異。陰問女：「係夫人何人？」答云：「妾銅雀故妓[24]也。」劉疑為鬼。女曰：「非也。妾與夫人，俱隸仙籍，偶以罪過謫人間。夫人已復舊位；妾謫限未滿，夫人請之天曹[25]，暫使給役，去留皆在夫人，故得長侍牀簀[26]耳。」

一日，有瞽媼[27]牽黃犬丐食其家，拍板俚歌。女出窺，立未定，犬斷索咋[28]女。女駭走，羅衿[29]斷。劉急以杖擊犬。犬猶怒，齕[30]斷幅[31]，頃刻碎如麻。◆瞽媼捉領毛，縛以去。劉入視女，驚顏未定。曰：「卿仙人，何乃畏犬？」女曰：「君自不知：犬乃老瞞所化，蓋怒妾不守分香[32]戒也。」劉欲買犬杖斃。女不可，曰：「上帝所罰，何得擅誅？」居二年，見者皆驚其豔，而審所從來，殊恍惚，於是共疑為妖。母詰劉，劉亦微道其異。母大懼，戒使絕之。劉不聽。母陰覓術士來，作法於庭。方規[33]地為壇，女慘然曰：「本期白首；今老母見疑，分義[34]絕矣。要我去，亦復非難，但恐非禁呪[35]所能遣耳！」乃束薪爇[36]火，拋置階下。瞬息煙蔽房屋，對面相失。有聲震擊如雷。既而煙滅，見術士七竅流血死矣。入室，則女已渺。呼嫗問之，嫗亦不知所去。劉始告母：「嫗蓋狐也。」

異史氏曰：「始於袁，終於曹，而後注意[37]於公幹，仙人不應若是。然平心而論：姦瞞之篡子，何必有貞婦哉？犬睹故妓，應大悟分香賣履之癡，固猶然妒之耶？嗚呼！奸雄不暇自哀，而後人哀之已！」

1 洛城：今河南省洛陽市。
2 淫：沉迷、浸淫。
3 簪珥：頭簪與耳環，此指各式各樣的首飾。
4 前倨而後恭：先前態度傲慢，後來甚為謙恭。意謂人的態度前後轉變很大。
5 懜懜：糊塗無知的樣子。懜，讀作「盟」。同今「懵」字，是懵的異體字。
6 危坐磨磚者：指劉楨。字公幹，東平郡寧陽（今山東省寧陽縣）人。東漢文學家，建安七子之一。因在宴席上「平視」曹丕妻子甄氏，曹操以不敬之罪罰他在輸作部磨玉石。
7 錦薦：鋪在地上的毛毯。
8 瑤池：仙界的天池，傳說在崑崙山西王母所居之地。後泛指仙界、仙境。
9 湯沃：滾水沖泡。
10 曛黑：天色昏黑黯淡的樣子。曛，讀作「勳」，黃昏落日時刻。
11 詰：讀作「傑」，問。
12 甄氏：即甄宓。三國魏無極（今河北省無極縣）人，上蔡令甄逸之女。原為袁熙之妻，後嫁曹丕為妻，生子曹叡。曹丕繼位魏王。其子曹叡即位後，追諡甄氏為文昭皇后。
13 魏文：即魏文帝曹丕（西元一八七～二二六年）。字子桓，三國時曹操之子。東漢沛國譙（今安徽省亳縣）人。漢建安十六年為五官中郎將，兼副丞相。父卒，嗣為丞相。最終脅迫東漢皇帝漢獻帝劉協禪讓，於建安二十五年即帝位，建立魏朝，史稱曹魏，卒諡文帝。
14 曩：讀作「囊」的三聲，以前、昔日之意。
15 阿瞞：即曹操（西元一五五～二二〇年）。字孟德，小字阿瞞，東漢沛國譙（今安徽省亳縣）人。三國時期稱霸一方的梟雄，文學上同樣頗有造詣。在世時官至丞相，爵至魏王。後卒於洛陽，其子曹丕稱帝後，追諡武帝，廟號太祖。
16 陳思：即曹植（西元一九二～二三二年）。字子建，曹操的三子，曹丕之弟。十歲能屬文，甚得曹操寵愛。其詩歌對後世影響深遠，在文學上頗有造詣，與父親曹操、兄長曹丕並稱「三曹」。曹丕即帝位後，妒忌他的才華而不重用，封陳王，諡號思，世稱陳思王。

17 龍輿：古代帝后乘坐的車子。

18 羸殆：身體瘦弱，性命垂危。

19 向日眛於物色：以往疏於重用或求訪。向日，往日。眛，不明瞭、違反。物色，求訪、尋求。

20 悞：出了差錯。同今「誤」字，是誤的異體字。

21 縛縶：綁縛、捉拿之意。縶，讀作「直」，細綁。

22 瘳：痊癒。讀作「抽」。

23 貲：通「資」，指財物、錢財。

24 銅雀故妓：昔日銅雀臺表演歌舞的姬妾。銅雀，即銅雀臺。東漢建安十五年（西元二一〇年），曹操在鄴城（今中國河北省邯鄲市臨漳縣三台村）所建的高臺，命姬妾在上面表演歌舞才藝。曹操死後，遺令姬妾留在銅雀臺上為他守貞。

25 天曹：天庭官吏辦公處，此指天庭的官吏。

26 侍牀簀：侍奉枕席，嫁人為妻的謙詞。簀，讀作「則」。

27 瞽媼：盲婦。瞽，讀作「股」。盲人。

28 咋：啃咬，以嘴攻擊。

29 衿：通「襟」。衣服脖子到前胸的部位，有些衣服有鈕扣可以開合。

30 齕：讀作「河」，以牙齒去咬。

31 幅：即上文的「衿」，衣服前襟。

32 分香：即「分香賣履」。人臨死前交代家人的遺言。典故出自曹操《遺令》：「餘香可分與諸夫人，不命祭。諸舍中無所為，可學作履組賣也。」

33 規：畫圓形的工具，即圓規。此處作動詞用，畫。

34 分義：夫妻緣份、情義。

35 禁呪：古代道士以咒語驅逐邪祟的法術。呪，同今「咒」字，是咒的異體字。

36 爇：讀作「熱」或「若」，燒也。

37 注意：此處為情有獨鍾、愛慕之意。

◆**但明倫評點**：即作犬猶有餘威，蓋癡情所結，歷劫難化耳。一世之雄，而今尚在。

曹操即使投胎變成一條狗，餘威仍在，這是對情的執著，即便是歷劫也難化消。一代梟雄，如今又在何處？

甄后
當年平視可分明
修到重逢又幾生
不信洛川舊神
女陳思而外
更鍾情

白話翻譯

劉仲堪是洛陽人，從小愚笨，又沉迷閱讀典籍，總是閉門苦讀，不與外界往來。一天，他正在讀書時，忽然聞到屋內充滿特殊的香氣；不久，一陣環佩叮噹聲傳來，不絕於耳。他驚訝地出去張望，發現一名美人入屋，身上的首飾璀璨耀眼，隨從侍女皆是宮廷穿著。劉仲堪嚇得跪在地上。美人扶他起身道：「你先前那般傲慢無禮，如今怎地反而這般恭敬？」劉仲堪更加惶恐，說：「姑娘是何方仙子，未曾見過，何時侮辱過您？」美人笑道：「分別才一會兒，你就糊塗起來！先前你因對我無禮，而被曹操罰去磨玉石，那個人可不就是你嗎？」說完，鋪好地毯，擺上美酒佳餚，與他談古論今，知識見聞非常廣闊。劉仲堪呆愣地不知如何應對。美人道：「我不過去王母娘娘那兒參加了一場宴會；你倒是輪迴幾世，怎麼變得如此愚鈍了！」命侍者用滾水沖煮水晶膏給他享用，劉仲堪喝完，忽感靈台清明，心如明鏡。天色逐漸昏暗，美人的隨從都退下了；兩人吹熄蠟燭，寬衣解帶，享盡魚水之歡。天還沒亮，侍女們又回來。美人起床，裝扮與昨日並無不同，頭髮整齊得無須梳妝。劉仲堪戀戀不捨，一再問她姓名。美人答：「告訴你也無妨，只是怕更增添你的煩惱。我是甄氏，你的前世是劉公幹。當年你因我獲罪，我於心不忍，今日相會，聊以報答你的癡情。」劉仲堪問：「魏文帝何在？」美人說：「曹丕，不過是曹賊的平庸之子罷了。我只是暫時跟著他，在宮中享受幾年奢華生活，過後便不再放在心上。曹丕以前因爲曹操的緣故，滯留陰間許久，如今如何我沒聽說過。反而是陳思王曹植，替玉帝掌管典籍，時常得以見面。」不久，一輛帝王帝后乘坐的車子停在院中，甄氏取出一個玉製的胭脂盒相贈，告別上車，雲彩簇擁著離去。

劉仲堪從此文思泉湧，文章大有進步。然而他因爲思念甄氏，總是痴痴呆呆地冥想，幾個月間日漸消瘦，快要死了。劉母不清楚箇中原由，憂心忡忡。劉家有一個老嬤嬤，忽對劉仲堪說：「少爺可是在思念某人？」劉仲堪把心事告訴她。老嬤嬤說：「少爺不妨寫一封信，我能替您轉交給她。」劉仲堪驚喜地說：「您懂得法術！我以前怎沒察覺到。您若能辦到，大恩大德終身不忘。」他隨即裁紙寫信，老嬤嬤接過信立刻出發了，半夜就回來，說：「幸不辱命。剛到門口，守門人以爲我是妖怪，要將我拿下。我拿出少爺的信交給他們，不久即有人喚我進去，夫人也唏噓感嘆道無法再相會。正要提筆回信時，我說：『少爺病得很重，哪裡是幾個字就能痊癒的呢？』夫人凝思良久，才擱筆說：『煩請你先回去稟告劉郎，我立刻送一名佳偶給他。』臨行時，夫人又囑咐：『方才所言乃是爲他終身做打算。只要不將妻子來歷洩露出去，就可以做永久夫妻。』」劉仲堪聽了，高興地在家等候起來。

第二天，果然有位老太太帶著個姑娘，前來拜見劉母，容貌放眼當今絕無僅有。老太太自我介紹道：「敝姓陳，這閨女是我親生的，名喚司香，想嫁給你兒子當媳婦。」劉母很滿意，想商量起聘禮，對方卻分文不取，直等到成親便離去。只有劉仲堪明瞭箇中緣故，暗中問司香：「你與夫人是何關係？」司香答：「我以前是銅雀臺的歌妓。」劉仲堪懷疑她是鬼。司香說：「我不是鬼。我與夫人皆名列仙班，只因犯了過錯被貶至人間。夫人已經恢復仙籍，我被貶的期限尚未至，夫人幫我向天庭求情，讓我留在她身邊聽候差遣，我的去留全憑夫人，所以才能嫁給你爲妻。」一天，有個盲婆牽一條黃狗到劉家乞討，手裡打著響板，哼著民間小曲。司香出門查看，還沒站穩，黃狗竟掙斷鎖鍊撲上來咬她。司香嚇得跑走，衣襟被撕下一大截。劉仲堪趕緊拿棍子打牠。黃狗還是很憤怒，把那塊衣襟咬得粉碎。盲婆抓著黃狗脖子上的毛，把牠拴好就牽走了。劉仲堪進房探視司香，只見她驚魂未定。劉仲堪說：「你是仙人，怎麼會怕狗？」司香說：「你有所不知。這狗是曹操轉世，牠大概是恨我沒有爲他守節。」劉仲堪欲把這狗買下杖斃。司香反對道：「上天降罰，怎能擅自誅殺牠？」又過兩年，見到司香的人都讚歎她的豔麗，問她的來歷，則含糊其辭，於是大家懷疑起她是妖怪。劉母問劉仲堪，他稍微向母親透露後，劉母非常恐懼，要劉仲堪把她休掉。劉仲堪不肯照辦，劉母就暗中請來方士，在院子裡作法起來。方士畫地設壇，司香愁容滿面地說：「本想與你白頭偕老，現在既然婆婆對我有所懷疑，你我夫妻緣分已盡。要我離開也非難事，但恐怕不是念咒施法就能把我送走的！」司香拿一捆柴點燃扔到臺階下，房屋瞬間被濃煙遮蔽，近在眼前的人也看不清楚。忽地一聲轟隆巨響如雷電一般，不久，煙霧消散，只見方士七孔流血地死了。進屋一看，司香也失去蹤影，想叫老嬤嬤來問，她也不知去向。劉仲堪這才告訴母親：「老嬤嬤是狐妖。」

記下奇聞異事的作者如是說：「甄氏起初是袁熙的妻子，後來嫁給曹丕，又鍾情於劉楨，仙人不該如此朝三暮四。然而平心而論，奸雄曹操的兒子，哪裡值得娶個三貞九烈的妻子？黃狗看到銅雀臺昔日的歌妓，應當領悟到昔日的分香賣履不過是自己一廂情願，怎還心存妒忌呢？唉！這個奸雄，活著的時候不反省自己的作爲，反而讓後人爲他感到悲哀啊！」

宦娘

溫如春，秦[1]之世家也。少癖嗜[2]琴，雖逆旅未嘗暫舍。客晉，經由古寺，繫馬門外，將暫憩止。入則有布衲道人，趺坐[3]廊間，筇杖[4]倚壁，花布囊琴。溫觸所好，因問：「亦善此耶？」道人云：「顧不能工，願就善者學之耳。」遂脫囊授溫，溫視之，紋理[5]佳妙，略一勾撥[6]，清越異常，喜為撫一短曲。道人微笑，似未許可，溫乃竭盡所長，道人哂曰：「亦佳亦佳，但未足為貧道師也。」溫以其言夸，轉請之，道人接置膝上，裁撥動，覺和風自來；又頃之，百鳥羣集，庭樹為滿。溫驚極，拜請受業，道人三復之。溫側耳傾心，稍稍會其節奏，道人試使彈，點正疏節[7]，曰：「此塵間已無對矣。」溫由是精心刻畫[8]，遂稱絕技。

後歸秦，離家數十里，日已暮，暴雨，莫可投止，路傍有小村，趨之。不遑審擇，見一門，匆匆遽入。登其堂，闃[9]若無人，俄一女郎出，年十七八，貌類神仙，舉首見客，驚而走入。溫時未耦，繫情殊深，俄一老嫗出問客，溫道姓名，兼求寄宿。嫗言：「宿當不妨，但少牀榻，不嫌屈體，便可藉槁[10]。」少旋，以燭來，展草鋪地，意良殷。問其姓氏，答云趙姓，又問女郎何人，曰：「此宦娘，老身之猶子[11]也。」溫曰：「不揣寒陋，欲求援繫[12]，如何？」嫗顰蹙曰：「此即不敢應命。」溫詰其故，但云難言，悵然遂罷。嫗既去，溫視藉草腐溼，不堪臥處，因危坐鼓琴，以消永夜。雨既歇，冒夜遂歸。

邑有林下[13]部郎[14]葛公，喜文士，溫偶詣之，受命彈琴。簾內隱約有眷客[15]窺聽，忽風動簾開，見一及笄人，麗絕一世。蓋公有女，小字良工，善詞賦，有豔名。溫心動，歸與母言，媒通之，而葛以溫勢式微，不許。然女自聞琴後，心竊傾慕，每冀再聆雅奏；而溫以姻事不諧，志乖意沮[16]，絕跡於葛氏之門矣。

一日，女於園中拾得舊箋一折，上書惜餘春詞[17]云：「因恨成癡，轉思作想，日日為情顛倒。海棠帶醉，楊柳傷春，同是一般懷抱。甚得新愁舊愁，剗[18]盡還生，便如青草。自別離，只在奈何天裏，度將昏曉。今日箇甕損春山[19]，望穿秋水[20]，道棄已拚棄了。芳衾妒夢，玉漏驚魂，要睡何能睡好？漫說長宵似年，儂視一年，比更猶少。過三更已是三年，更有何人不老。」女吟詠數四，心好之，懷歸，出錦箋莊書一通[21]置案間，踰時索之，不可得，竊意為風飄去。適葛經閨門過，拾之，謂良工作，惡其詞蕩[22]，火之，而未忍言，欲急醮[23]之。

臨邑劉方伯[24]之公子，適來問名[25]，心善之，而猶欲一睹其人。公子盛服而至，儀容秀美，葛大悅，款延優渥。既而告別，坐下遺女舄[26]一鉤[27]，心頓惡其儇薄[28]，因呼媒而告以故。公子亟辯其誣，葛弗聽，卒絕之。先是，葛有綠菊種，吝不傳，良工以植閨中。溫庭菊忽有一二株化為綠，同人聞之，輒造廬觀賞；溫亦寶之。凌晨趨視，於畦畔[29]得箋寫惜餘春詞，反覆披讀，不知其所自至。以「春」為己名，益惑之，即案頭細加丹黃[30]，評語褻嫚[31]。適葛聞溫菊變綠，訝之，躬詣其齋，見詞便取展讀。溫以其評褻，奪而挼莎[32]之。葛僅讀一兩句，蓋即閨門所拾者也。大疑，並綠菊之種，亦猜良工所贈。歸告夫人，使逼詰良工。良工涕欲死；而事無驗見，莫有取實。夫人恐其跡益彰，計不如以女歸溫。葛然之，遙致溫。溫喜極。是日招客為綠菊之宴，焚香彈琴，良夜[33]方罷。既歸寢，齋童聞琴自作聲，初以為僚僕[34]之戲也；既知其非人，始白溫。溫自詣之，果不妄。其聲梗澀[35]，似將效己而未能者。爇火暴入，杳無所見。溫攜琴去，則終夜寂然。因意為狐，固知其願拜門牆[36]也者，遂每夕為奏一曲，而設絃任操若師，夜夜潛伏聽之。至六七夜，居然成曲，雅足聽聞。

溫既親迎[37]，各述曩詞，始知締好之由，而終不知所由來。良工聞琴鳴之異，往聽之，曰：「此非狐也，調悽楚，有鬼聲。」溫未深信。良工因言其家有古鏡，可鑑[38]魑魅。翊日，遣人取至，伺琴聲既作，握鏡遽入；火之，果有女子在，倉皇室隅，莫能復隱。細審之，趙氏之宦娘也。大駭，窮詰之。泫然曰：「代作蹇修[39]，不為無德，何相逼之甚也？」溫請去鏡，約勿避；諾之。乃囊鏡。女遙坐曰：「妾太守之女，死百年矣。少喜琴箏；箏已頗能諳之，獨此技未有嫡傳，重泉[40]猶以為憾。惠顧時，得聆雅奏，傾心向往；又恨以異物[41]不能奉裳衣[42]，陰為君脗合[43]佳偶，以報眷顧之情。劉公子之女舄，惜餘春之俚詞，皆妾為之也。酬師者不可謂不勞矣。」夫妻咸拜謝之。宦娘曰：「君之業[44]，妾思過半[45]矣；但未盡其神理。請為妾再鼓之。」溫如其請，又曲陳[46]其法。宦娘大悅曰：「妾已盡得之矣！」乃起辭欲去。良工故善箏，聞其所長，願一披聆[47]。宦娘不辭，其調其譜，並非塵世所能。良工擊節，轉請受業。女命筆為繪譜十八章，又起告別。夫妻挽之良苦，宦娘悽然曰：「君琴瑟[48]之好，自相知音[49]；薄命人烏有此福。如有緣，再世可相聚耳。」因以一卷授溫曰：「此妾小像。如不忘媒妁，當懸之臥室，快意時，焚香一炷，對鼓一曲，則兒[50]身受之矣。」出門遂沒。

宦孃
顧聆雅奏
拜門墻暗
裡良緣撮
合忙繡閣
焚香操縵
候分明一
曲鳳求凰

1 秦：古代地名，今陝西省中部一帶。
2 癖嗜：極端喜愛的癖好。
3 趺坐：讀作「夫」，盤腿而坐，即打坐。
4 筇杖：以筇竹製成的竹杖，故名。筇，讀作「窮」。
5 紋理：物體表面上的線形花紋。此指琴身漆紋。
6 勾撥：撥動。「勾」與「撥」皆是彈琴的指法。
7 點正疏節：指出不合節拍的地方，並予以指正。
8 刻畫：仔細描摹、描繪。此指嚴格模仿先前所奏琴曲的節拍來練習。
9 闃：讀作「趣」。寂靜無聲。
10 藉槁：本指坐在草墊上。此指用乾草鋪在地上當床睡覺。
11 猶子：姪兒。
12 援繫：猶言攀附。古代求親的自謙之辭。
13 林下：田野，古代辭官退休的代稱。
14 部郎：職官名。用以稱呼朝廷中央六部的郎官。
15 眷客：女眷。
16 志乖意沮：無法得償所願，心情低落。乖，違背。
17〈惜餘春〉詞：收錄於《聊齋詞集》。主旨寫少女在春天的愁緒。
18 剗：讀作「產」。削除。
19 春山：比喻女子的眉毛。因春天的遠山顏色黛青，就像女子眉毛的顏色。
20 秋水，比喻女子的眼睛像湖水一般透徹澄亮。
21 莊書一通：端正地寫過一遍。
22 詞蕩：在詞作中隱含淫蕩的句子。
23 醮：女子結婚後改嫁。讀作「叫」。
24 方伯：一方諸侯之長。明清時布政使的別稱。
25 問名：古代婚嫁六禮中的第二禮。在納采之後，應由男方派人到女方家問新娘的姓名及生辰，以作占卜吉凶、合八字等用途。
26 舄：指鞋子。舄，讀作「系」。
27 一鉤：一隻女鞋。古代女子纏足，足部形狀尖小彎曲如鉤狀，一雙鞋便就稱為雙鉤，一鉤即指一隻鞋。
28 儇薄：輕薄狡獪。儇，讀作「宣」。
29 畦畔：田園邊。此指花圃邊、院落裡。
30 丹黃：原指紅色與黃色顏料，在書上圈點文句時所用。此處借代為在書上附加評語。
31 褻嫚：輕浮怠慢之意。
32 挼莎：讀作「挪縮」，以雙手按摩。莎，通「挲」。
33 良夜：深夜，長夜。
34 僚僕：共事，服侍同一個主人的僕人。
35 梗澀：生硬、阻礙不通。
36 拜門牆：拜入門下為徒。門牆，師門，語出《論語．子張》：「夫子之牆數仞，不得其門而入，不見宗廟之美，百官之富。」
37 親迎：古代婚嫁六禮的最後一禮，新郎親自到女方家迎娶新娘的儀式。
38 鑒：照見、照出。
39 蹇修：相傳是伏羲氏的臣子，他專理辦理婚姻、媒妁的世務。後借用為媒人的代稱。
40 重泉，地下，黃泉幽冥，人死後所居之地。
41 異物，死亡的人。

42 奉裳衣：照料生活起居，指嫁人為妻。
43 胹合：撮合的意思。胹，讀作「而」。
44 業：學業，此指琴藝。
45 思過半矣：已經領悟絕大多數。《易經・繫辭下》：「知者觀其彖辭，則思過半矣。」
46 曲陳：把事情詳述一遍。
47 披聆：誠心聆聽。
48 琴瑟之好：比喻夫妻之間感情甚篤。語出《詩經・小雅・常棣》：「妻子好合，如鼓琴瑟。」
49 知音：典故來自鍾子期和俞伯牙相知相惜的故事。春秋時代，俞伯牙擅彈琴，鍾子期能與他心意相通，聽出他的弦外之音。鍾子期亡故後，俞伯牙為此痛心疾首，從此不再彈琴，因為知音已經不在了。後世以知音比喻知己。
50 兒：古代年輕女子的自稱。

◆**何守奇評點**：宦娘愛慕琴音，終不及亂，誠能以貞自守者。良工能辨鬼聲，而得聆雅奏，雖欲不傾慕得乎？

宦娘愛慕溫如春彈的琴曲，卻始終守著禮數，不曾與他做出淫亂之事，這是能夠守貞的好品德。良工能分辨鬼彈奏的琴音，而能如願聆聽宦娘彈奏一曲，雖然想要避免升起傾慕之心，又怎麼做得到呢？

白話翻譯

溫如春，是陝西的世家子弟，從小就喜歡彈琴，即便出外寄宿客棧也必會隨身攜帶琴。有一次，他旅居山西，途經一座古寺便下馬進入休息。走進廟門，他看見一個道士穿著布袍，在走廊上打坐，他的竹杖就靠在牆上，花布袋子裡裝了一架古琴。溫如春見到琴，頓時心動不已，向道士詢問：「您也懂得彈琴嗎？」道士答：「略知一二，願向行家學習。」說著，把琴從袋子裡取出遞給溫如春。溫如春接過來一看，發現琴身紋理精妙，隨便勾撥一下，聲音非常悅耳。溫如春很高興，為道士彈了一首，道士微微一笑，似乎不甚滿意。溫如春再把自己熟練的曲子都彈奏過一遍。道士笑道：「尙可而已！想做貧道的師父還不夠資格！」溫如春聽他口氣不小，就請他彈奏幾曲。道士接過琴放在膝上，才撥動幾下，就能感到一股淸風徐來；又過一會兒，百鳥群集，停滿在庭院裡的樹上。溫如春十分驚訝，就拜道士爲師，向道士求教。道士把剛才的曲子又彈了幾遍，溫如春仔細聆聽，用心領悟，才稍微領略曲子的節奏。道士試著讓他彈，加以指點引導，說道：「學會了這些，在人間無人可與你匹敵！」從此以後，溫如春苦心鑽研，成爲琴藝大師。

後來，溫如春返回故鄉，離家還有幾十里，天色已晚，又下起傾盆大雨，一時間找不到地方投宿，看到附近有個村子就趕快跑過去。進村後，他慌忙想找地方避雨，看見有一扇門立刻躲進去。入屋後，屋裡寂靜無人，不久，一個年約十七、八歲的姑娘走出來，宛若仙女下凡。她抬頭見有陌生人到來，嚇得急忙返回內室。溫如春尙未娶親，對她一見傾心。這時，一位老太婆出來詢問到訪緣由，溫如春報上姓名並要求借宿。老太婆說：「住宿倒是無妨，只是缺張床，如不嫌委屈，可以打地鋪將就一晚。」不久，老太婆點了蠟燭過來，把乾草鋪在地上，殷勤款待。溫如春問她貴姓，她答：「姓趙。」又問剛才那位姑娘是她的什麼人，老太婆說：「她名叫宦娘，是我的姪女。」溫如春說：「在下不才，想娶宦娘爲妻，不知您意下如何？」老太婆皺眉頭，道：「我不敢輕易答應你。」溫如春問她緣由，老太婆只道：「一言難盡。」溫如春感到很失望，不再提此事，老太婆離開後，他看見鋪在地上的草又濕又爛，沒法睡在上面，乾脆坐在地上彈琴，打發時間。雨停之後，溫如春不等到天亮就動身回家了。

縣城裡有個退休的部郎葛大人，他很喜歡有文才的人，溫如春有一回前去拜訪，葛大人要求溫如春彈奏幾曲。溫如春彈琴時，見簾幕後隱約有名女子在偷聽。忽然一陣風把簾子吹開，揭出了簾後是一名十六、七歲的姑娘，貌美絕倫。原來葛大人有個女兒，乳名良工，善於詩詞歌賦，是當地有名的美女。溫如春心生愛慕，回家向母親提起此事，溫母託人前去提親。葛大人嫌溫家沒落，沒有答應，但良工自從聽了溫如春的琴聲後暗自傾心，想再聽那美妙的琴聲。溫如春卻因親事沒談成，無法得償所願，心情沮喪，也不再上葛家去了。

有一天，良工在花園裡散步，撿到一張舊信箋，上面寫了一首題爲〈惜餘春〉的詞：「因恨成癡，轉思作想，日日爲情顚倒。海棠帶醉，楊柳傷春，同是一般懷抱。甚得新愁舊愁，剗盡還生，便如青草。自別離，只在奈何天裏，度將昏曉。今日箇甂損春山，望穿秋水，道棄已拚棄了。芳衾妒夢，玉漏驚魂，要睡何能睡好？漫說長宵似年，儂視一年，比更猶少。過三更已是三年，更有何人不老。」良工把這闋詞再三吟誦，心中很是喜愛，把詩箋帶回房裡，拿出另一張精美的信紙，把這闋詞認眞謄寫一遍，放在書案上；之後想再拿出來看時卻不見了，心想或許被風吹走了。這時，葛大人剛好從良工的房門口經過，撿到這張詩箋，以爲是良工所作，覺得詞句輕浮，心中不悅，就把給它燒了，又不便將此事宣揚出去，只想趕緊替良工找個人家嫁了。

此時，鄰縣劉布政的公子正好派人來提親，正中葛大人下懷。他想替良工作主，但又想親眼見他一面。劉公子衣著華美，俊朗不凡，葛大人十分滿意，對他殷情款待。等到公子離去後，卻發現他的座位下有一隻繡花鞋，想是他不小心遺落的，頓覺劉公子行止輕浮放蕩。他喚來媒人，把這件事告知劉府。劉公子再三辯解，葛大人難以接受，仍拒絕了這門婚事。

先前，葛大人家種了一種綠色的菊花，自己珍藏不對外宣揚，良工把這種綠菊也種在她的房裡。這時，溫如春的院裡有一兩棵菊花竟也變成了綠色，友人聽到這消息就上門觀賞，溫如春也將這種綠菊視爲珍寶。一天早晨，他去院子裡看菊花，在花畦邊撿到一張寫有〈惜餘春〉的信箋，反覆誦讀，卻不知從何而來。詞句中也有一個「春」字，與他的名字相符，心中很喜歡，在上頭添加評點，評語多有輕佻之意。

葛大人聽說溫如春家的綠菊一事，感到怪異，親自拜訪溫家。他看到桌上的詩箋，拿起來想誦讀，溫如春覺得自己的評點難登大雅之堂，伸手奪過來揉成一團。葛大人只看到一兩句，察覺與先前良工遺落的那張詩箋一模一樣，心中很疑惑，回家後將此事告訴夫人，命夫人去問女兒。良工覺得自己冤枉，哭著尋死覓活，然而這事沒有人證，無法證實她說的是實情，夫人也擔心這事傳揚出去對她的名聲有損，就打算把良工嫁給溫生。葛大人同意了，派人將這件事轉告溫如春知悉，溫如春喜出望外。這天，他舉辦宴會遍請親朋好友來賞菊，焚香彈琴，直到深夜才散會。回房躺在床上，書僮聽到書房裡的琴發出聲響，以爲是其他僕人所彈，可後來才驚覺書房並沒有人，他心中詫異，向溫如春稟報。溫如春親自前往察看，琴的確自己發出聲響，那音聲旋律卻不甚流暢，像是想學他的指法，可是又沒有學會。溫如春點起蠟燭突然闖進，房裡空無一人，他便把琴帶回寢室，一整夜都沒有再發出琴聲。溫如春認爲是狐仙所奏，想來此拜他爲師。於是他每晚彈奏一曲，把琴擺回原處任它彈撥，夜夜躲起來偷聽。到了第六、七晚，那琴彈奏的曲調，勉強可以一聽了。

溫如春成婚後，和良工談起那闕〈惜餘春〉詞，才明白他們能夠結爲夫妻，都多虧了這闕詞，卻不知道它的來歷。良工聽說琴能自鳴的怪事就去聽了一次，道：「這不是狐仙，音色飀上去淒婉蒼涼，恐怕是鬼魂所彈。」溫如春不信，良工便說娘家有面古鏡，可照出鬼怪的原形。第二天派人取來，等琴聲響起，拿起鏡子與燈火衝進書房，果然照見一個女子在房裡，只見鬼魂慌張躲進角落。溫如春走上前一看，竟是從前避雨時遇見的那位趙宦娘。溫如春很驚訝，問起她事情原委。宦娘眼中含淚地說：「我替你們作媒，你們竟還如此苦苦相逼，爲何要恩將仇報呢？」溫如春承諾自己會收起鏡子，要宦娘別再躲藏，宦娘答應了。溫如春把古鏡放進袋子後，宦娘遠遠坐在一旁，說：「我本是太守之女，已經死了一百年了。從小就喜歡琴和箏，箏是懂了一些，只是琴藝未得名師指導，所以在九泉之下仍感遺憾！那次公子冒雨進我家躲雨，聽到您的琴聲，心中十分欽佩；您向我家提親，我只恨自已是幽冥中人，無法與您結成佳偶，所以暗中助二人締成良緣，以報答這份情意。劉公子遺落的繡鞋、那篇〈惜餘春〉詞，都是我所做，我報答師父的恩情可說是盡心盡力了。」溫如春夫婦聽後都非常感激。

宦娘又對溫如春說：「您彈的曲調我多半能領悟，可是尚未習得其中的神韻和道理，請您再爲我彈一次吧！」溫如春答應了，一面彈奏一面講解指法，宦娘十分高興，說：「眞是太好了，我能領悟其中精髓了！」說著起身就要告辭。

良工喜愛彈箏，聽說宦娘擅長彈奏，就想聽她彈一曲。宦娘答應了，彈奏起來，所奏曲調悅耳極了，並非凡曲。良工邊聽邊打著拍子讚歎，請求向她學習。宦娘執筆寫了十八章曲譜，再度起身告辭，溫如春夫婦再三懇切挽留她。宦娘悲傷地說：「您們夫妻倆多麼幸福，知己知音，感情深厚，我這個苦命人哪有這樣的福氣！日後若有緣，只能下輩子再見了。」說著她將一卷畫像交給溫如春，說：「這是我的畫像，若是不忘媒人恩情，可以掛在臥室裡，心情好的時候，點上一柱香，對著我的畫像彈奏一曲，那就如同我親自聆聽一般！」說完，宦娘走出房門，消失不見了。

楊疤眼

一獵人，夜伏山中，見一小人，長二尺已來，踽踽[1]行澗[2]底。少間，又一人來，高亦如之。適相值，交問何之[3]。前者曰：「我將往望楊疤眼。前見其氣色晦黯，多[4]罹不吉。」後人曰：「我亦為此，汝言不謬。」獵者知其非人，厲聲大叱，二人並無有矣。夜獲一狐，左目上有瘢痕[5]，大如錢。

1 踽踽：讀作「舉」。孤單行走的樣子。
2 澗：讀作「建」。山間流水。
3 之：前往。
4 多：很有可能。
5 瘢痕：疤痕。瘢，讀作「斑」。

白話翻譯

有一位獵人，夜晚潛伏在山中，看見一個小人，身高僅有約二尺，獨自在谷底山溝旁行走。不久又來了一個人，身高與這一人差不多，他們在路上相遇，互相問要往何處。前一個說：「我要去探望楊疤眼。前天見他氣色晦暗，恐怕將有大難臨頭。」後一個說：「我也是爲此前來，你所言不差。」獵人知道他倆不是人，大聲喝斥一聲，兩個小人一瞬間都不見了。這天晚上，獵人捕到一隻狐狸，左眼上有一道像銅錢那麼大的疤痕。

楊疤眼
晦紋現霧猶危
機偶語山阿人
迹稀可笑世多
風鑑客不如異
類早知幾
楊疤眼

參考書目

王邦雄，《莊子內七篇・外秋水・雜天下的現代解讀》（台北：遠流出版社，2013 年 5 月）
王邦雄等著，《中國哲學史》（台北：里仁書局，2006 年 9 月）
牟宗三，《中國哲學十九講》（台北：台灣學生書局，1999 年 9 月）
馬積高、黃鈞主編，《中國古代文學史 1-4 冊》（台北：萬卷樓圖書股份有限公司，2003 年）
張友鶴，《聊齋誌異會校會注會評本》（台北：里仁書局，1991 年 9 月）
郭慶藩，《莊子集釋》（台北：天工出版社，1989 年）
樓宇烈，《王弼集校釋・老子指略》（台北：華正書局，1992 年 12 月）
盧源淡注譯，蒲松齡原著，《聊齋志異》（新北市：台科大圖書股份有限公司，2015 年 3 月）
何明鳳，〈《聊齋誌異》中的「異史氏曰」與評論〉，《文史雜誌》2011 年第 4 期
馮藝超，〈《子不語》正、續二書中殭屍故事初探〉，《東華漢學》第 6 期，2007 年 12 月，頁 189-222
楊清惠，〈論《聊齋志異》王士禎評點的小說敘事觀〉，《彰化師大國文學誌》第 29 期，2014 年 12 月
楊廣敏、張學豔，〈近三十年《聊齋志異》評點研究綜述〉，《蒲松齡研究》2009 年第 4 期
邱黃海，《從「任勢為治」說的形成論韓非思想的蛻變》，國立中央大學哲學研究所博士論文，2007 年 7 月

電子工具書

中央研究院漢籍電子文獻 https://hanji.sinica.edu.tw/
百度百科 http://baike.baidu.com/
佛光大辭典 https://www.fgs.org.tw/fgs_book/fgs_drser.aspx
教育部重編國語辭典修訂本 http://dict.revised.moe.edu.tw/cbdic/
教育部異體字字典 http://dict.variants.moe.edu.tw/
漢語大辭典 http://www.guoxuedashi.net/
維基百科 https://zh.wikipedia.org/zh-tw/

好讀出版　圖說經典31

聊齋志異八：秀才難為

原　著／(清)蒲松齡
編　撰／曾珮琦
繪　圖／尤淑瑜
總編輯／鄧茵茵
文字編輯／林泳誼、簡綺淇
美術編輯／許志忠
行銷企劃／劉恩綺
圖片整輯／鄧語葶

發行所／好讀出版有限公司
台中市407西屯區工業30路1號
台中市407西屯區大有街13號（編輯部）
TEL:04-23157795　FAX:04-23144188
http://howdo.morningstar.com.tw
(如對本書編輯或內容有意見，請來電或上網告訴我們)
法律顧問／陳思成律師

讀者服務專線：(02)23672044 / (04)23595819#230
讀者傳眞專線：(02)23635741 / (04)23595493
讀者專用信箱：service@morningstar.com.tw
晨星網路書店：http://www.morningstar.com.tw
郵政劃撥：15062393（知己圖書股份有限公司）
如需詳細出版書目、訂書，歡迎洽詢

初版／西元2022年5月1日
定價／299元
ISBN 978-986-178-593-6
如有破損或裝訂錯誤，請寄回台中市407工業區30路1號更換（好讀倉儲部收）

國家圖書館出版品預行編目資料

聊齋志異.八／(清)蒲松齡原著；曾珮琦編撰 —— 初版 —— 臺中市：好讀出版有限公司，2022.05
面：　公分. ——（圖說經典；31）
ISBN　978-986-178-593-6（平裝）
857.27　　111001942

Published by How-Do Publishing Co., Ltd. 2022 Printed in Taiwan. All rights reserved.